オリーヴァ・デナーロ

ヴィオラ・アルドーネ

関口英子 訳

OLIVA DENARO
VIOLA ARDONE

Translated by Eiko Sekiguchi

小 学 館

オリーヴァ・デナーロ

ヴィオラ・アルドーネ　著

関口英子　訳

OLIVA DENARO

by Viola Ardone

母カロリーナと、父エンツオに捧ぐ

主な登場人物

デナーロ家

オリーヴァ・デナーロ……マルトラーナ村に住む少女
コジミーノ……オリーヴァの双子の弟
フォルトゥナータ……オリーヴァの4歳上の姉
サルヴォ・デナーロ……父親、農夫
アマリア……母親、刺繍師

学校関係

リリアーナ……オリーヴァの同級生、親友
クロチフィッサ……オリーヴァの同級生
ロザリア先生……小学校の担任教師
テルリッツィ先生……師範学校のラテン語教師

村人たち

アントニーノ・カロ……リリアーナの父親、コミュニスト
サーロ……オリーヴァの幼馴染み
ヴィート・ムスーメチ……サーロの父親、家具工房の親方
ジェロ・ムシャッコ……村長の甥、フォルトゥナータの結婚相手
シベッタ夫人……村の有力者、祈禱会の主宰者
ノーラとメーナ……シベッタ夫人の二人娘
イニャツィオ司祭……マルトラーナ村の教区司祭
ネッリーナ……司祭館の家政婦
ティンダーラ……ネッリーナの姪、オリーヴァの同級生
ピーノ(ジュゼッペ)・パテルノ……菓子店の御曹司
ピッポ・ヴィターレ……軍警察官、准尉

そのほか

フランコ・コロンナ……男爵家の嫡男
マッダレーナ・クリスクオロ……コミュニストの活動家
サベッラ……弁護士

目次

装丁＝川名潤

第一部

一九六〇年

1

女は水差しだから、割った人のところにもらわれていくものなの、と母さんは言う。

私もコジミーノみたいに男に生まれてたら、もっと幸せだったのに……。でも私が形づくられたときには、誰も私の意見なんて聞いてくれなかった。私とコジミーノは、母さんのお腹《なか》のなかに一緒にいるあいだは平等だったけれど、出てきた瞬間から違っていた。私の産着《うぶぎ》はピンクで、コジミーノは水色。私のおもちゃは布製のお人形で、コジミーノは木製の剣《つるぎ》。私は花柄のワンピースで、コジミーノはストライプの半ズボン。九歳になると、コジミーノは指笛も口笛も吹けるようになり、私は低い位置でも高い位置でも髪が結べるようになった。もうすぐ十五歳になるいま、コジミーノは私より十センチ背が高く、私には禁じられていることがいろいろできる。昼でも夜でも村を歩きまわれるし、半ズボンを穿《は》くことも、祝祭日には長ズボンを穿くこともできる。どんな年齢の女の人とも男の人とも話せるし、日曜には水で薄めたワインだって飲める。汚い言葉を使うことも、唾を吐くことも、夏になれば、砂浜まで走っていって短パンで泳ぐこともできる。私は海で泳ぐのが好きだ。

母さんは、私たち双子の姉弟のうち、父さん譲りで髪の色も肌の色も明るいコジミーノばかりをかわいがる。私はといえば、カラスみたいな黒髪だ。コジミーノは水差しじゃない。割れる心配はないし、たとえ割れたとしてもまた元に戻せる。

私はいつだって学校の成績がよかったけど、コジミーノは勉強が嫌いだった。それでも母さんはたいして気にもとめず、父さんみたいな末路だけはたどらないよう、しっかり腕まくりしていい仕事を見つけなさいと言った。私は畑で屈《かが》んでトマトの苗を世話する父さんをずっと見てきたが、「末路」をたどったようには思えなかった。それどころか、いつだって新しいことを始めるのが好きな人だ。雨がたっぷり降ったあと一緒に捕まえたカタツムリを売って、そのお金で雌鶏《めんどり》を何羽か買ったときもそうだった。雌鶏たちの名前はおまえが決めていいと言ってくれたので、私は絵の具が好きだから、ロジーナ（ピンク）、チェレスティーナ（水色）、ヴェルディーナ（緑）、ヴィオレッタ（紫）、ネリーナ（黒）と名づけた。それから、父さんが板で鶏小屋を作ろうと言いだし、私は釘《くぎ》を渡す係をした。最後に餌箱も作ることになった。そのときは、鋸《のこぎり》を手渡すのが私の仕事だった。

鶏小屋が完成すると、私は提案した。「ねえ父さん、黄色く塗らない？」

すると母さんが横から口を挿《はさ》んだ。「雌鶏にしてみれば、黒だろうが黄色だろうが同じことでしょ。余計な手間よ」

「雌鶏だって黄色いほうが嬉しいに決まってる」私は反論した。「嬉しければ、卵をたくさん産んでくれるもん」

「あら、そうかしら。雌鶏があなたにそう耳打ちしたの？」と母さんは言った。

そしてくるりと背を向けると、シチリア方言とは違う、母さんの生まれ故郷の言葉、コゼンツァ訛《なま》りのカラブリア方言でなにやらつぶやきながら家に入っていった。母さんはいつだっていらいらすると、私たちにわからないようにカラブリア方言で、こんな南の島まで嫁いできたことを嘆く。

父さんが刷毛《はけ》を手にとり、黄色いペンキに浸してから持ちあげると、バケツに雫《しずく》がぽたぽたと垂れた。まるでオムレツを作るために溶いた卵みたいで、いい匂いまでしてきそうだった。私はオムレツが好きだ。

父さんと二人で一緒に塗ると、ひと刷毛ごとにペンキが陽射《ひざ》しを受けて輝いた。

「サルヴォ・デナーロ、おまえさんって人は、ほんとうに石頭なんだから。父親が父親なら、娘も娘ね」庭に戻ってきた母さんが言った。母さんは怒ると、学校の先生みたいに父さんの名前と名字を呼び捨てにする。「あたしの意見なんてちっとも聞きやしない。オリーヴァ、あなたもそんないいスカートを穿いて大工仕事をするなんて。ああ神様、どうかこの娘《こ》が汚《けが》れませんように！　着替えてらっしゃい。いつも身を清らかに保つのよ」母さんはそう命じて、私の手から刷毛をとりあげた。

「おまえさんにはちゃんと男の子を産んであげたじゃないの」父さんに向きなおって詰《なじ》ると、コジミーノを呼んだ。

コジミーノは麦打ち場にやってきて、しぶしぶペンキを塗りはじめたが、十分もすると手が痛くなり、こっそり逃げ出した。そのあいだに作業用のスモックに着替えた私は、父さんの仕事を夕方まで手伝い、雌鶏たちが黄色い小屋のなかで満足そうに寝床につくのを見届けた。

翌朝、鶏小屋で一羽の雌鶏が冷たくなっていた。チェレスティーナだった。ペンキの臭いのせいだわ、と母さんはカラブリア方言でわめいた。鳥インフルエンザに罹《かか》ったんだろう、と父さんは私の耳もとでささやいた。私はどちらの言うことを信じたらいいのかわからなかった。母さんはいつだって喋《しゃべ》りまくり、ありとあらゆる決まりごとを並べたてるから、私はなにかしら言いつけに背くことになる。父さんはその反対に、よくだんまりを決め込むので、なにをすれば愛してもらえるのかさっぱりわからない。

とにもかくにも、死んだ雌鶏は畑の裏に埋めた。父さんが人差し指と中指をそろえて胸の前で十字を切り、「安らかにお眠り」と言った。そして私たちは家に入った。動物も生きていくのは大変なんだな、と私は思った。

2

その日を最後に、私が父さんと一緒にペンキを塗ることはなかった。母さんは、私にまだ月のもの《マルケーゼ》が来ないのは、私を男の子みたいに育てた父さんのせいだと言う。私は月のものなんて好きじゃない。一度だけ見たことがあるけど、なんだか怖かった。ある朝、朝食を済ませてお風呂場に行ったら、盥《たらい》の錆色《さびいろ》の水のなかに、赤黒い染みのついた布切れが何枚か浮いていた。死にかけた小動物の体みたいに見えた。母さんが入ってきて、「なに見てるの？」と言った。私はなにも答えずに盥から離れた。「月のものだよ」母さんがそう教えてくれ、汚れた水を捨てて石鹸《せっけん》をこすりつけると、布は白に戻った。「そのうちあなたにも来るからね」それを聞いて私は、そんな日が一生来ませんようにと祈るようになった。

　月のものが来たときの決まりごとは、目を伏せて歩き、用事が済んだらまっすぐ家に帰り、家から出ないこと。でも、まだ来ないうちは、畑仕事を手伝うことも、父さんと一緒に野菜やカエルやカタツムリを売りに市場へ行くことも、片方の足が曲がっている幼馴《おさなな》染《じ》みのサーロを囃《はや》したてる男子にパチンコで石をぶつけることもできた。コジミーノと一緒に大通りを走ることも、汗をびっしょりかいて真っ黒の膝小僧で家に帰ることもできた。クラスメイトの女子たちには順に月のものが来た。すると丈の長いスカートを穿くようになり、顔にはニキビが吹き出し、ブラウスの下の乳房がふくらむ。クロチフィッサなんて、うっすらとひげまで生えてきたものだから、男子から「山賊ムゾリーノ（二十世紀の初頭にカラブリアで名を馳せた無法者）」と呼ばれるようになった。それでもクロチフィッサは少しも気にせず、妊娠しているみたいにお腹を押さえて、いかにもつらそうな表情で歩き、クラスメイトの女子に会うたびに同じことを訊《き》いてまわった。「あたしは出血があったよ。あんたは?」まるでなにかの賞にでも当たったみたいに。

男子には月のものが来ない。男子は、私たち女子みたいにある日いきなり大人になるのではなく、少しずつ大人になっていくんだ。

校門の外ではいつも、月のものが来た女子生徒を家まで送り届けるために、誰かしら親戚が待っている。前は独りで下校していたのに。みんな、通りで男の人とすれ違うたびに地面に目をやるけれど、相手の視線が自分の胸もとの、ボタンが布地を引っ張っているあたりに注がれていることを知っている。だから目は伏せるものの、わざと胸を張るので、ボタンが引きちぎれそうになる。まるで父さんの雌鶏みたい。胸を張った雌鶏だ。

私より四つ年上の姉さんも、お嫁に行くまではそんなふうに胸を張って歩いていた。父さん似で肌の色も髪の色も明るい姉さんは、通りを歩くたびに、男たちの視線を一身に集めていた。見つめられれば見つめられるほど胸を張り、姉さんが胸を張れば張るほど男たちは舐《な》めるように見た。弟のコジミーノはいつもふらふらとどこかへ行ってしまうので、私が姉さんの見張り役を任されていたから、よく知っている。姉さんの名前はフォルトゥナータだけど、もう幸運な女《フォルトゥナータ》ではない。来る日も来る日も男たちに見つめられ、あんまり見つめられたせいで、お腹に赤ん坊ができてしまった。あとになって、姉さんを孕《はら》ませたのは、村長の甥《おい》のジェロ・ムシャッコだとわかった。なぜ私が知っているかというと、夕飯のあと、姉さんと母さんと父さんがキッチンで額を寄せ合って話していたからだ。声を潜めて話していたけれど、マルトラーナじゅうの人たちが知っていたのだから、秘密でもなんでもない。

ジェロ・ムシャッコの父親は、私たちのうちが貧しいという理由で、息子がフォルトゥナータ姉さんと結婚することに断固反対だった。姉さんは泣きじゃくり、母さんはテーブルに拳を打ちつけながらカラブリア方言で呪詛《じゅそ》を吐き、「神様、どうかこの子が名誉を汚された娘になりませんように」と嘆いた。父さんはだんまりを決め込んだ。私は静寂が好きだ。「猟銃《ルパーラ》よ。猟銃を持って、おまえさんがムシャッコと話をつけてきてちょうだい！」母さんは何度も父さんに頼んだ。父さんはコップに水を注いでゆっくり飲むと、ナプキンで口を拭い、食卓から立ちあがった。そして、「気が進まん」と言い捨てて畑仕事に戻っていった。その日から一か月、家では誰も口を利かなかった。まだ子供で、周囲のことをあまり気にしない弟だけは別だったけれど。

私は自分のせいだと思っていた。あの日の午後、フォルトゥナータ姉さんの見張りをさぼってサーロの家に遊びに行き、サーロのお母さんのナルディーナがいつも私のためにこしらえてくれる手作りのアンチョビパスタを食べていたのだから。私は手料理が好きだ。その隙に乗じて、あの男が姉さんを孕ませたに決まっている。

ある朝、母さんは余所《よそ》行きの服を着て出掛けていき、日が暮れてから帰宅した。翌日、フォルトゥナータ姉さんは朝早く起き出し、かぎ針で白いベビーソックスを編みはじめた。編み物をする姉さんを見た父さんが尋ねた。「おまえはあの男と結婚できて嬉しいか？」するとと姉さんはうなずき、毛糸玉から毛糸を引き出した。それから二か月後、結婚式が執りおこなわれ、その日から私は一人で部屋を使えるようになった。

結婚式の決まりごとは、純白のドレスを着て、教会の身廊《しんろう》を司祭様の前まで進み出て、「はい誓います」と返事をすること。

祝宴のあいだ、シベッタ夫人——素敵なお屋敷に住んでいて、私と母さんは年に一度のマットレスのウール梳《す》きや、そのほか縫い物の仕事をしに時々そのお屋敷に行く——がみんなに触れまわった。最終的にジェロ・ムシャッコの父親が結婚を認めたのは、従姉《いとこ》のカレーリ男爵夫人から手紙を受け取ったからだ。カレーリ男爵夫人はイニャツィオ司祭から連絡を受け、イニャツィオ司祭は、司祭館の家政婦で、フォルトゥナータ姉さんが洗礼を受けたときの代母であるネッリーナに頼み込まれ、ネッリーナは母さんに泣きつかれたのだと。母さんが朝早く出掛けていった日のことだ。

フォルトゥナータ姉さんはそうした噂話なんて耳に入らないふりをしていたが、人が変わったようだった。以前のように胸を張るのはやめ、花嫁衣裳《いしょう》は、白いドレスの下から突き出す熟れた西瓜《すいか》のせいではちきれそうになっていた。挙式が済むと、姉さんはムシャッコの家で暮らしはじめ、それから三か月のあいだ、まったく姿を見せなかった。ある日ネッリーナが教会の聖具室にいるフォルトゥナータを見つけた。お腹はぺったんこで、ひどく動揺した顔をしていた。お腹にもう赤ん坊はおらず、腕も顔も痣《あざ》だらけだったのだ。フォルトゥナータは階段から落ちたと説明した。そこでネッリーナがカレーリ男爵夫人に知らせ、カレーリ男爵夫人が従弟《いとこ》に文句をつけ、従弟が息子を叱り、もっと嫁に優しくするよう言い聞かせた。夫の許《もと》に戻ったフォルトゥナータ姉さんは、黒い服に身を包み、それからずっと黒い服ばかり着ている。来客は受けつけず、外に出掛けることもない。家にいれば二度と階段から落ちる心配はなかった。

一方、ジェロ・ムシャッコはといえば、いまだに独身であるかのように一日じゅう遊び歩いている。一人のこともあれば、誰かとつるんでいることもあるが、通りを歩くときは、若い女とすれ違うたびに熱い眼差《まなざ》しを送る。彼女たちをも孕ませたいかのように。

3

私には学校まで迎えに来る人は誰もいない。クラスメイトにもう一人、独りで下校する女子がいる。リリアーナだ。でも彼女の場合は事情が違った。リリアーナのお父さんのアントニーノ・カロさんは、村でよく知られたコミュニストだ。夫人のフィーナさんが男勝りで外に働きに出ているものだから、村人からあいつは家族も養えないんだと陰口を叩かれているが、まるで気にする様子はない。

カロさんは顎鬚《あごひげ》を生やし、小さめの眼鏡をかけている。たいそう勉強したかのように振る舞っているけど、その実、藁《わら》の案山子《かかし》なのよ、きっと中学三年をかろうじて終えたかどうかってところでしょうね、と母さんは言っていた。カロさんは村人との対話にこだわっていて、毎月第二木曜日には、海沿いの、土地の低い一帯にある網小屋に住民を集め、マルトラーナ村の問題について話し合っている。まるで、そこからなにか生まれるとでもいわんばかりに。世の中は昔からこうだったし、これからも変わりはしないわ、と母さんは言った。言葉ばかりをいくら捏《こ》ねたって、パンが焼けるわけじゃないんだから、と。

コミュニストのお父さんを持ったリリアーナは、いいことずくめだ。見張りをつけなくても出歩けるし、男子みたいにズボンを穿いて出掛けてもなにも言われない。映画スターの写真が載っていて、人生相談のコーナーもある漫画雑誌やフォトコミック（写真と吹き出しの文章で構成されたコミック）だって読める。私は一度も映画を観に行ったことがない。映画なんか観ると頭のなかがコオロギだらけになる、と母さんに言われるから、道端に貼られたポスターを眺めたり、ノートにこっそり俳優の似顔絵を描いたりして満足するしかなかった。リリアーナは相手が男でも馴《な》れ馴れしく話しかけるふしだらな娘《こ》だから、仲良くしたらダメよ、とも母さんは言っていた。でも、見張りがついていないのは私とリリアーナだけなので、放課後はいつも途中まで一緒に帰る。最初のうちはなるべく話しかけないようにしていたけれど、ある日、リリアーナが私に、『汚れなき抱擁《イル・ベッラントニオ》』（マウロ・ボロニーニ監督、マルチェッロ・マストロヤンニ主演の一九六〇年の映画）の場面写真が載っている雑誌を見せてくれたことがあった。その映画の主人公で、ハンサムなアントニオを見るたびに胸がきゅんとなっていた私は、中を見せてもらってもいいか尋ねた。すると彼女は、見せてくれたばかりか、その雑誌を私にくれたのだ。「いいものは共有すべきだというのがコミュニズムの理論よ」と言って。それを聞いて、私はコミュニズムが好きになった。

　雑誌をブラウスの下に隠して家に帰った私は、ベッドのヘッドボードの隠し戸棚にしまった。そこには、学校のトイレで見つけた使いかけの口紅や、映画スターの似顔絵を鉛筆で描いたノートを箱に入れて隠してある。

　小学生の頃、リリアーナと私はロザリア先生のお気に入りだった。リリアーナは掛け算ならクラスで一番だったけど、文法解釈は私のほうが得意だった。先生は成績が優秀な生徒たちの白いスモックに、小さな星形のピンバッジを付けてくれた。星のバッジをもらうための決まりごとは、つっかえずに音読できること、紙を汚さずに字が書けること、指を使わずに暗算ができること。リリアーナと私の実力は五分五分だった。ただし、彼女はカロさんの集会で耳にした政治用語をいつも得意げに口にしていた。だから私も得意分野をつくることにした。ロザリア先生は自宅から本を何冊も持ってきて教室の後ろの本棚に並べ、生徒たちが読みたいときに読めるようにしてくれた。本のページは白くてつるつるで、指の下を滑っていくようだった。色鮮やかな挿し絵があり、人間みたいに考えたり話したりできる動物がたくさん出てきた。私は話す動物が好きじゃない。動物の長所は、父さんみたいにいつも黙っていることだ。

私は辞書が好きだった。辞書には、頭のなかにあるのに言葉にできない考えを表現するときに役に立つ、知らない言葉がいくつも載っていた。ある朝、私は算数のノートを家に忘れたので、立ちあがって言った。「先生、すみません。ノートを持ってくるのを失念《オブリアート》していました」憶《おぼ》えたばかりの単語を使ってみたかったのだ。すると先生は、私に罰を与える代わりに、星をひとつおまけにくれた。教養は私たちを救い、遠くへと導いてくれるのです、と言って。私はべつにどこか遠くへ行きたかったわけじゃなく、その単語の高尚な響きが好きなだけだった。

四年生の終わりにロザリア先生が小学校を去ると、挿し絵の付いた本は箱に詰められ、どこかへ運ばれていった。辞書も、そこに載っていたすべての言葉と一緒に消えてしまった。さいわいなことに私はたくさんの言葉をすでにノートに書き写していたので、いつでも好きなときに使うことができた。難しい言葉を使って話すと、みんなが、優れた人を見るような気後れした眼差しで私を見た。なのに母さんだけは別だった。ロザリア先生の代わりにやってきた新しい男の先生はどうかと訊かれたので、「かなり辟易《テディオーゾ》してる」と答えると、カラブリア方言の小言と平手打ちが飛んできた。「女の子がそんな生意気を言うものじゃありません。神様、どうかこの子が二度とそんなことを言いませんように！」

4

新しい先生は赴任してきたときからおじいさんだった。名前をシャロといい、毎朝バスで町から通っていた。長年にわたって本土のローマで教鞭《きょうべん》をとったあと、年金生活に入るまであとわずかとなったので、ここシチリア島に戻ってきたらしい。驚くなかれ、教育大臣《ミニストロ》と昼食を一緒に食べたこともあるんだぞ、と自慢していた。少なくとも日に一度はその話をするので、私たちはしだいにその先生のことを「ミネストロ先生」というあだ名で呼ぶようになった。

ミネストロ先生は、ロザリア先生のような授業はしなかった。最初の授業の日、彼はくたびれた革の鞄《かばん》から、灰色のページの、薄い冊子を取り出した。

「さあ皆さん、書きとってください」そう言うと、「白いスモックの別れの言葉」という詩を読みあげはじめた。先生の友達が書いた詩で、先生はその詩がとても気に入ったものだから、学年末試験で私たちに暗唱させることにしたそうだ。

今日はなんて悲しい日なのだろう、僕の大好きなあなた、
あなたが僕から離れていくなんて！
滅びゆく僕の憐《あわ》れな心が
締めつけられているのを
あなたはおそらく感じもしない。

私たちは机に向かい、詩の言葉をノートに書きとった。白いスモックが語り手で、女の子が中学校に進学し、自分の代わりに、黒い制服を着ることになるのを嘆いているのだ。そして別れる前に、その子にいくつか忠告する。

少女よ、僕は恐怖に震える。
いまやあなたは

危険な年頃にさしかかったのだ！

私は忠告が好きじゃない。人間の言葉を話す動物の寓話を思い出すからだ。ミネストロ先生は咳《せき》ばらいすると、私たちの顔を一人一人順に見ながら、声を張りあげた。まるで私たちみんなが陥りかけている危険を、間一髪のところで警告するかのように。

品性を保ちなさい。
あなたについての悪い噂が立たぬよう、
良からぬ仲間に
引きずり込まれぬよう
そして、邪《よこしま》な雑誌は
捨ててしまいなさい。
ひとたび純潔を失ったら、
学問になどなんの価値もなくなるのだから。

「先生、『学問《シエンツァ》』の綴《つづ》りにｉは必要ですか？」一番後ろの席のロザリーナが質問した。私とリアーナは呆《あき》れて、教室の端と端から目配せをした。「じゃあ、『純潔《インノチエンツァ》』は？」先生が最初の質問に答える間もなく、ロザリーナは重ねて質問した。
「心配しなくて大丈夫だよ、ロザリーナ。ロザリーナが『シ、、エンツァ』のせいで『インノチエ、、ンツァ』を失うことなんてあり得ないから」私は思わず声を出した。するとクラスじゅうがどっと笑い、ミネストロ先生は私の机につかつかと歩み寄った。私は先生が口をひらくよりも早く、得意な語彙を使って見逃してもらおうとした。「先生、戯言《ファチェツィア》を言ってすみませんでした」

「行儀のいい女子になるためには、言葉を余分に知っている必要はないんだ。言葉なんて、教えさえすればうちのオウムだって口真似できる。まったく、どこぞの誰かがくだらん教育をするから、こんなことになるんだ」ミネストロ先生は、ロザリア先生の本が並んでいた空っぽの本棚を見やりながらそう言うと、ふたたび詩の続きを読みあげた。

真剣な目的のもとで勉学に励むこと、
推理小説はやめ、
漫画もやめる。ダンスなんてもってのほか……

私の白いスモックは、小学校を卒業したあとは、母さんがカラブリアから持ってきた銀製のカトラリーセットを磨く布巾になった。週に一度、掃除をするときにその生地を見ると、あのおじいさん先生の声がいまだに聞こえてくるような気がした。「品性を保ちなさい。あなたについての悪い噂が立たぬよう、良からぬ仲間に……」

夏休みのあいだ、母さんは私の肩幅とウエストとヒップを測り、黒い生地を裁断して新しい制服を作ってくれた。仕上がると、私に試着をさせた。私の前でひざまずき、裾の長さがそろっているか確かめたいから、ぐるりと回ってみてと言った。それから立ちあがり、人差し指と親指で私の顎をはさんだ。「完璧な仕上がりだわ。いいわね、常に清らかでいるのよ」

私はその制服を丁寧に扱ったし、ゆったりと仕立ててあったから、中学校の三年間、ずっと着ることができた。

中学三年生の修了試験が終わったとき、進学してもいいかと私が尋ねると、母さんは首を横に振った。

「この娘《こ》ったら、学者にでもなるつもりなのかしらねえ」父さんに向かってそうつぶやいた。

父さんは返事をせず、野良仕事に出ていった。それから一週間後、父さんが一通の書類を母さんに見せた。下のほうに歪《ゆが》んだ大きな文字で署名がされていた。私のために師範学校の入学手続きをしてきてくれたのだった。

「フォルトゥナータの名誉が保たれたのは、あたしのお蔭《かげ》なんですからね」と、母さんがわめくと、「これでオリーヴァは四年後に師範学校を卒業し、小学校の先生になって、自立できる」と、父さんが反論した。

「誰から自立するっていうの？」母さんがつっけんどんに訊き返した。

「家族からも、夫からも……」と、父さん。

「本にかじりついてばかりいたら、お婿さんなんて見つからないでしょ？」母さんは引き下がらなかった。

父さんはだんまりを決め込み、雌鶏に餌をやりに行ってしまった。母さんは、カラブリア方言でまくしたてながら、後を追いかけた。

「自分の家の女も守れないなんて、男失格ね。なにが猟銃《ルパーラ》よ！　おまえさんは羊だわ。羊みたいな臆病者！」

それからしばらくして、シベッタ夫人も妹娘のメーナを師範学校に入学させたことがわかった。すると翌日、母さんは中学校の制服の裾をほどき、内側に折って縫いとめてあった布を引き出して丈を伸ばすと、まつり縫いをした。私は、隠しポケットのような裾から出てきた黒い生地を見て、ひょっとして母さんは最初から私を進学させるつもりだったのかもしれないと思った。あるいは単に用意周到だっただけなのかもしれない。

5

私が幼かった頃、父さんは一人で野原にカタツムリを捕りに行っていた。遠くから帰ってくる父さんの姿は、陽射しを受けてブロンドの髪がきらきらと輝き、巨人のように大きくて逞《たくま》しく見えた。ある日、私は明け方みんながまだ眠っている時間に起き出し、一緒に連れていってと父さんに頼んだ。以来、私は父さんの助手になった。二人で肩を並べて草の葉の上をよく見ながら歩いた。カタツムリを見つけると、父さんは私の手を軽く二回握って合図してくれた。私はときどき草原にしゃがみ込んではマーガレットの花を摘み、目をつぶって声を出さずに唇を動かした。「愛してる、愛してない、愛してる、愛してない、愛してる……」

ところが一か月前のこと、私と父さんがゴム長靴を履き、バケツを持って出掛けようとしていると、母さんが初めて見るような目で私をじっと見つめて言った。

「みっともないスカートだこと。後ろがつれてるじゃないの。こっちに来なさい。直してあげるから。そんな恰好《かっこう》であたりを歩きまわってはいけません」

完全な言いがかりだった。スカートは、男子みたいにがりがりの私の身体《からだ》のラインにそってまっすぐ下におりていた。母さんは、いつまで経《た》っても私が成長しないことに納得がいかなかったのだ。

「カタツムリを捕まえに行くんだよ。守護聖人のお祭りに行くわけじゃないんだから」私はそう言い返し、スカートのごわごわした生地を掌《てのひら》で伸ばして、おかしなところはないと示そうとしたものの、結局、洗面所へ行ってスカートを脱いだ。そして、古くて型崩れした、膝が隠れる長さのスカートに穿き替えた。そのあいだ父さんはバケツとナイフを手に持ったまま待っていた。父さんとは、カタツムリの代わりにカエルを捕りに行くこともあったけれど、カエルのほうが捕まえるのが難しかった。カタツムリは殻を背負っておとなしく岩にへばりついているのに対し、カエルはそこらじゅうを跳ねまわる。きっとカエルの頭のなかはコオロギだらけなんだろう。

「母さんがあなたぐらいの年の頃には、もうブラジャーをしてストッキングを穿いてたわ」戸口で待つ父さんのほうへと歩きだした私の背中に向かって、母さんは続けた。「あの当時はみんなもっと慎み深かったけど……。それでも、何人もの若者に熱烈な眼差しを向けられたものよ」

驚きのあまり、私は手に持っていたバケツを落としてしまった。母さんのことはずっとカタツムリだと思っていたけれど、若い頃はカエルだったのか……。

「あたしは言いつけを守っていたから、見張りを四六時中つける必要なんてなかったけれどね。それに、うちは厳しかったから、ひと言でも言い返そうものなら、永遠に沈黙を強いられかねなかった。いまとは全然違ってたわ。いまどきの若い人は、ラジオに映画にダンス……娯楽がありすぎる。どれもうちでは考えられなかった。とにかく、村人たちは始末に負えない噂好きで、他人の事情をあることないこと言い触らすのよ。だから、女の子はある一定の年齢になったら家から外に出ないこと。このあたりじゃ男は盗賊で、女は水差しなんだから。割られでもしたら、その人にもらわれるしかないのよ」

私は母さんの繰り言に痺《しび》れを切らし、片方の足からもう片方の足へと交互に体重を移動させて身体を揺すりはじめた。時間が経てば経つほど、捕れるカタツムリの数が減る。カタツムリは朝早いうちに地面から這《は》い出してくるのだ。

「コジミーノ、あなただったら割れた水差しをもらう？」母さんは、まだパジャマ姿で寝ぼけているコジミーノに尋ねた。男兄弟の決まりごとは、姉妹を監視すること、姉妹に対して敬意を払わせること、敬意を払わない男がいたら脅すこと。いつも母さんにそう言い聞かされてきたコジミーノは、冷笑を浮かべた。いまだに膝上丈のスカートを穿いて木のサンダルをつっかけた、男の出来損ないみたいな双子の姉のことを恥ずかしく思っているのだろう。村の人たちは口々に言っていた。サルヴォ・デナーロと妻のアマリアの不細工なほうの娘は、痩せてがりがりだ。えらの張った浅黒い顔に、二粒のオリーブみたいな目と薄べったい唇、カラスのように真っ黒な髪。あの娘は不幸をもたらすんじゃないのか？　禍《アッギュッティカーシ》を招く子かもしれないぞ。いつも髪はぼさぼさで独りほっつき歩き、ヴィート・ムスーメチの息子で片足を引きずっているサーロとしか話さない。母親は花嫁道具の刺繍《ししゅう》を請け負っているというのに、娘は生涯独身かい。

　母さんは、縫い物の仕事をご婦人方の家に納めるときには私も連れていき、どれだけ私が刺繍の腕を上げたかを自慢した。するとご婦人方は、クッキーや、ジャムを薄く塗ったパンをくれ、私の頭を撫でて慰めてくれた。私は一生、よその家の娘の花嫁道具を仕立てて暮らすのだろうと憐れんでいたのだ。

「放っておけよ、母さん」コジミーノが目をこすりこすり言った。「好きにさせてやればいいじゃないか。どうせそんな水差し、誰ももらいたがらない」

「もらってくれる人は必ずいる」母さんが断言した。「疵《きず》がつかないうちにお嫁に行ければそれでいいの。結婚さえできればどうとでもなるでしょ」

　私は結婚が好きかどうかわからないけど、フォルトゥナータ姉さんみたいにはなりたくない。姉さんは、私がナルディーナの手作りのアンチョビパスタを食べているあいだに、ムシャッコに妊娠させられた。だから私はいつも道を駆け足で通りすぎる。男の人の息は鞴《ふいご》から送り出される風みたいだ。その風には手があって、肌に触れてくるのだ。私は透明な存在になるために走る。男子みたいな身体で女子の心をした私は、懸命に走る。いつか走れなくなる日の分まで。爪先まで覆われた靴にロングスカートを穿き、小さな歩幅でちょこちょことしか歩けないクラスメイトたちの分まで。まだ生きているのに、死者みたいに家のなかに葬られた姉さんの分まで。

「じたばたするのはおよしなさい、オリーヴァ」とうとう母さんが有無を言わさず決めてしまった。「今日から、カエルやカタツムリを捕りに行くのは、あなたの弟の仕事です。女の子がすることじゃありません」

私は母さんに腕をつかまれ、無理やり座らせられた。

「コジミーノは捕まえ方を知らない」靴の爪先を見つめたまま、父さんが割って入った。

「なんのためにおまえさんがいるのよ。息子にカタツムリの捕まえ方も教えられないっていうの？」

コジミーノはしぶしぶ支度をし、私の手からバケツをもぎとると、父さんのあとを追いかけて戸口から出ていった。朝日が昇るなか、黙りこくったまま草むらの向こうへと消えていく二人の姿が窓から見えた。

6

「オリーヴァ、なにを見てるの？　ハエ？」

キッチンから母さんの声がした。私は、父さんの姿が見えたら一目散に駆け寄ってカタツムりを数えようと、窓辺で待っていた。コジミーノのほうが私よりたくさん捕ってきたらどうしようと気が気ではなかったのだ。

「水はとりかえたの？」母さんが床のタイルをこすりながら尋ねた。

私は「うん」と答えると、バケツを寝室まで引きずっていき、前屈みになって自分の姿を水に映した。

「自惚《うぬぼ》れは悪魔の娘ですからね」それを見た母さんが、すかさず決めつける。私は恥ずかしくなり、バケツから目を逸《そ》らした。母さんはこちらに背を向けてしゃがみ、ざらざらしたスポンジで床をこすっていた。「母さんだって、あなたぐらいの年頃にはよく自分の姿に見惚《みと》れてたものよ。まあ、そのうち治るわ」そう言うと、かすれた咳をした。それが母さんの笑い方だった。「気づいたら道端で若い男の人たちから見つめられるようになり、お嫁に行って子供を育てるうちに、自然と治るものよ」

私は雑巾を絞ると、母さんの隣にしゃがんでタイルをこすった。母さんはいまでもまだきれいなのに、バケツの円《まる》い水に映っている私の顔は、水と同じく灰色でくすんでいた。

母さんは額の汗を二の腕で拭って話を続けた。「あなたのお祖母《ばあ》ちゃんは、女ばかり五人の子供を育てたのよ。あたしが真ん中で、姉さんが二人と妹が二人。男の子には恵まれなくてね。父は今度こそ男の子をって言ってたけど、母はいつも拒んでた。『娘を五人も嫁に出さなくちゃいけないんだよ、ミンモ。五人もね』父の鼻先で五本の指をひろげてみせながら、そう言ってね。あたしは、姉妹のうちで自分がいちばん美人だと思ってた。きっと自惚れがあたしの身を滅ぼしたのね」

いつになく親しげな母さんの打ち明け話にどぎまぎして、私はそれまでよりも力を込めてタイルをこすった。母さんの話はさらに続いた。

「あたしは公証人の事務所に掃除係として通うことになったの。公証人とは言わないまでも、せめて事務所に出入りしている誰か――公証人の見習いとか、弁護士とか、遺産をたっぷり受け取った人とか――に見初《みそ》められることを期待してね。それなのに、相続放棄の手続きにやってきたシチリアの若者に熱をあげてしまったってわけ。カラブリアに住んでいた彼の伯父さんが、借金を残して死んだのね。ブロンドの髪に緑の瞳、口数が少なくて、人当たりの優しい人だった。二十センチ四方しかない顔のために、人生を台無しにするつもりなの？って、母にはさんざん叱られたものよ」

　そう言うと母さんは、またかすれた咳のような笑い声をあげた。

「母の言うなりになるのは嫌だったから、こっそり家を出ることにしてね、二人で駆け落ち《フイティーナ》の計画を立てたの。夜中にメッシーナ海峡を渡ったんだけど、海が荒れてて、蜜月《ハネムーン》どころじゃなかったわ。オレンジの花（純潔、結婚の象徴）なんてなかったし、胃がよじれるような思いでずっと船のトイレにこもっていたのだもの」

　母さんは、いまだに痛みを感じるかのように、手で胃のあたりをさすった。

「死んだ母の言うとおりだった。結局母は、末っ子の出産で命を落としてしまったの。父の念願の男の子をようやく授かったと思ったら、母親も赤ん坊も一緒に逝ってしまったのよ――どうか安らかにお眠りください――。だからオリーヴァ、あなたは絶対にあたしの言うことを聞かなきゃダメ。あたしの目は、四六時中あなたを見張ってるからね。あなたからはあたしの姿が見えないところでも、あたしには見えるのよ。自惚れは悪魔の娘ですからね。憶えておきなさい」

　私は悪魔なんて好きじゃない。それで家の裏手にある畑にバケツの水を捨てに行ったら、父さんと、その後ろから手にバケツをぶらさげて帰ってくるコジミーノの姿が見えた。コジミーノのほうがたくさん捕れたか気になったものの、カタツムリを数えに行く勇気は出なかった。

7

リリアーナは私と違って美人だ。なのに、結婚なんてまったく頭にない。羊に礼服が必要ないように、女にも男なんて必要ないというのが彼女の持論だ。

「それでどうやって生きていくの？」ある日、学校からの帰り道、私はリリアーナに尋ねた。

「放浪生活でもするの？　女は子供を産まないと心を病むって、母さんがいつも言ってるよ」

リリアーナは教科書のあいだに隠し持っていた雑誌の最新号を差し出しながら、にっこりと笑った。「本土に働きに行くの」

「家政婦の仕事でもするつもり？」

「女性にとっての唯一の職業が家政婦ってわけじゃないでしょ。ニルデ・イオッティ（イタリアの政治家。一九二〇～九九年。女性初の下院議長を務めた）みたいに、女性国会議員《デプタータ》になるの」

「それって誰？　お父さんの友達？」

リリアーナは、小学生のとき自分だけが星のバッジをもらえたときのように、得意顔で眉を持ちあげた。私は妬《ねた》ましさに心が疼《うず》いた。ニルデという人が誰なのか知らなかったし、「国会議員《デプタート》」という単語に女性形があることも知らなかった。ロザリア先生の辞書には、「大臣《マエストロ》」「市長《シンダコ》」「裁判官《ジュディチェ》」「公証人《ノタイオ》」「医師《メディコ》」といった単語には女性形は載っていなかった。

「ほかでもなく私たち南部の女性が変革をもたらすべきだって、父がいつも言ってる。何世紀ものあいだ女は黙ってろと言われてきたけれど、いまこそ大きな声をあげるべきだってね」リリアーナは、まるで小さな子に諭すように、そう説明した。

「女のくせに大きな声をあげるなんて、ふしだらよ」私は、いつも母さんから言い聞かされている言葉をそのまま口にした。

リリアーナはなにも言わずに歩きつづけ、しばらく行ったところで立ち止まると、私の手をとって微笑《ほほえ》んだ。「オリーヴァも、たまには網小屋の集会に参加してみたら？」

「コミュニストがいるところには、行かないほうがいい」母さんに言われた言葉を思わず口にしてしまい、私はあたふたした。

「いろいろな人が参加してるよ。オリーヴァが思いもしないような人たちだって来るんだから」リリアーナはもったいぶった口調で言った。

「シベッタ夫人も来るの？」私は目を見張った。

「あなたのお父さんだって、何度か来たことがあるのよ」

頭のなかで血が駆けめぐるのを感じ、それ以上なにも尋ねなかった。いま聞いたことが事実かどうかは知りたくなかった。

「来てくれたら、うちにある雑誌を全部あげる」

私はベッドのヘッドボードの隠し戸棚に、映画の役柄にしたがって分類したスターたちの顔を模写したノートをしまっていた。女優だったら、「悲運のブルネット」「移り気のブロンド」「スキャンダラスなレッドヘア」（ただし、このグループにはリタ・ヘイワースの絵しかない）「悪魔の娘」、男優だったら、「勇敢で優しい男」「不細工で意地悪な男」「恋に破れる男」「危険な美男子」といった具合だ。『汚れなき抱擁』のアントニオは一人だけ特別枠だった。

リリアーナから雑誌のバックナンバーを全部もらえれば、ノートがあと二冊いっぱいになるくらいの絵が描ける。そう考えているうちに、頭のなかで響いていた母さんの声がだんだん小さくなっていった。

「別刷りの特集号も?」念のため訊いてみた。

リリアーナは顎を引いてうなずいた。

大通りと砂利道が交差するところまで来ると、私は砂利道に入り、家に向かって走りだした。しばらく行ったところで立ち止まり、リリアーナに向かって叫んだ。「だったら行くことにする」そして、ふたたび駆けだした。

8

結局、私は集会には行かなかった。

すると、ある日の放課後、ポートレートを手伝ってほしいから、家まで来てくれないかとリリアーナに頼まれた。私は、絵が上手なことを自慢できるチャンスだと思い、誘いを受けた。キャンバスと絵の具が用意されているものとばかり思っていたら、薄暗い物置部屋に通された。数本の物干しロープが片側の隅からもう一方の隅まで渡されている。

「お日様が照ってるのに、室内に洗濯物を干すの?」私は思わずそう尋ねた。ところが近づいてみると、洗濯ばさみで吊りさげられていたのは、洗濯物ではなくて写真だった。

「こっちに来て」リリアーナは私の手をとり、ロープに吊るしたばかりの一枚の紙の前に導いた。「なにが見える?」

長方形の紙を凝視したものの、なにも見えない。「暗すぎてわからない」私は困惑した。

「急がなくていいの。『見る』のと『見える』のとは違うんだから。意識しないと見えないものもある」

リリアーナは、いつもクラスで一番になりたがっていた小学生の頃とちっとも変わっていなかった。師範学校に進んだいま、私のほうが正確にテルリッツィ先生に教わったラテン語の格変化を唱えられるのに。私は針の孔《あな》に糸を通すときのように目を細めた。集中して見つめていたからかもしれないが、白い紙の表面に、だんだんとなにかが浮かびあがってくるような気がした。

前にもこの遊びをしたことのあるらしいリリアーナは、愉快そうに笑っていた。私は紙を凝視したせいで目に涙がたまり、紙の上に浮かびあがった形なのか、濡れた睫毛《まつげ》についた涙の雫《しずく》なのか区別がつかなくなった。そこでいったん瞼《まぶた》を閉じて、目をこすった。ふたたび目を開けたとき、目の前には、色黒でぼさぼさ頭の、痩せて骨ばった少女がいた。私は胃がきゅっと締めつけられ、下腹部の一点に生じた熱の塊が全身に拡散するのを感じた。

「私に内緒で写真を撮ったのね！」

思わず写真から目を背けた。誰かに見られていることを知らずにいるときの自分の顔は好きになれない。それに、神様が私を不細工にお造りになったのは、私のせいじゃない。リリアーナは、蛇の脱け殻のように丸まる茶色いフィルムを伸ばしていた。

「この写真、嫌い？」

「わからない」

「下手だと思う？」

「うまく撮れてるから、好きになれないのかも」

そのぼさぼさ頭のお転婆《てんば》娘は、紛れもなく私だった。足を引きずって歩くサーロをからかった男子からボールを取りあげて一目散に走り去り、しばらく行ったところで立ち止まってパチンコで石を飛ばしている。

リリアーナは笑っていたけれど、私は不満だった。自分のスナップ写真を見るのは生まれて初めてだったし、自分の姿に見惚れるのはよくないと母さんに言われていた。

私はもう一度顔をあげ、自分が写っている紙に近づいた。

リリアーナが引き出しを開けて、なにやらごそごそ探していたかと思ったら、木製の持ち手のついた手鏡を取り出した。裏側には、茶色い毛糸のおさげのついた、布製の人形の顔がほどこされている。

「よく見てごらん」リリアーナはそう言って鏡を差し出した。

私は手で突き返したが、リリアーナが押し戻してきたので、仕方なく鏡をのぞいた。

やや厚みを帯びてきた唇は、リリアーナの唇には敵《かな》わないけれど、もう子供の唇ではない。目は二枚の葉のように細長く、その真ん中に黒いオリーブの実がある。小さくてまっすぐな鼻に、濃い眉毛。私は不細工なんかじゃなかった。母さんが嘘をついていたんだ。

「もう帰らないと」と、私は言った。

「それあげる」フィルムを伸ばす作業を続けながら、リリアーナが言った。私は、母さんに見《み》咎《とが》められるのが嫌で、その手鏡をスカートのベルトの内側に挟んだ。いったん戸口に向かって二歩ほど歩きだしたものの、引き返し、洗濯ばさみで吊るされたままこちらを見ている写真の顔をもう一度しげしげと見た。そのときには、あまり他人のような感じはしなかった。

「どうして私の写真なんか撮ったの？」

リリアーナは華奢《きゃしゃ》な指で私の手を握った。その指は、マグノリアの根のように薄黒くてごつごつしている私の指とは似ても似つかなかった。

「見せてあげるから来て」彼女はそう言うと、窓がひとつもなく、暗い作業場に私を招き入れた。

何枚もの写真が、壁に貼られたり床に並んだ段ボール箱の中に積まれたりしている。金髪の人形と遊ぶリリアーナ、食肉店の店先で包丁を研ぐ肉切り職人のジェッピーノ、バルコニーから顔をのぞかせた女性を吹き矢で狙う三人の泥だらけの腕白小僧、僧服を脱いだ教区司祭、伏し目がちに歩く二人の若い女性と、唇を尖《とが》らせて口笛を吹く若い男。放課後、二人で下校する私とリリアーナ……。父さんらしき人物が写った一枚もあった。ひょっとすると私の見間違いで、夕陽に向かって歩く農夫を遠くから捉えただけの写真かもしれない。

「どれも父が撮った写真なの。ときには新聞社に送ることもあるのよ。一枚いくらかで買いとってくれるんだって」

「そんな顔の人ならどこにでもいるでしょ。なにがそんなにいいの？」と、私は尋ねた。

破れた靴を履いている農夫や、頭に黒いハンカチーフを巻いた女たちに交じって、通りに横たえられ、白いシーツに覆われた男の人の写真があった。中央に黒っぽい染みのあるシーツの下から、靴だけがのぞいている。黒い染みに見えたが、白黒写真だから、色は想像するしかなかった。それだけでなく、シーツがかぶせられていない三つの遺体が転がり、そのまわりに黒い血が流れている広場の写真もあった。

私は反射的に両手で目を覆い、「死者の写真を撮るのは冒瀆《ぼうとく》だよ」と言った。

「父は人の生を写真に収めているの。人の生にはありとあらゆることが起こる。目を背けたくなることもね」

「もう帰らないと」と、私は改めて言った。

その部屋はひどく暑かった。自惚れは悪魔の娘ですからね、と頭のなかで母さんの声が繰り返していた。

9

家に帰ったとき、母さんは留守だった。近所のピエトロ・ピンナの家で営まれていた、父親のお通夜に行っていたのだ。八十五歳での大往生だった。葬儀に参列するときの決まりごとは、黒い服を着ること、お悔やみの言葉を述べること、本物の涙を浮かべること。村で誰かが亡くなるたびに、母さんは必ず追悼の祈りに呼ばれる。たとえ知らない人が亡くなったとしても、悲しみに泣き崩れることができるからだ。そして、まるでその涙によって頬が洗い清められたとでもいうかのように、清々《すがすが》しい顔で帰ってくるのだ。

私は自分の部屋に入るなり、リリアーナからもらった手鏡を隠すため、ベッドのヘッドボードの板を外した。中から出てきた口紅を掌の上で転がした。口紅のキャップを外し、数ミリだけ残る赤いルージュが現れるまで、容器の下部を回転させた。ドアに耳を当て、誰にものぞかれていないことを確かめてから、鏡のなかの自分を見た。テレビのコマーシャルに出てくる映画女優みたいに、唇を丸めて、両方の頬を吸い込む。その状態で口紅を塗ると、たちまち唇が赤く染まった。そのうえから、もう一度重ね塗りをする。口紅が皮膚をくすぐり、胃がきゅっと締めつけられた。薄暗い楕円《だえんけい》形の鏡の真ん中で唇だけが際立ち、顔全体が吸い込まれそうになる。あれは私の口なのだろうか。木製の枠の中央にあるあの顔は、私なのだろうか。私は顎をくいと持ちあげて目を細め、唇を鏡の表面にそっとつけてみた。ひんやりとした感触が口にひろがり、羞恥心に駆られて鏡から唇を離した。ガラスの上に、少しぼやけたハート形の赤い跡が残る。その瞬間、下腹部に痛みを感じ、腸《はらわた》の内側でなにかが煮え立っているような感覚が背中のほうまでひろがった。私は、悪魔の懲罰が下ったのかと思った。もしかすると私のお腹のなかに子供が入り込んだのかもしれない。私もフォルトゥナータ姉さんのように妊娠し、赤ちゃんが出てこないうちにと、大急ぎで誰かのところへ嫁がされるにちがいない。

洗面所に駆け込み、ひりひり痛くなるまで唇をこすった。

夕食のとき、母さんは私が純潔を失ったことにも気づかず、嬉々《きき》としてお皿を洗っていた。死者のために流した涙が、母さんの顔に笑みをおいていったようだ。

母さんの目が四六時中私のことを見張っているというのは、嘘だったんだ。

10

薄暗くて魚臭い網小屋で、リリアーナは膝の上にノートをひろげ、手にはペンを持って、最前列に座っていた。集会はすでに始まっている。私はいちばん後ろの、ドアの近くに立っていた。小屋の中央にいたアントニーノ・カロさんが、少し話をしては、人々の顔を順にまっすぐ見据えた。他人の顔、とりわけ女の人の顔をじっと見るのはよくないことだと、母さんがいつも言っていた。さいわい私は積みあげられた漁網の後ろに隠れていたので、彼の視線が向けられずに済んだ。女の人は、未亡人が何人かいるだけだった。旦那さんが亡くなったので——神よ、彼らの霊魂を天に導きたまえ——自由に行動できるのだろう。私は、自分以外の誰にも属していない未亡人が好きだ。

カロさんは女の人みたいな声で、一人一人に優しく話しかけ、誰の意見も否定しなかった。集会は退屈で、どうして母さんがあんなに行くなと言っていたのか不思議に思うほどだったが、そのときにはもう、絡まった漁網の後ろに押し込まれて脱け出せなかった。カロさんはみんなに向かって次々と質問を投げかけた。女とはなにか。男とはなにか。それぞれの資質はなにか。どれも単純な質問で、低学年の小学生でも答えられそうだった。女は女の役割を果たし、家にいる。男は男の役割を果たし、外でお金を稼いでくる。尋ねられた人たちは思い思いの意見を述べ、リリアーナはそれをノートに書き留めていた。テルリッツィ先生の授業中にノートをとるのと同じように。ときには相容《あいい》れない意見の人たちがいて、口論になることもあった。するとカロさんは、その独特な柔らかい声で、みんなで互いに意見を述べ合い、理解し合うために集まっているのだから、喧嘩《けんか》する必要はないと諭すのだった。だけど、正しいか間違っているか誰にもわからないのなら、自分の意見を言うことがなんの役に立つのだろう。例えばロザリア先生は、私たちが間違った答えを言うと、それは違うと教えてくれた。間違えた子はその場では嫌な思いをするけれど、少なくとも正しい答えを学ぶことができる。あるとき、イタリア語を文法的に分析する授業で、先生が文章を読みあげた。「女性は男性と平等《ラ・ドンナ・エ・ウグアーレ・アル・ウオーモ》で、同じ権利を持っています《ポッシエデ・イ・メデジミ・ディリッティ》」私たち生徒は一斉にノートに向かい、単語ごとに区切りながら書いていった。「ラ」は定冠詞の女性単数形。「ドンナ」は人を指す一般名詞で、女性単数形……。でも、私にはその、「女性単数形」というところがどうしても腑《ふ》に落ちなかった。

　そこで、勇気を出して言ってみた。「先生、練習問題は間違っています」

先生はいつも結ばずにいるふわふわの赤い癖っ毛を触りながら言った。

「オリーヴァ、なにが言いたいの？　わかるように説明して」

「女の人の単数形なんてあり得ません」私はそう答えた。

「一人の女の人、たくさんの女の人たち……」先生は、指を立てて見せながら説明した。「ほら、単数と複数があるでしょ」

それでも私は納得できなかった。「女の人が単数でいることはありません。家にいるときには子供たちと一緒だし、教会に行くときも市場に行くときもお葬式に行くときも、必ず誰かと一緒です。一緒に出掛ける人がいなければ、いつも男の人に送ってもらいます」先生は赤いマニキュアを塗った指を宙に浮かせたままの姿勢で固まり、鼻に皺《しわ》を寄せた。それは考えごとがあるときの先生の癖だった。

「私は、女性単数形の女の人なんて見たことがありません」私はおそるおそる自分の考えを続けた。

先生は溜め息をつき、別の文章を読みあげた。クラスメイトはみんな机に向かい、筆記体の文字をノートに書いた。私は、あまりにも馬鹿げた発言だったから、答えるに値しないのだろうと思っていた。ところが授業の終わりのチャイムが鳴り、ほかの子たちが教室の外へ出ていくなか、先生は私のことを教壇の前に呼んだ。先生のそばに行くと、髪の毛のいい匂いがして胃がきゅっとした。道で男の人たちが先生のあとをつけて歩くのは、きっとこの匂いを嗅ぎたいからなのだろうと私は思った。

「あなたの言うとおりかもしれないわね、オリーヴァ。だけど、文法は人々の暮らしぶりを変えるためにも役に立つものなのよ」先生はそう切り出した。

「どういう意味ですか、先生？」自分には先生の言っていることが理解できないような気がして、情けなくなった。

「女性の単数形が成立するかは、私たち次第だってこと。つまり、あなた次第だとも言えるわね」

先生は私の顔を撫でてくれた。先生の肌はまるで桃みたいだった。学校を出ると、私と先生はそれぞれ家の方角へ歩きだした。私はいつものように小走りで、先生は男の人たちの視線を掻《か》き分けながら。

その学年の終わりに、校長先生が教室に入ってきて、ロザリア先生は別の学校に異動になり、その代わりに男の先生が新しく赴任すると告げた。噂好きたちが、たちまちあることないこと言い触らしはじめた。愛人がいたとか、それも一人じゃないらしいとか、先生よりもはるかに若い男の人と親しげにしていたとか、妊娠して秘密裡《り》に堕《お》ろしたとか、ほかでもない校長先生と関係を持ったためにマルトラーナ村を出ていかなければならなくなったのだとか……。ただし、校長先生が異動させられることはなかった。

もしかすると、ロザリア先生も網小屋に行っていたのかもしれない。最前列でリリアーナの隣に座り、いい匂いのするふわふわの髪を揺らしながら、恥ずかしがらずにみんなの前で話していたのかもしれない。

「では、外で働く女性については、皆さんどう思いますか？」カロさんが尋ねた。方言を使わず、どの単語も一つ一つ音節を丁寧に発音しながら、標準的なイタリア語で話している。『母さん《マンマ》、僕はとても幸せ《ソノ・タント・フェリーチェ》だよ』を歌うときのクラウディオ・ヴィッラ（一九五〇～六〇年代に人気を博したイタリアのポピュラー歌手）のように。カロさんが質問を投げかけても、すぐには誰も答えようとしない。息づかいと変わらないくらいのひそひそ声がするだけだった。村人たちが銘々に考えたことをつぶやく静かな音とでも言えばいいだろうか。隣の人を肘でつついて笑う者もいた。数少ない女性の出席者は靴の爪先を見ていた。リリアーナはノートからペンを浮かせ、みんなの意見を待っていた。そのとき、誰かが笑いをとろうとして茶化した。

「カロ、女が外で働くだって？　どんな仕事があるってんだ」ずんぐりとした男の人が口をひらいた。後ろ姿から判断するかぎり、小間物商のチッチョさんのようだ。

「狙撃隊員とか？」隅にいた、ひょろりと背の高い男の人が、片目をつぶってみせた。

「どうだろう」カロさんは声色を変えずに続けた。「皆さんはどう思いますか？　果たして本当に仕事はないのでしょうか」

そんなことは笑い話のなかでしか考えたことがないとでもいうように、みんな黙り込んでいた。

「よその家で家政婦をする」淡いブルーのジャケットを着た若者が答えた。

「縫い物とか、婦人の髪結いとか、家でもできる仕事」小屋の反対側から、別の人が続けた。

「つまり、女性は家のなかでしか働けないということでしょうか」カロさんが、自分の考えは表に出さずに質問をかぶせる。意見を口にするうちに、みんな少しずつ疑問点が明らかになってきたらしく、にやつく人はいなくなった。

「女には向かない仕事ってのがあるだろう。例えば裁判官のような責任のある職には就けない。ワンピースの上から法服を着た女の裁判官なんて、想像できるか？」チッチョさんらしき人が言った。

「そいつは天地がひっくり返る」隣の席の人がつぶやいた。

「法律が変わって、女の人も司法官の採用試験が受けられるようになってもいいんじゃないかしら」口を挿んだのはリリアーナだった。

「法律だけが問題なわけじゃない」ジャスミンの花の小枝を耳の後ろに挿した、黒い縮れ毛の若者が答えた。私にはいままで見たことのない顔のように思えた。「女は生まれたときから男とは違う性質を持っている。女は移り気で気まぐれだし、ひと月に何日かは決まって頭がぼんやりしている。そんなときに判決を下さなければならなかったらどうする？　なんの罪もない人を監獄に送るのか？」

「だけど女性の教師はいるじゃない」リリアーナが反論した。「学校の先生だって大きな責任をともなう仕事よ。だったら、ほかの職業にだって就けるはずでしょ」

「学校の先生だって？」縮れ毛の若者が言い返した。「誰とでも親しくなるあの赤毛の女みたいにか？」片目をつぶりながらそう言うと、手に持っていたオレンジを真上に放り投げ、落ちてきたのを受けとめた。周囲の男たちがどっと笑ったので、私はまるで平手打ちを食らったかのように頬が赤くなった。

「まったく恥さらしな先生だったよ」私の隣の老婦人が言った。

私は黙っていられなくなり、口の中でつぶやいた。「やっかんでるんでしょ」

「誰がやっかんでるだって？」耳ざとくその言葉を聞きつけた老婦人が、ものすごい剣幕で言った。

「知りもしないくせに、あることないこと言い触らすしか能がないから、やっかむのよ」私の声は怒りに震えていた。

「ここは洟《はな》ったれの子供にも発言権があるのかい？」

「そっちこそ、年寄りの独り身のくせに……」

みんなが一斉に私のほうを振り向いた。リリアーナがカロさんになにやら耳打ちすると、カロさんの視線が漁網の陰で隠れている私を捉えた。

「オリーヴァ、続けて。君の意見を聞かせてほしい」

「意見なんてありません……」私は狼狽《ろうばい》して、それだけ言うのがやっとだった。

小屋の反対側にいたリリアーナが、手振りで発言を促した。

「ロザリア先生は……」私は話そうとしたものの、すぐに言葉に詰まる。

「君の担任の先生だったんだね？」何歩か私のほうに歩み寄りながら、カロさんが尋ねた。私はこくんとうなずいた。

「じゃあ、先生のことよく知ってたんだ」

「四年間、ずっと担任をしてくれたのに……別の町に行かされてしまったんです」

私は男の人たちの様子をうかがい、みんながまだ薄ら笑いを浮かべているのか、それとも真剣に話を聞いているのか、見極めようとした。カロさんは、先を急がせるでもなく、私が話すのを待っていた。

「ロザリア先生は教えるのが上手で、恥さらしなんかじゃありません。九九や、イタリア語の動詞の活用、文法の分析、古代ローマ人の暮らし、県庁所在地……たくさんのことを教えてくれました」

みんな黙って聞いていた。

「先生は、女も男も平等だと言ってました。女の人にも、男の人と同じだけの自由があるべきで……」

「あの恥さらしが！」縮れ毛の若者が、オレンジをポケットにしまいながら笑った。そのとき、その若者がじっとこちらを見たので、私はようやく誰だか思い当たった。村の菓子店の息子だ。私がまだ子供だった頃、お店に行くと、私より何歳か年上の彼がカウンターの向こうから笑いかけ、リコッタチーズと砂糖を練り合わせたクリームにナイフの先端を沈めては、味見をさせてくれたものだった。ものすごく甘いそのクリームが舌の上で溶け、胃がきゅっと締めつけられる。それが、ある日を境にぱったり姿を見せなくなり、いつしか私の大好物のお菓子はアーモンドクッキーになっていた。

「発言は、許可を求めたうえで順番にお願いします」カロさんが穏やかに諭した。「オリーヴァ、続きを話してくれないか」

私は勇気をふりしぼって続けた。「もしもロザリア先生が『恥知らず』だとしたら、皆さんが言っているような意味ではなく、恥じることなんてなにもないという意味だと思います。先生は誰も傷つけるようなことはしなかった。先生を傷つけたのはあなたたちのほうよ」

オレンジを持った若者は私を見てにやりと笑うと、拍手の真似をしてみせた。その場にいた男の人たちは思い思いの意見をつぶやき、私の隣の老婦人はショールに身を包むと、小屋から出ていった。集会の終了時刻は過ぎているのに、ほかの人たちは立ち去ろうとせず、カロさんがなにか言葉を続けるのを待っている。

「では、今日の集会は、オリーヴァの言葉で終わりにしたいと思います。恥だと思うべきなのは、誰かを傷つけ、悪いことをし、罪を犯したときだけだと、オリーヴァは教えてくれました。それともうひとつ、直接知りもしないのに、人々の噂を根拠に他人を判断することはできないとも。オリーヴァ、そうだね？」

カロさんの言葉が、人々を掻き分けて小屋から出ようとしていた私を追いかけてきた。家まで走って帰るあいだも、「オリーヴァ、そうだね？」というカロさんの声が私の頭のなかで渦を巻いていた。そうなのか、そうじゃないのか、私にはわからなかった。いつも大人たちの目に映らないように細心の注意をはらっていた私が、なぜあんなふうにみんなの前で発言したのかもわからなかった。どうして網小屋に行ってみたいなんて思ったのだろう。リリアーナに雑誌を見せてもらいたかったから？　父さんも小屋に行ったことがあると知ったから？　それとも、どこにいようと私のことが見えるという母さんの言葉は嘘だと証明するため？　逃げるように家へ帰りながら、私は自分自身をも恥さらしだと感じていた。

11

息を切らして砂利道の突き当たりまで走った。家の玄関の前で、小屋の外に放たれている雛鶏たちが、まるで教室に戻りたがらない勉強嫌いの学童みたいに、気ままに地面をついばんでいた。

「トー、トー」手を叩いて雛鶏たちを追ったが、厚かましい顔で見返すだけで、ちっとも動こうとしない。「誰が外に出したんだろう……。コジミーノ、雛鶏たちが小屋の外に出てるよ！」私は声を張りあげた。

ところがコジミーノはいなかった。コジミーノはいつだって外をほっつき歩いているのに、誰にも咎められない。母さんも留守だった。ヤンヌッツォ夫人の家に針仕事を納めに行ったのだ。夫人は去年の冬に、私と同年代の娘さんを肺病で亡くしていた。それで母さんは、彼女の家に行くときにはいつも、「ヤンヌッツォ夫人に失礼に当たらないよう、一人で行ってくるわね」と言うのだった。私は一人になれるのが嬉しかった。その日、網小屋に行けたのも、ヤンヌッツォ夫人のお蔭だった。

「トー、トー」ふたたび声を張りあげながら雛鶏たちを小屋に追いやった。「ロジーナ、ヴェルディーナ、ヴィオレッタ、ネリーナ……」みんなそろっていた。「なんていい子たちなの。誰も逃げなかったのね！」

雛鶏たちを小屋の中に追い込むと、金網を閉めた。雛鶏たちは脱出劇が失敗に終わって安心したのか、ちょこちょこと嬉しそうに歩きまわっている。

「偉いね。偉いけど、お馬鹿さん。雌鶏並みの脳しかないって本当なのね。自由よりも檻《おり》の中のほうが好きなんて……」

雌鶏たちは頭を前後に小刻みに動かしながら、間の抜けた顔で私の顔を見た。檻の中で生まれ育った雌鶏たちに、自由の価値なんてわかりっこないのだ。そう考えると、怒りよりも憐れみの情が湧いてきた。生まれてからずっと囚《とら》われの身だった者は、自立を求めることすらできないなんて。

「そうでしょ、ヴィオレッタ？　ねえ、そう思わない、ネリーナ？」

それに、晴れて自由の身になった雌鶏たちは、どうやって生きていけばいいのか。私の頭には、またしてもロザリア先生の顔が浮かんだ。学校からも村からも離れることを強いられて、いったいどこへ行ったのだろう。

「恥知らずな女」という言葉が私の頭のなかでぐるぐると回っていた。私が思いついた言葉ではなく、別の誰かの言葉だ。網小屋で下品な薄笑いを浮かべていた男たち（先生が広場を横切るときに口笛を吹いていた張本人）か、さもなければ他人の悪口を言うことにしか興味がない、噂好きの女たちかもしれない。私はあの人たちとは違うんだ。そう思う一方で、私自身のなかにも噂好きの女がいた。私はオリーヴァ・デナーロであると同時に、彼女たちでもある。網小屋で私の隣に座っていた老婦人だったり、集まってはロザリオの祈りを一緒に唱えている黒い服を着たご婦人方だったり、丈の長いスカートを穿いていつも目を伏せているクラスメイトだったり、月のものが来たと自慢するクロチフィッサでもあるのだ。それだけでなく、私のなかには母さんもいて、いつか母さんみたいになるのかもしれない。雌鶏たちは私たちなんだ。小屋に閉じ込められた女たち。私は鶏小屋なんて好きじゃない。

「いったいなにを考えてるの。せっかく逃げられるチャンスだったのに……」もう一度、鶏小屋の戸を開けて外に出してやろうとすると、憐れな雌鶏たちは慌てふためいて逃げまわるばかりだった。

「それは鶏で、囚人じゃないの！」いきなり背後から声がした。

驚いて振り向くと、暗がりから現れたリリアーナが、こちらに近づいてきた。

「また隠し撮りをしに来たの？　写真を撮られるのは好きじゃないって言ったでしょ。そんなの失礼よ」

「集会に来てくれてありがとう。嬉しかった」

リリアーナはにっこり笑って、私がついさっきまで雌鶏を見ていたのと同じような目で私を見た。「約束の雑誌を持ってきたの。それと、これも」

そう言うと、雑誌の束を私のほうに差し出した。雑誌の上には一枚の茶封筒があった。私はその封筒を二本の指でつまみあげた。

「このあいだうちに来たときに見せた写真が入ってるわ。好きだって言ってたでしょ」

「私に似てるって言っただけ」

「友達からの贈り物を受け取らないの？　それって失礼じゃない？」

答える間もなく、小道の向こうから歩いてくる母さんの影が見えた。まるで誰かに手綱を引かれ、ひと足ごとに痛みを感じているかのように、顔を胸にうずめて歩いている。母さんはあらゆることを痛みとして捉える。軽く合わせた鎧戸《よろいど》の隙間から射し込む朝の光も、隣で鼾《いびき》をかきながら眠っている父さんの身体も、痩せぎすで不恰好な私も、畑仕事も、水不足も、姉さんが産むことのできなかった赤ん坊も、年を取るにつれてますます小さくなる針の孔も、コジミーノの怠惰も、父さんのだんまりも、混乱も、才能もなければ財産もない若者となんて結婚するものじゃないと言った、いまは亡き母さんの母さんも、村人たちの噂話も、暑さ寒さも、近所のご婦人方も……すべてが母さんに不幸をもたらす共犯者なのだ。

「オリーヴァ、オリーヴァ！　そんなところでなにをしてるの？　誰と話してるの？　もう暗くなってきたから家に入りなさい。ああ神様、どうか娘が誰にも見られていませんように！」

私は後退《あとずさ》りながら、慌ててスカートのゴムのあいだに封筒を挟んだ。

「こんばんは、デナーロ夫人」リリアーナが礼儀正しく挨拶した。

「おやすみなさい」母さんはリリアーナの顔も見ずに返事をすると、ドアの陰に引っ込んだ。

リリアーナは雑誌の束を手に持ったまま、その場でなにも言わずに立ち尽くしていた。私は彼女にくるりと背を向け、小屋に入る雌鶏たちのように、家の中へ入った。

12

「父と子と精霊の御名《みな》において。アーメン」

「アーメン」

シベッタ夫人が、毎月第一金曜日のロザリオの祈禱《きとう》会に私たちを招待した。ロザリオの祈りの決まりごとは、数珠をひと粒ずつ数えながら、祈禱文を繰り返し、数珠がなくなるまで続けること。

その朝、私は祈禱会ではなくて学校へ行きたかったのだけれど、五月は聖母マリアの月だったし、リリアーナがうちに来たことの償いもしなければならなかったので、行かないわけにはいかなかった。私の写真が入った封筒は、ベッドのヘッドボードの隠し戸棚の中に、鏡や口紅や映画スターの絵と一緒にしまってあった。

「……死んで葬られたまえり。聖書にありしごとく、三日目によみがえり……」

あの晩、コミュニストは無神論者の陸《ろく》でなしだ、と母さんは非難した。リリアーナは悪い友達だから付き合うな、自分だったらすぐにでも学校を辞めさせる、女の子が知識をつけすぎるのはよくないことだから、とも言っていた。

「……われらが人に赦《ゆる》すごとく、われらの罪を赦したまえ……」

「ご近所の口の端《は》に上ったら困るでしょ?」家に帰ったとき、母さんにそう言われた。

「私のことが村の噂になるっていうの? 母さん、私はまだ子供なのよ」私はそう答えた。

「月のもの《マルケーゼ》が来ていようが、まだだろうが関係ないわ。あなたはもうみんなに見られてる」

マルトラーナ村の生活は人々の視線で成り立っているんだ、と私は思った。見る人と、見られる人と。そして誰もが、人様の目には実際よりもよく映りたいと思っている。

「……いまも、そして臨終の時も祈りたまえ。アーメン」

「アーメン」

シベッタ夫人の二人の娘は、姉娘のノーラがぽっちゃりしていて、妹娘のメーナはほっそりしていたが、まるでカラスの翼のようにいつも母親の両脇に寄り添っていた。シベッタ夫人とその夫は、もう一年以上も前から娘たちの嫁ぎ先を探していたが、あちこちまわっても誰も見つからなかった。ロザリオの祈禱会にはランダッツォ未亡人も招かれていた。子供を一人産んだあと、罪深き病である梅毒で旦那さんを亡くしたのだと母さんは言っていた。一方、ランダッツォさんは、夫の死因は肺病だと言い張っていた。ランダッツォさんの息子はエジディオという名で、背が低くて頭髪は薄かったが、シベッタ夫人は、娘のどちらか——例えば妹のメーナとか——の相手にどうかと目を付けているらしい。シベッタ夫人と二人の娘は茶色のソファーに座り、十字架を前にした敬虔《けいけん》な女性のように澄ましていた。部屋の反対側には、私と母さん、そして小学校時代のクラスメイトのミルッツァが座っていた。幼い頃に両親を亡くしたミルッツァは、シベッタ家に引きとられていた。シベッタ夫人は「私の付き人なの」と貴婦人気取りで言っていたが、実際にはキッチンでは鍋の番、物置小屋では箒《ほうき》の番をさせていて、死ぬまでこき使うつもりなのだろうと母さんは言っていた。母さんとミルッツァと私は、硬くてごつごつした木製のベンチに座っていた。

「始めにありしごとく、いまも、いつも、世々にいたるまで。アーメン」

「アーメン」

シベッタ夫人の姉娘は、ときおり溜め息をつきながら、額から首筋をつたい、白いメロンのように大きな胸のあいだに垂れてくる汗の雫《しずく》を拭っていた。銀髪で面長、鼠《ねずみ》を思わせる顔つきのシベッタ夫人が最初にロザリオの祈りを唱え、私たちはそのあとについて復唱する。シベッタ夫人の旦那さんは、家畜小屋の裏で二人きりで話しているところを、いまは亡き夫人の父親に見つかって、結婚を迫られた。当時は若く美男子だった彼は、最初は断ったが、シベッタ夫人——旧姓はブッタフオーコといった——の父親が、脅したりすかしたりして説得したのだと、母さんは言っていた。最終的に二人は結婚し、万事まるく治まった。旦那さんは自分の名字を、ブッタフオーコ家は持参金を提供し、それぞれにとって旨みのある結婚となったのだ。

「苦しみの神秘、第一の黙想……」

シベッタ夫人は両手を天に掲げ、ゲッセマネにおいてイエスの身に起こった出来事を語りはじめた。それから主の祈り《パードレ・ノストロ》を一回唱え、ついで天使祝詞《アヴェ・マリア》を十回唱えた。そのうちに声がずれてきて、しばらくするとそれぞれがお祈りの違うところを唱えていた。シベッタ夫人の二人の娘は、これ幸いとばかりに、仕入れたばかりの噂話を始めた。ランダッツォさんは、天使祝詞《アヴェ・マリア》と天使祝詞《アヴェ・マリア》のあいだに、姉娘か妹娘のどちらかに質問した。

「それで、どうなったの？」

「どうなったって誰のこと？　チリンナの娘さん？」

シベッタ夫人は聞こえないふりをし、両の掌をぴたりと合わせ、なにを言っているのか聞き取れない言葉で連禱《れんとう》をつぶやいていた。それぞれが好き勝手な歌を歌っていたのだ。

「苦しみの神秘、第二の黙想……」

声は一斉に止《や》み、シベッタ夫人がイエスの鞭打《むちう》ちについて語りはじめた。ふたたび天使祝詞《アヴェ・マリア》が唱えられ、ひそひそ話が始まった。

「旦那の女をナイフで五回も刺したのよ」と、ランダッツォさんが五本の指を扇のようにひろげて言った。

「どうして？　アガティーナの旦那が町にもうひとつ家庭を持っていることが秘密だったとでも言うの？　それくらい野良犬だって知ってたわよ」姉娘のノーラが平然と言ってのけた。「おまけに彼は、そのほうが憶えやすいからと、どちらの家の子供たちにも同じ名前をつけてたんですって。それを知って激怒したアガティーナは、懐にナイフを忍ばせてバスに乗り、白昼堂々、みんなが見ている前で、愛人に襲いかかったというわけ」ランダッツォさんが詳しく説明した。

「ああ、神様！　それでアガティーナは刑務所に入れられたの？」妹娘のメーナが両手で顔を覆い、悲鳴をあげたが、母親のシベッタ夫人ににらまれたので、声を潜めた。「相手の女の人は？」

ランダッツォさんは、返事を待たせることで相手の好奇心を募らせるために、わざと祈りの文句を唱えてから言った。「相手の女は助かったし、アガティーナも牢屋《ろうや》に入れられずに済んだらしいわ」

いちばん遠いところにいて話がよく聞こえないミルッツァは、唇の動きを読むためにランダッツォさんの口もとをじっと見つめていた。「アガティーナには、名誉を守るという正当な理由があったと法律が認めたのね」

みんなが思い思いにコメントし、母さんはひそひそ話を隠すために、敢えて大きな声で祈りを唱えはじめた。シベッタ夫人は噂話など少しも意に介さず、祈禱を続けていた。というのも、彼女はそうした事情をとっくに知っていたからだ。

「苦しみの神秘、第三の黙想……」

私たちがふたたびロザリオを数えはじめると、シベッタ夫人の姉娘が私のほうを見やり、妹を肘でつついた。「あの娘、コミュニストの集まる小《こ》屋にいたらしいわよ」母さんの耳に入るように、わざと大きな声で言った。けれども、母さんはお祈りを唱え続けていた。「誰のこと？　オリーヴァ？」妹娘が、私の名前をわざとはっきりと発音しながら尋ねた。部屋が一瞬静まり返り、全員の視線が私に注がれた。母さんも私のことを見た。私は両頬がちくちくし、血が震えるのを感じた。ふたたびざわめきが聞こえたが、誰もが姉娘の口もとに集中していた。姉はもったいぶって、しばらくはなにも言い足さず、鼻の右脇をつたう汗の粒を拭った。

「苦しみの神秘、第四の黙想……」シベッタ夫人が両方の掌を天に向けて告げた。


「虱《しらみ》だって咳をするって言うでしょ」ランダッツォさんがそう言って、母さんの注意を引くために咳ばらいをした。

「そう言えば、以前はムスーメチのとこの足を引きずっている息子といつも一緒にいたけど、近頃はコミュニストと付き合いはじめたのね」

「あの恥知らずの教師をかばったらしいわよ」

「あの娘も政治活動にかかわるつもりかしらね」

「なにを言ってるの。まだお乳のにおいがするっていうのに」

「少し前まで乳臭かったけど、近頃はそうでもないわよ」

もはや誰も声を潜めようとはせず、こっそり私たちの反応をうかがって楽しんでいた。ロザリオの祈禱会に私たちを招いたのは、このためだったのだ。

母さんはなにも聞こえないふりをしていたが、お祈りを捧げるために組んでいた指の関節が、強く握りすぎて白くなっていた。圧力に負けて、いまにも骨が皮を突き破り、砕けそうだった。ミルッツァは息をとめ、足もとを見つめていた。この手の猿芝居を何度見たことか。茶色のソファーに座ったシベッタ母娘《おやこ》が、村の女たちを鋏《はさみ》で切り刻み、グリルで炙《あぶ》るのだ。あたかもコロッセオでライオンと対峙《たいじ》させられる憐れなキリスト教徒のように。

「苦しみの神秘、第五の黙想。イエスは十字架に磔《はりつけ》にされ、十字架の上で息絶える」みんなの噂話に掻き消されないように、シベッタ夫人は大声を張りあげなければならなかった。

しばらくの沈黙のあと、ふたたび天使祝詞《アヴェ・マリア》が唱えられた。私はお祈りのために組んでいた両手をほどき、膝の上においた。舌の上で言葉が燃えていた。私はあの人たちとは関係がないの。なぜ網小屋に行ったのか、私にもわからない。行ったのは間違いだった。網小屋には二度と行かないし、リリアーナともかかわらない。そういったすべての言葉を、あの信心家ぶった女たちに面と向かって言ってやりたかったのに、口が固まって動かなかった。まるで上の歯と下の歯がビスで固定されているかのように。

「キリストよ、憐れみたまえ」シベッタ夫人が最後に大声で叫んだ。
「キリストよ、憐れみたまえ」女の人たちが声をそろえて繰り返す。
「主《しゅ》よ、憐れみたまえ」シベッタ夫人が続けた。
「主よ、憐れみたまえ」女の人たちが復唱する。

ご夫人方、お嬢様方、憐れみたまえ。私は心のなかで唱え続けた。私は恥知らずではありません。どうか、ロザリア先生のようにマルトラーナ村から追い出さないでください。私がそんなに悪いことをしたというのですか？　もし私がアガティーナみたいに誰かをナイフで五回刺したら、裁判所でもこの祈禱会でも、きっと罪を赦されただろうに。

「聖マリア、われらのために祈りたまえ」
「天主の聖母、われらのために祈りたまえ」
「童貞のうちにいて、いとも聖なる童貞、われらのために祈りたまえ」

母さんもまた、聖母マリアに救いを求めていた。一連の出来事の始末をつけるために、いますぐ地上に降りてきてほしいと頼んでいるかのように。

「いと潔《きよ》き御母《おんはは》、われらのために祈りたまえ」
「いと操《みさお》正しき御母、われらのために祈りたまえ」
「終生童貞なる御母、われらのために祈りたまえ」

私もみんなのお祈りに声を合わせた。私の御母、私の話を聞いてください！　私はあなたと同じです。オリーヴァです。木のサンダルで村じゅうを駆けまわっている少女なのです。なにが女にふさわしく、なにが男にふさわしいのか、私にはわかりません。誰が働くべきで誰が働いてはいけないのかも知りません。誰が家のなかにいなくてはならず、誰が外に出掛けていいのか、私にはちっともわかりません。

「いとも賢明なる童貞、われらのために祈りたまえ」
「敬うべき童貞、われらのために祈りたまえ」
「誉《ほ》むべき童貞、われらのために祈りたまえ」

皆は「童貞」という言葉を発音するたびに唇を前に突き出した。私に向かって言われているような気がした。

「力ある童貞、われらのために祈りたまえ」
「寛仁《かんじん》なる童貞、われらのために祈りたまえ」
「信実なる童貞、われらのために祈りたまえ」

祈りのリズムに合わせて、両頬を平手打ちされているような感覚だった。不意に、それ以上座ってはいられないほどベンチの座り心地が悪くなり、私は勢いよく立ちあがった。一瞬、連禱がやみ、みんなの視線が一斉に私に注がれた。シベッタ夫人もこちらを見ていた。母さんには背を向けていたので、どこを見ていたのかはわからない。きっと眉をひそめ、激怒したときよくそうするように、こめかみに青筋を立てていたことだろう。私の全身の筋肉が縮こまった。「私は割れた水差しなんかじゃない!」気づいたらそう叫んでいた。部屋の空気があまりにも薄くて、次の言葉が出てこなかった。最初は母さんの顔を、次いでミルッツァの顔を見て、それからふたたびシベッタ母娘に向きなおった。どの顔も同じに見えた。マルトラーナ村の女の人たちはみんなよく似ている、と私は思った。同じような服装に、同じような髪型、塀すれすれのところを歩く姿勢も同じだし、窓が閉ざされた薄暗い家にいつも閉じ籠もっているせいで、二つの隙間みたいになった細い目も同じだ。

私は玄関のほうへのろのろと歩いていき、ドアを開けた。顔じゅうに陽射しが降りそそぐ。背後から聞こえる祈りの声がふたたび一本調子になった。

「家族の元后《きさき》、われらのために祈りたまえ」

「平和の元后、われらのために祈りたまえ」

われらのために祈りたまえ、と私は小さな声で繰り返し、胸もとで十字を切ると、ドアをばたんと閉めて駆けだした。全速力で。

13

木のサンダルが石に当たる音に混じって、村人たちの話し声が聞こえた。いつものように髪をなびかせ、スカートが膝の上までめくれあがっていたが、そのときの私はパチンコを持って追いかけてくる男子たちから逃げていたのではなく、村の人たちの噂話や羞恥心、そして自分の母親から逃げていた。私の身体は大人の女性の身体になることを拒絶していた。周囲の人たちの目にはすでに大人の女性として映っていたのだとしても。私はもう人目につかない存在ではなかった。いつも誰かに見られ、評価を下されていた。

これまでも様々な言葉が連禱のような低い声でささやかれていたが、私は聞き流してきた。それがいまや、そうした言葉が私の心を刺すようになった。何年ものあいだ、子供だった私の遊び場の背景音のように響いていた言葉が、スズメバチの群れのように私に襲いかかってくるのだ。ロザリア先生の言っていたとおり、言葉は武器だ。難解な言葉だけでなく、無知な人たちの口のなかで躍るありふれた言葉でさえも武器となる。

シベッタ夫人と二人の娘は、私に洗礼をほどこそうとしたのだ。だから私は走って逃げた。じっとしていたら刺された痕が痛むばかりだ。きっとロザリア先生も、懸命に走って遠くまで逃げたにちがいない。映画スターのように唇を赤く塗り、髪を肩に垂らしたロザリア先生が、トロリーバスや自動車が無数に行き交う都会の大通りを横切る姿を私は思い浮かべた。私の空想のなかの先生は、独りで颯爽《さっそう》と歩いていた。立ち止まって指を差したり、口笛を吹いて冷やかしたりする男など一人もいない。スズメバチに刺された痕はいまだに痛むのだろうか……。

走っているうちに、いつの間にか海に出た。砂浜には人っ子一人おらず、なんだか怖くなった私は、村へ戻る道を引き返しはじめた。ふと気づくとサーロの家の前にいた。サーロの父親のヴィート・ムスーメチ親方は、マルトラーナ村でいちばんの美男子だったらしい。褐色の髪に碧《あお》い瞳……。若い娘たちはみんなそんな彼に夢中だったから、選《よ》り取り見取りだったはずなのに、ことあろうに、ちっとも美しくないナルディーナを嫁にした。口さがない連中は、ヴィートがあんな醜い嫁で満足しているのは、彼自身が煙のようなもので、中身が空っぽだからだと噂した。きっと身体的な欠陥があって、子宝には恵まれないだろうと。そこに生まれたのがサーロだった。父親にはこれっぽっちも似ておらず、サーロは赤毛で、瞳は茶色、左の頬骨のあたりには痣《あざ》もあった。クラスメイトたちはその痣を気味悪がったが、私には熟れた苺《いちご》のように見え、そっと唇を当てて、味をみてみたかった。

ヴィート親方の家具工房からサーロが足を引きずりながら出てきて、尋ねた。

「なにかあったのか?」

「べつに。なにもあるわけないじゃない」

「そんな顔をして、なにかあったに決まってる」

私は額の汗を拭い、いつも二人で座るベンチに腰掛けた。私たちはサーロの家の中庭で一緒に育ったようなものだった。鉋屑《かんなくず》をかぶって髪の色を変えて遊ぶこともあった。サーロはたいてい胡桃《くるみ》材の鉋屑を選び、頭からかぶった。するとヴィート親方のような褐色の髪になる。私は、姉さんみたいなブロンドの髪に憧れていたので、樅《もみ》材の鉋屑を選んだ。それから息が切れるまで駆けまわり、両手両足をひろげて麦打ち場であおむけに寝転がる。空を飛んでいるつもりになって、手足をばたばたと動かすのだ。そして雲を観察した。サーロが大空の片隅を指差して叫んだ。「見てごらん！　羊がいるぞ」「あれは羊じゃなくて、犬よ」と私は答えた。「どこが犬だって言うんだよ」そうこうしているあいだにも、風に吹かれて雲の形が変化する。「鹿だ！　ほら、角があるだろう……」そこへまた一陣の風が吹き、白い塊が帯状に伸びた。「違った、蛇だ」サーロが訂正する。「羊でも、鹿でも、蛇でもないわ」と、私は言った。「じゃあ、なんなんだ？」「マルフォリオよ」私は真顔で言った。「なんだって？」「マルフォリオだってば」私は自信たっぷりに繰り返した。「ずるいぞ。そんな動物いるはずがない！」とはいえ、小学校の五年間しか学校に通っていないサーロには確信が持てなかった。そこで、出まかせを言っていると私に認めさせるために、質問した。「角が二本あるのが見えないのか？」「そうよ、だって二本角のマルフォリオだもの」「そうなんだ。じゃあ、その二本角のマルフォリオってどんな形をしているのか説明してみろ」「見ればわかるでしょ？　雲の形をしてるに決まってるじゃない！」そう言って私は笑い転げるのだった。

サーロも私の隣に座った。スズメバチの群れのこと、ロザリオの祈禱会や苦しみの神秘のことをサーロに話したかったけれど、言葉が出てこなかった。私は彼の頭についていた鉋屑を手で払ってあげただけで、黙っていた。そこへナルディーナが窓から顔を出した。

「サーロ、入ってらっしゃい。お昼ごはんの支度ができたよ！」私の姿を見てとると、癖っ毛を手で撫でつけた。「オリーヴァ、来てたのね。ちょうどあんたの大好物のアンチョビパスタができたところだよ。絶妙のタイミングだね！」

結局、私はシベッタ夫人の家でのロザリオ祈禱会のことはなにも話さなかった。ナルディーナだったらきっとわかってくれるだろうと思いながら。彼女もスズメバチの針のような言葉を無数に浴びせられてきたにちがいない。

14

食事が済むと、猛烈な暑さだったので鎧戸を閉め、ナルディーナとヴィート親方は午睡をとった。サーロはもう少し中庭で一緒に遊びたがったが、私は家の様子が気になるので帰ることにした。昼下がりの陽射しの下で村全体が黄色く、あらゆるものがうだっていた。私は、路上にできた小さな日陰を逃さないよう、塀に身を寄せて歩いた。世界が空っぽになったみたいだった。

そのとき、通りの奥の、広場へと続く二叉《ふたまた》の手前で彼の姿が見えた。噴水に歩み寄り、頭から水を浴びている。水が顔を濡らし、縮れた黒髪から滴り落ちた。それから上半身を起こして髪を両手で後ろに撫でつけると、ジャスミンの小枝を右の耳の後ろに挿した。上下白のスーツを着ていた彼は、広場の反対側にいた私に気づき、膝を屈めて丁寧なお辞儀をした。私は顔を見ないようにして、彼のいる方向へ足早に歩いた。すると彼はポケットからオレンジを取り出し、皮をむいた。房のあいだに指を入れて半分に割ると、赤い果肉を私のほうに差し出した。

「やるよ。甘いから食え」

彼はそう言いながら、捕まえるかのように私のほうに片手を伸ばした。周囲を見まわしたが、通りには誰もいない。私と彼の二人きりだ。

彼は口もとにオレンジを持っていった。「口の中が冷たくなって気持ちいいぞ。ほら、こうやってかじるんだ」半分のオレンジに歯を突きたて、白い薄皮だけになるまで果汁を吸った。「これは君の分だ」そう言って、残り半分を差し出した。「ほら、好きかどうか食べてごらん。小さかった頃、君は砂糖入りのリコッタチーズが大好きだったろ?」

受け取ったオレンジは、彼の指の生温かさが残り、果汁でべとべとだった。甘酸っぱい匂いが鼻について胸がむかむかしたのと同時に、下腹部に締めつけられるような感覚があった。

私は考えていることを表情から読みとられないよう、唇を引き結んだ。女が微笑んだら、「はい」と言ったことになるのよ、という母さんの声が頭のなかで響いていた。彼は、まるで私の色黒でえらの張った顔の真ん中に、いつもの小さくて黒い目の代わりに、なにか美しいものでも見つけたかのように私のことを見つめた。私は恐怖を振りはらうために、頭のなかでラテン語の名詞の第一変化を唱えはじめた。ロサ、ロサエ、ロサエ……。間違えずに言えるようになるまで、毎晩、何度も繰り返し唱えていたので、お祈りの文句のようになっていたのだ。ロサ、ロサエ、ロサエ、ロサム、ロサー……。心のなかで何度も繰り返し唱えたが、彼は耳の後ろのジャスミンの香りがするほど近づいてきた。「ロサエ、ロサールム、ロシース……」と、呪詛の文句に聞こえるようにわめき、彼がそれ以上近づいてこないように、オレンジを持った手を前に伸ばした。それから、その手を頭の後ろに振りかざし、力いっぱい投げつけた。半分のオレンジが彼の太腿《ふともも》に当たってつぶれ、白いズボンの上を赤い果肉が滴り落ちた。彼が手を動かしたので、ひっぱたかれるのではないかと怖かったが、笑いながらズボンの汚れを拭っただけだった。私は何歩か後退りしたのち、踵《きびす》を返し、後ろを振り返らずに走った。身体じゅうの血管を恐怖が駆けめぐる。彼の笑い声の残響が追いかけてくるなか、広場を横切り、大通りを駆け抜け、ようやく砂利道との十字路まで来たと思った瞬間、石につまずいてサンダルが脱げ、転んで砂利に膝をついた。

15

「いったいなにをしでかしたの？」家に帰ると、母さんが黄色い声をあげた。

「転んですりむいて、血が出ちゃった」

母さんが私の脚を見ているので、私も見た。両方の膝がすりむけてはいたものの、血が出るような傷はない。前屈みになって足首に手を当て、血の痕をたどって太腿までのぼっていくと、ショーツのゴムに行き着いた。掌を見ると、ブラッドオレンジの果汁のような赤に染まっている。ねっとりとした濃い色だったが、柑橘《かんきつ》類特有の匂いはなかった。男の人と立ち止まって話なんかしたから病気になったんだ、と私は心のなかで思った。自分の犯した罪の深さと罰の厳しさを推しはかるために、母さんの顔色をうかがった。ところが、母さんは怒鳴るでもなく、私の手を引いてバスルームに連れていった。

「やっとあなたにも来たのね。よかったじゃない」いつもとは異なる、知り合いの奥さんたちと喋るときのような華やかな声色で言った。筋状に流れた血のお蔭で、ようやく私も女であり、想像以上に母さんと近い存在だということが証明されたわけだ。「どうすればいいのか教えてあげるから、こっちにいらっしゃい」

私は心のなかで思っていた。私が悪いんだ。オレンジのせいだ。噴水の下からぬっと現れた、濡れて輝く髪をしたあの顔のせいだ。服の下まで忍び込んで舐めまわすような眼差しのせいだ。私に話しかけたあの声のせいだ。あの男のせいで私はこんなことになったんだ……。

「日に何度か洗って、清潔に保つのですよ」母さんは説明を続けた。

私は、お湯が満たされていく洗面器の前で、身じろぎもせずに立っていた。

「大丈夫。すぐに慣れるわ」四つに折り畳まれた白い布を差し出しながら、母さんがそう言い添えた。久しぶりに会うとでもいうように、頭を後ろに引きかげんにして私の顔をまじまじと見ている。弔問のあとによく浮かべるような、満足そうな笑みを浮かべて。ロザリオ祈禱会でのことはすっかり忘れたらしかった。

私は自分の胸を触ってみた。ブラウスはぺったんこのままだし、ボタンもきちんと留まっていた。スカートだってヒップのところでふくらんだりせずに、ストンと落ちている。大丈夫、なにも変わってやしない。そう自分に言い聞かせた。経血は訪れたけれど、私は元のままだ。

初聖体拝領の前の晩、母さんとフォルトゥナータ姉さんに手を片方ずつ握られて、耳にピアスの孔をあけに連れていかれたときと同じだ。ネッリーナが待つ司祭館に近づくにつれ、二人の手に力が入っていくように思われた。最初のうち、私は嬉しかった。女友達はみんな孔をあけていて、耳たぶに突き刺した金色のピンを見せびらかしていた。それで、私もピアスがしてみたくなったのだ。けれども、司祭館の扉の前まで来ると、身体の芯がぞわぞわした。

「母さん、やっぱりやめる。孔なんてあけたくない」と、母さんに言った。

「いまさらなにを言いだすの？　ネッリーナを待たせているのよ。とんだ恥さらしじゃないの」母さんが烈火のごとく怒りだした。

私は両足に力を入れて地面を踏みしめ、前に進むことを拒んだ。助けを求めるためにフォルトゥナータ姉さんの顔を見あげると、姉さんは二つの金の輪っかが垂れさがっている自分の耳たぶに触りながら言った。

「女の子はみんなピアスをしてるでしょ。してないと男の子に間違われるわよ」それから、にっこり笑って、こう言い添えた。「今日から大人の仲間入りをするんだから、もっと嬉しそうな顔をしたら？」

大人の仲間入りなんて好きじゃない、と私は心のなかで思った。

ネッリーナは私をクッションの利いた肘掛け椅子に座らせた。そして頭を後ろに反らせると、「なにがあっても絶対に動いちゃダメよ」と念を押した。

母さんが私の額に手を当てて、動かないように押さえた。「なにも感じないうちに終わるから」

そんなのは嘘だった。ネッリーナは耳たぶに氷を当てて感覚を麻痺《まひ》させたあと、耳たぶを貫通したピンが首に刺さらないように、耳の後ろにコルクの栓をあてた。黙っておとなしくしてればいいの。私はそう自分に言い聞かせた。目を閉じると、消毒液の臭いが鼻につく。痛みから気を逸らすために、楽しいことを考えようとした。低学年の頃に文法の授業で星形のピンバッジをもらったことや、学校帰りに菓子店に寄って、砂糖入りのリコッタチーズを食べたときのことを思い出しながら。ところが、針の先が耳たぶに押しつけられた瞬間、私は悲鳴をあげ、母さんの手から逃れようと頭を激しく動かした。白いブラウスに血がぽたぽたと垂れた。

「なんてことをしてくれたの！」母さんが私を叱りつけ、「どうしたらいいかしら？」と、恥じ入るようにネッリーナに尋ねた。

「傷口がふさがるのを待って、もう一度やり直すしかないわね」私の右の耳たぶにできた小さな傷を見ながら、ネッリーナが答えた。

母さんは、まるで私が彼女を侮辱したかのように詫びていた。

「きっとまだ心の準備ができてなかったのね」ネッリーナは、アルコールを浸したコットンで傷口を消毒しながら、そう結論づけた。「少し時間をおいて、また連れてきてちょうだい。たぶんやり直せると思う」

「やり直せなかったら？」母さんはがっかりだという顔で尋ねた。

「右と左で孔の高さが少しずれるかもしれない。でも、人生なんてままならないという教訓になるでしょうよ」

家までの帰り道、傷口が燃えるように熱く、耳たぶがまるでもうひとつの心臓であるかのようにどくどく脈打っていたが、私は泣き言をこぼさずに歩いた。一方、母さんは道中ずっと愚痴を言っていた。「あなたといると、すべてがややこしくなるんだわ。ほかの子たちには難なくできることが、どうしてあなたにはそんなに難しいのかしら……」


あのときも、私は大人になるはずだったのに、元のままだった。月のものが来ても、きっと元のままだろう。

母さんが麻布をどのように折りたためばスカートを汚さずに済むのか説明していたけれど、私は聞いていなかった。初聖体拝領の朝、女の子のなかで私だけがピアスをしていなかったことを思い出していたのだ。私は、小さな瘤《こぶ》のようなものが残った右の耳たぶの傷痕を触った。施術を受け直すためにネッリーナの許をふたたび訪れることはなかった。私は不完全な女の子のままだった。

母さんの手から麻布を受け取って、スカートを脱いだ。母さんがスカートについた血の染みに塩を塗ってこすると、こびりついた血がきれいに落ちた。それから、私のことをまじまじと見て言った。「最近、きれいになってきたわね」まるで、ありとあらゆることが起こり得るけど、それだけは予想もしていなかったとでもいうように。

それを聞いて、私は自分が欠陥品だと思うのをやめた。母さんがきれいだと言うのなら、本当にきれいなのだろう。母さんが私のことを見てくれるなら、世界じゅうが私を見てくれるはずだ。私は目に映らない存在ではなくなり、母さんと同じ女になったのだ。

母さんがスカートを濯《すす》いでいるあいだ、私は母さんとのあいだに生じた親密さに気を許し、藪《やぶ》から棒に尋ねてみた。

「初めて父さんに会ったとき、どんな気持ちだった？」

母さんはとくに驚いたふうもなく、瞼を軽く閉じて微笑んだ。「あたしは特別な存在なのだと思えたわ。ただ若かっただけなのにね」そして、遠い記憶を手繰り寄せるかのように動きをとめた。「あれよあれよという間の出来事だった。あなたのお父さんは、相続放棄の手続きのためにカラブリアに来て、あたしを連れて戻ったんだから。とんだ儲け物をしたものよね！」

そう言うと、声を立てて笑ったが、いつものかすれた咳のような笑い声とは違っていた。きっと少女の頃の笑い声に戻っていたのだろう。

「父さんのことが好きだったの？」

母さんは蛇口から流れる水でもう一度スカートを濯ぐと、染みのあったところを光にかざして確認した。

「好きも嫌いも……もう昔のことよ。あなたはこれからくれぐれも気をつけて行動するんですよ。いいわね」いつもの素っ気ない母さんに戻り、私のことを横目でにらんで言った。

「気をつけてって、なにに？」

「また転んだりしないように」

私はそれ以上なにも訊かずに、母さんのあとについて麦打ち場まで行った。私は転ぶのが好きじゃない。母さんは両手でスカートをひろげて、隅々までぴっちりと伸ばすと、こちらに背を向けて、洗濯ばさみで留めた。ちょうど写真を干していたリリアーナのように。そして月のものの決まりごとを列挙しはじめた。どれも散々聞かされてきたことばかりだ。いわく、独りで道を歩かないこと。膝上丈のスカートは穿かないこと。男の人と一対一で話さないこと。

「サーロとも喋っちゃいけないの？」

「サーロは男よね？　女の子だったかしら？」

「幼馴染みなのに？」

「いまはもう二人とも大きくなったでしょ？　もしサーロがなにかあなたに用事があるなら、あなたのお父さんに言いに来ればいいの。さもなければ、あたしにね」

私はなんと答えたらいいかわからず、スカートの染みがあった部分に円い縁が残っていないか確認した。

「あとのことはみんな迷信だから」と、母さんは続けた。「月のもの《マルケーゼ》が来ているときに肉を触ると腐るとか、花を摘むと萎《しお》れるとか、髪を洗うとウェーブが落ちるとか……そういうのはどれもデタラメ。あなたも、これからはみんなと同じように行動してちょうだいね。疵《きず》ものにならないように、行儀よく振る舞うこと。でないと、あなたのお姉さんみたいになってしまうわ。あの娘《こ》がムシャッコと結婚できたのは、あたしが頼み込んだからなのよ」

最後に会いにいったときに見たフォルトゥナータ姉さんの顔が脳裏に浮かんだ。いま床を磨いているところだからと言って、家に入れてくれなかった。窓から下をのぞいた姉さんは、美しかったブロンドの髪が灰色にくすみ、顔には、二階下からでもわかる傷があった。それも母さんの功績だと言うのだろうか。

「走るのはいい？」念のため訊いてみた。

「同級生の女の子たちは道を走ったりする？　しないわよね。だったら、あなたも走らないの」

「リリアーナは……」

「コミュニストの娘は例外よ。リリアーナの頭のなかはコオロギだらけなの」

　母さんは爪先立ちになり、いま干したばかりのスカートを神経質に見直した。「よかった。染みがきれいに落ちたわ」そして、私に背を向けたまま厳しく命じた。「これからは汚さないようにしてちょうだいね」

16

「女」になってからというもの、私は夕立のあいだ軒下で雨宿りをしているような感覚だった。全身ずぶ濡れになるのが怖くて、どこにも行けない。サーロの家にも、市場にも、リリアーナのところにも行けなかった。

　ときどきヘッドボードの隠し戸棚からリリアーナが撮ってくれた写真をこっそり引っ張り出して、髪が汗で額に貼りつき、膝は泥だらけの自分の姿を眺めては、別世界での出来事のように思った。朝は学校までコジミーノがぴったりとくっついて来るし、下校の時刻には教室まで迎えにきた。もうすぐ夏休みになるけれど、そうしたら一日じゅう一歩も家から出ずに、ほかの女の子たちの花嫁道具に刺繍をして過ごし、誰かが私に結婚を申し込んでくれるのを待つのだ。

下校の鐘が鳴る前に、リリアーナから声を掛けられる。「今日の午後、小屋で集会があるんだけど、一緒に来ない？」私が断ることを知っていて誘っているのだ。教室を出ると、独りで帰宅するリリアーナと別れて、私はコジミーノの待つ場所に向かう。コジミーノと一緒に村の大通りに向かって歩いていき、薬局のあたりまで来たら息を思いっきり吸い込み、角を曲がると同時に呼吸をとめる。そのまま目を伏せ、敷石の数を数える。次の角まで息を止めたまま歩ければ、コジミーノにはなにも気づかれないと自分に言い聞かせて。それまではいつも息を止めたまま歩けていた。

彼は、チッチョさんの小間物店がある角に立っている。私が彼のズボンにオレンジで染みをつけた日から、晴れだろうと雨だろうと、風が吹こうと暑かろうと、毎日欠かさずそこに立ち、私が角を曲がり、家へと続く砂利道に入るまで、じっと見つめているのだ。スカートはきれいになったのに、彼に視線を向けられると、まだ染みがあるような気がした。

私は心のなかで歩数を数えながら、足音を忍ばせて透明人間になろうとするものの、彼の眼差しが私の姿をさらけだす。印画紙に浮かびあがるリリアーナの写真のように、私の身体が彼の網膜に像を結ぶのだ。太腿や腕、唇や髪、腰やお尻が、服の下でどくどくと脈打つ。私は自分の姿を隠したくて、前屈みになる。結び目のなかに閉じ籠もるように。人生なんてただの結び目だ。

17

「また口笛が聞こえるわね」と、母さんが小声で言った。私は山羊《やぎ》の乳搾りの手を止めて、表の通りから響くその音がしだいに遠ざかり、やがて消えるまで待った。囲いの中で私と山羊の息づかいだけが聞こえるようになると、ふたたび乳を搾りはじめたものの、手がまだ震えているせいで力の加減ができず、山羊のビアンキーナが痛がって鳴いた。すると、父さんの足音がした。

「優しくしてやらないとな、オリーヴァ。女の子は、こんなふうに撫でてやるのがいちばんなんだ」そう言って、父さんがビアンキーナの背中を撫でてみせた。

そのまま父さんは家のほうへ行ってしまった。父さんの声は、かさかさこすれる麦わらのように小さい。山羊のことを言ったのか、私のことを言ったのか、わからない。母さんがなにか言うときには、パンと言ったらパンのことだし、ワインと言ったらワインのことだ。母さんの言葉は炎のようだ。傷痕がひりひりするけれど、いつか治る。両手をバケツのなかに突っ込んだら、山羊のミルクで真っ白になった。私もこんなふうに純白でいたいと思った。

母さんは日向に座り、布と格闘していた。守護聖人の祝日に着るワンピースを縫ってくれているのだ。去年まで、イニャツィオ司祭は私を年下の女の子たちと一緒に舞台に立たせ、ソロパートを歌わせていた。母さんが衣裳の両肩に一対の大天使の翼を縫いつけてくれ、村じゅうの女の人たちから称賛を浴びた。なのに、今年は女の子たちとは歌えず、初お目見えの白いワンピースを着なければならない。村じゅうの人たちに、私はもう子供ではないことを知られるのだ。

「口笛を吹かれる気分はいかが？」母さんが布地を縫う手をとめずに尋ねた。「あの男の人の気を惹《ひ》くなにかがあなたにあるんでしょうね。ああして通りから口笛を吹くなんて……」

「べつに私のために口笛を吹いてるわけじゃないわ」

「サルヴォ、聞いたかしら？　表にいる縮れ毛の若者は、あたしのために口笛を吹いてるんですって」母さんがかすれた笑い声をあげた。

私は母さんの隣に座って、手伝おうと針に糸を通した。

「だって言葉を交わしたこともないのよ」

「なにを話すっていうの？　眼差しや微笑みだけで十分なのよ。女が微笑んだら、『はい』と言ったも同然なんですからね」

それを聞いて、私は全身にぞわっと鳥肌が立った。母さんは縫い物から視線をあげようとしない。私は手に仕事道具を持っていない母さんを見たことがない。針と糸、箒《ほうき》と雑巾、鍋とお玉……必ずなにかしら持っている手を休みなく動かし、口からは真実と毒を吐く。

「オリーヴァ、あなたはピーノ・パテルノがどんな人かわかってるの？」

母さんはそう言ったが、その名前を口にした瞬間、母さんの指に針が刺さった。人差し指の先端で小さな血の粒がふくらみ、落ちずにそのままとどまっている。

「やめて！」私は思わず叫んだ。

その名前を聞くのにも、縫っている布地に染みがつくのにも耐えられない。初お目見えの衣裳は純白でなければならない。百合《ゆり》のように白いワンピースに、百合のように白い娘。そう教えてくれたのは母さんだった。私は母さんの手を引き寄せ、指先に口をつけて血の滴《しずく》を吸った。あと少し遅かったら、布に垂れて、ワンピースを台無しにするところだった。傷口はすぐに見えなくなり、赤い粒も消えた。母さんの血の苦みも私の口のなかで消えた。母さんは手を引っ込め、目の粗いエプロンにこすりつけた。

「もう一か月近く毎日のように通ってきて、口笛を吹いているじゃないの」母さんは文句を言っているが、その声はどこか甘ったるかった。おそらく、私に好意を持ってくれる男の人がいることに気をよくしているのだろう。「でも、正式なプロポーズをしに来たわけじゃないから、あまり誠実な人ではないのかもしれないわね。本気なら、家に訪ねてくるべきよ。犬じゃあるまいし、口笛で呼ぶなんて！」

学校が終われば二度とあの男に会わなくて済む、そうしたら私は誰の目にも映らない透明な存在に戻れるんだ、これまでずっとそうだったように。そう思っていたのに、その数日後から口笛が聞こえだしたのだった。最初のうちは誰も気づかなかったけれど、私にはすぐにあの人だってわかった。私の身体が――唇も、腰も、腿も、骨も、うなじも――口笛を聞くたびに、彼の視線にさらされたときと同じように、どくどくと脈打った。窓辺に行き、逆光に黒く輝く縮れ毛や、口笛を吹くためにハート形に尖らせた唇を見るまでもなかった。私は閉ざした鎧戸《よろいど》の陰で息を潜め、通りから私の姿が見えませんようにと祈っていた。

「パテルノの家は資産家だけど、うちにはなにもありませんからね」母さんが麦打ち場の奥で野菜を集めながら、父さんにも聞こえるようにわざと大きな声を張りあげた。「その彼が、マルトラーナ村に戻ってくるなり、ほかでもないあなたに熱をあげるなんて……。彼ならどんなきれいな娘さんでも思いのままでしょうに。ご両親に反抗したいだけなのかもしれないわね」

私はそれ以上聞きたくなくて、両手で耳をふさいで自問した。神様が私を不細工にしたのは、私のせいだっていうの？　しばらくして耳を押さえていた手を離すと、口笛がますます大きく聞こえ、私は恥ずかしさのあまり、通りまで聞こえそうなほど心臓がどきどきした。

「おまえさんはなにも言わないの？　なにもせずに眺めてるだけ？」母さんが、父さんに向かって歯と歯の隙間から吐き出すように言った。

父さんはズボンについた土を払い、香草を籠にしまっていた。

「なにを言えっていうんだ？　陽気な若者が、好きな口笛を吹いている。なにも問題ないだろう」

「村の人たちの目があるでしょう。また陰であることないこと噂されるわ。ああ神様、どうかそんなことになりませんように」

すると父さんは、当てつけがましく口笛を吹きながら、家のなかに入っていった。母さんはカラブリアのお国言葉でわめきながら、椅子に座り込む。

「おまえさんに期待するほうが間違いだったわ。サルヴォ・デナーロ。おまえさんの血管にはナンキンムシの血が流れてるのね」そして、うだるような蒸し暑さのために閉ざしてある鎧戸のあいだから、外の様子をのぞいた。「死んだ母さんの言ってたとおりだわ。この人には、なにひとつまともなことはできやしない……」

キッチンから響く父さんの口笛と、通りから聞こえてくる口笛とが混じり合った。見かねたコジミーノが、「僕が行って話をつけてくる」とわめいて、上着をつかんだ。

「落ち着きなさい、コジミーノ。あなたの出る幕じゃないわ。まったく、この家ではサーベルは吊るしたまま、空の鞘《さや》に戦いに行かせる気かしらね」

母さんは手に持っていた布を裁縫用の籠にしまうと、父さんに向かって言った。

「おまえさんは自分の娘さえ守れないの？　見ざる聞かざるを貫くつもり？」

父さんは口笛をやめようとしなかった。やがて表の口笛がやみ、遠ざかっていく足音が聞こえた。

　すると父さんもようやく口笛をやめ、家はふたたび静寂に包まれた。私はいまでも静寂が好きかどうか、よくわからない。

18

　イルミネーションで飾られた広場いっぱいに露店が並んでいる。ナッツやシード類を売る店、炒ったヒヨコ豆を売る店、砂糖人形を売る店、イナゴ豆を売る店……。舞台の上には、肩に翼をつけた少女たち。去年までの私の位置にいるのは、私とは少しも似ていない、色白で金髪の女の子だ。その子がコーラスの真ん中でソロパートを歌いはじめると、私は自分の声がなくなったような気がした。

　私は白いワンピースに真新しい靴を履いて、広場を歩いていた。靴は、母さんがシベッタ夫人に給金の前借りをして買ってくれたもので、爪先の部分が覆われていて、低いヒールがある。いつも木製のサンダルを履いているから、新しい靴は足全体が締めつけられるような感覚だった。母さんとコジミーノが私の両脇を歩き、その後ろから、ポケットに両手を突っ込み、帽子をかぶった父さんがついてくる。私はスティッギオーレ（子羊の小腸を巻いて炭火で焼いた、シチリアの伝統料理）やライスコロッケを売る屋台のほうに目をやり、フォルトゥナータ姉さんの姿を捜した。幼かった頃、よく姉さんと一緒に山車《だし》のあいだを歩き、剣を呑み込む大道芸人に魅了されたものだ。大道芸人はいかにも刺し貫かれたように身悶《みもだ》えしてから、血の一滴もついていない、きれいな剣を引き抜いた。なのに結婚してからというもの、姉さんは守護聖人を祝うお祭りに来なくなった。もしかすると姉さんには祝うことなどなにもないからなのかもしれない。

シベッタ夫人と二人の娘は、私と母さんが仕立てた新しいワンピースを着ていた。持っているかぎりのジュエリーで全身を飾りたてているため、遠くから見ると宗教行列の三人の聖女のようだ。フォルトゥナータ姉さんの姿は見当たらなかったが、大通りから旦那さんのジェロ・ムシャッコが現れた。映画ポスターの大スターさながらに、エレガントなスーツを着て口髭を撫でつけている。襟ぐりが深く開き、膝が見えるほど短い丈のワンピースを着た女の人の肩を抱いていた。私たちを見るとムシャッコは軽く会釈したものの、すぐに顔を背け、その女の人の腰に腕をまわし、みんなが見ているのも構わずキスをした。母さんはカラブリアの方言でなにかつぶやいたが、人々の噂の種にならないよう、口もとには作り笑いを浮かべている。父さんとコジミーノは、当選番号が決まる瞬間を見届けたくて、宝くじ係の後方に陣取っていた。二人で宝くじ券を二枚買い、一等が当たることを期待しているのだ。賞品は、第一の皿《プリモ・ピアット》、第二の皿《セコンド・ピアット》に付け合わせ、そしてデザートとワインのついたフルコースのランチだ。宝くじ係が番号をひとつ引くたびに、周囲の人だかりから歓声や悲鳴があがる。

私は、進めば進むほどみんなの視線が注がれるのを感じた。家に引き返して、ベッドの前に置いてきたサンダルに履き替えたかった。ありがたいことに向こうからリリアーナがやってくる。テレビに出てくる歌手のようなウエストがきゅっと締まった花柄のワンピースを着て、髪は逆毛を立てている。

「オリーヴァ、一緒に踊ろうよ！」そう言うなり、私の腕をつかんだ。

「うちの娘は踊りません」母さんがぴしゃりと断った。

「女友達と楽しく踊るだけでも？」

「うちの娘には女友達なんていません」母さんは取り付く島もない。

そのとき、シベッタ姉妹が手をつないで広場の中央の舞台の前に進み出た。音楽のリズムと合っていないことも気にせず、ステップを踏んでいる。シベッタ夫人が誇らしげに娘たちを見つめ、拍手を送った。それから私たちのほうを見やり、「ほら、あなたたちも行きなさい」というように、前方へ手を動かした。舞台前のスペースに誰も集まらなければ、シベッタ姉妹だけが恥をかくことになるし、かといって踊らなければ、見初めてもらうチャンスを失い、お相手のいないままもう一年を過ごすことになると危惧しているのだ。

すると、母さんが私の肩をぽんと叩いた。「女の子どうしならいいわ。踊ってらっしゃい」

ダンスの決まりごとは、男の人には近づかないこと、大声を張りあげて歌わないこと、悪魔にとり憑《つ》かれたように腰を振らないこと。

もちろん、いつも母さんが私に教えることとは正反対の行動をとるリリアーナは、そんな決まりごとは知らない。ミーナ（一九六〇〜七〇年代に一世を風靡したイタリアの女性歌手）さながらに手首をくねらせ、胸の前で両腕をひろげて指を鳴らしながら、「誰にも、誓って誰にも……」と、大きな声で歌うことだってへいちゃらだった。私はといえば、真新しい靴のせいで、綱渡りのように片足ずつ慎重に体重をかけるぎこちない動きしかできなかった。リリアーナは腰をくねらせながら背中を反らし、頭を振っていた。見ていて胃が締めつけられそうになるくらいきれいだ。「運命だってあたしたちを引き離すことはできやしない」シベッタ姉妹も小声で歌詞を口ずさんでいたものの、腰をくねらすことはなかった。「あたしの世界のすべてが、あなたから始まり、あなたと共に終わっていく」よく通る声でリリアーナが歌うと、若い男たちが私たちの前に集まってきた。

私は振り向いて、母さんのほうを見た。さいわいナルディーナとのお喋りに夢中になっている。広場のカフェの前では、ヴィート親方が村の男衆とつるみ、旦那さんたちに聞こえないように、ご婦人方の装いをけなしている。形の整った口もとに、海の色の瞳をしたヴィート親方は、笑ってこそいたものの、頬のあたりにわだかまりが感じられた。おそらく、陰で彼のことを「男のなりそこない」とこきおろす口さがない連中と張り合うために、その手の芝居を演じる必要があるのだろう。男の名誉は口説いた女の数によって決まるなどと言われて。男の人は男の人で、私たちと同じように苦悩を抱えているのかもしれない。誰もがそれぞれのやり方で、自分の居場所を必死で守っているのだ。

広場の真ん中で踊る娘たちの周囲では、若い男たちが煙草を吹かしながら品定めをしている。シベッタ姉妹はジュエリーで飾りたてた頭を寄せ合い、唇を軽く突き出して、「この愛は永遠の輝きを放っているのだから……」と小さな声で歌っている。わざとリズムを外してステップを踏み、若者たちの視線を引こうとしていた。だが彼らは、上半身を反らし、軽く目を閉じて歌っているリリアーナに夢中だった。

そこへコジミーノもやってきた。父さんと一緒に宝くじの残念賞でもらった帽子を手に持ったまま、ダンスのステップを踏みはじめた。シベッタ夫人の妹娘が、舐めるような目つきでコジミーノを見つめている。

茹《ゆ》で蛸《だこ》など海の幸が並ぶ露店の隣に、長ズボンを穿き、赤みがかった髪をポマードでオールバックに撫でつけた若者がいた。ほかの若者たちから少し離れたところに立っていて、煙草を持ってもいない。最初は余所者《よそもの》かと思ったものの、こちらを振り向いた瞬間、サーロだとわかった。ほんの二、三か月前まで、私たちはしょっちゅうヴィート親方の工房の前でお喋りをしていた。サーロはぼさぼさ頭に鉋屑《かんなくず》をつけて、私は草のうえにあぐらをかいて。ところが、しばらく会わないあいだに彼も成長し、大人の仲間入りをしたようだ。お互いの視線が合ったとき、私たちは二人ともどぎまぎした。

突然リリアーナが私の両手をつかんで高く持ちあげたので、私は慌てて腕を下げた。女の子は肩よりも高く腕をあげるものじゃありません、と母さんに言い聞かされていたからだ。曲調ががらりと変わり、ナポリ弁のゆったりとしたカンツォーネが流れてきた。夫のいる女性に恋をした男の人が、夜な夜な彼女の家の窓の下でたたずむという歌だ。彼女は鎧戸の閉まった窓辺に行くが、顔は出さない。夫はぐっすり眠っていて、なにも気づかない。男の人は道端で涙を流し、彼女はベッドに戻ったものの一睡もできない……。ふと私はそのメロディーに聞き憶えがあることに気づき、胸の前で腕を組んだ。毎日、家の前の通りから聞こえてくる口笛と同じだった。

シベッタ姉妹は頬を寄せ合って、そのスローテンポの曲に合わせて踊っていた。おそらくテレビでそんなダンスシーンを見たのだろう。

「ナポリの音楽を聴いてると憂鬱になる」

私はリリアーナの腕をつかむなり、人混みを掻き分け、彼女を引きずるようにして踊りの輪から離れた。押し合い圧し合いのなか、鼻につんとくるジャスミンの香りがした。次の瞬間、何者かに手首をつかまれ、ぐいと引っ張られた。

「君に惚れている俺と、この曲を踊ってくれないか？」

人混みのなかでリリアーナを見失った私は、その手から逃れようとしたものの、力が強すぎて振りほどけない。

「これは俺たちの曲だろ？　憶えてないのか？」

「私はなにも憶えてないし、あなたのことなんて知りません」

パテルノは左手を私の腰にまわし、右手で私の手を握った。その手は温かいが、汗ばんではいなかった。頬を寄せてきたので、耳の後ろのジャスミンの香りに混ざって、彼の体臭がつんと鼻を刺した。

「『かぐわしい香りを放つ、咲きたてのバラよ……』（十三世紀のシチリア派の詩人、チエーロ・ダルカモの詩）君は学校に通ったのだから、この詩を知っているだろ？」

「私は何も知りません。手を離してください。村人たちの噂になるわ」

「村人たちはな、俺の思うとおりの噂を流してくれるんだ。この詩の恋人たちの結末を憶えてるかい？　ぐいぐい押せば、金属だって曲がるものさ」

　ナポリ民謡が終わると、舞台の上のオーケストラが軽快な曲を奏ではじめた。私は舞台のほうを振り返り、二人一組で踊っている女の子たちのあいだにリリアーナの姿がないか捜した。パテルノはさらに強く私を抱き寄せ、人混みのあいだをくるくると回りはじめる。

　私は、母さんに見られたらどうしようと恐れる反面、目が合えば助けを求められるし、私が悪いんじゃないとわかってもらえると期待もした。彼にぎゅっと抱きしめられ、両足が地面から浮くほど回転させられた。靴が脱げ、お団子に結っていた髪がほどけて肩に落ち、背中にまわされた彼の手と、ジャスミンの香り、そして彼の肌のにおい以外、なにも感じられなくなった。彼の身体から放たれる熱が私の体内に入り込み、独自の考えと独自の意思を持った別の人の身体のような気がした。下腹部のあたりに締めつけられるような感覚があり、これまで経験したことのない恐怖がこみあげる。

「離してください」私は小声で懇願した。「私はあなたが好きじゃありません。好きじゃない、好きじゃない」繰り返すうちにだんだんと大きな声になり、しまいには怒鳴っていた。すると彼は、「君は偉いね」と言った。「誠実な娘というものは、簡単に身を任せちゃいけない。相手に希《こいねが》われてこそ価値が増すというものさ」そして、二本の指で私の顎に触った。

　そのとき、「踊りたくないと言っているのが聞こえないんですか？」という声がして、サーロがパテルノの肩をむんずとつかんだ。その声は、私が知っている彼の声とは違っていた。一緒に野山を駆けまわるのをやめてから、声まで変わってしまったのか……。

「どうして踊れないんだ？　彼女も足が悪いのか？」

次の瞬間、サーロがパテルノにつかみかかった。怒りで顔が真っ赤になり、苺の形の痣《あざ》も目立たないくらいだった。サーロはパテルノの顔に闇雲に平手打ちを食らわせたものの、ほとんど命中せず、しまいにはパテルノの髪をつかんで力いっぱい引っ張った。だがパテルノは、両手を上にあげて反撃しない。

「俺は紳士だから、神に愛でられし者に手をあげたりはしないんだ。女みたいにじたばたする奴なんて、相手にもならないね」

サーロの唇がわなわなと震えた。「なにが紳士なものか！　高利貸しのくせに」パテルノに向かってわめいたものの、声がかすれている。「おまえら父子《おやこ》のせいで、村の半数近くの人が高い利息に苦しめられてるんだ！」

私たちの周囲に人垣ができ、オーケストラも演奏を中断した。誰かが仲裁に入り、まだ拳を振りあげているサーロをパテルノから引き離した。野次馬のあいだから、新しい帽子を手にした父さんがゆっくりとこちらに近づいてくるのが見える。私は視線をあげて父さんの顔を見たけれど、その表情からはなにも読みとれなかった。

「サルヴォ、お願いよ！」

背後で母さんの甲高い声がした。父さんを引き止めようとしているようにも聞こえるが、実はそうではなく、行動を促しているのだと私にはわかった。サルヴォ、お願いだから、なんとかしてちょうだい。母さんはそう言いたいのだ。一度でいいから、村人たちの前で男親らしいことをして見せて。サルヴォ、お願い！

母さんの言葉が、父さんの背中に石つぶてのように当たる。父さんは軽く目を閉じ、腕を伸ばして私の手を握った。

「お父様は、美しいお嬢さんと踊る栄誉を私に与えてくださらないのですか？」嘲笑《あざわら》うようにパテルノが言った。

父さんは口をひらいたものの、しばらくそのまま無言だった。やがて「気が進まん」とつぶやくと、ワンピースが破れ、靴も履いていない私を連れて歩きはじめた。脇道に入る直前に後ろを振り返ると、広場の真ん中に、不遜な笑みを浮かべたパテルノが立っていた。

「バラよ……」みんなに聞こえるように、遠くから声を張りあげる。「かぐわしい香りを放つ、咲きたてのバラよ……」

19

家に戻ると、父さんは新しい帽子を玄関口のフックにかけ、野良着に着替えて道具小屋に籠もった。しばらくすると、木の板とペンキ缶を持って出てきて、麦打ち場のイーゼルの上に置いた。一瞬目を閉じ、傷口をかばうかのように左腕を握っていたが、ポケットからハンカチを取り出して、額を拭った。そして目を開けると、赤いペンキに刷毛を沈め、常に一定のリズムで、右、左、と交互に塗料を塗りはじめた。麦打ち場に出てきた母さんが、小声でつぶやいた。

「父親と息子は、ようやく貯めたわずかばかりのお金を宝くじに使ってしまうし、娘は娘で、村じゅうの人が見ている前で踊るだなんて……」

けれども、板のざらざらした表面をこする刷毛の軽快な音が返ってくるだけだった。「あの男がうちの娘をどうするつもりでいるのか、訊いてくれたの？ おまえさんが通わせろと言ったから、あの娘《こ》を学校に通わせたのよ。でも、そろそろどうやって片付けるかも考えてもらわないとね」

「女の子には優しくしてやらないといけないんだ」父さんは、山羊の乳搾りのときと同じようなことをつぶやいた。

私は隅に座って爪を嚙《か》みながら、両親が私のことをまるで家畜の種付けでもあるかのように話すのを聞いていた。

「上の娘だって、あたしが嫁に行かせたんですからね。フォルトゥナータが、使用人のいるお屋敷で奥様並みの暮らしができているのは、あたしのお蔭なのよ。感謝してちょうだい」

私は、このあいだ窓から顔をのぞかせた姉さんの深く落ち窪《くぼ》んだ目を思い出し、私の目も埋もれてなくなればいいのに、と思った。そうすれば、もうなにも見なくて済むし、誰からも見られない。

「コジミーノはまだ子供なのだから、あたしたちのことはおまえさんが考えてくださいな。立派な家長たるもの、家族をきちんと食べさせ、守るべきだわ。あの男が、おまえさんの娘をどんな目つきで見ていたか気づかなかったの？　おまえさんは虫けら同然よ。針でつついたら、ナンキンムシの血が出てくるんだわ」

父さんは無言で塗料を混ぜながら、木片で粘度を確かめている。缶に少し液体を加えて、もう一度攪きまわしてから、塗料の滴る刷毛を取り出してコジミーノに託した。それからゆっくりと家に戻り、靴を履き替えて新しい帽子をかぶると、表通りのほうへと歩きだした。

「コジミーノ、あとはおまえに任せた。俺は急な用事を思い出したんだ。夕飯の前に、家族の名誉を回復しないといけない」

コジミーノが手に刷毛を持ったまま呆然《ぼうぜん》と立ち尽くしていたので、足もとに塗料の赤い染みがひろがった。私は全身の力が抜け、立ちあがることもできなかった。母さんは地面にぽたぽたと垂れる塗料の雫《しずく》をじっと見つめている。

「そう気を揉《も》むな、アマリア」父さんが立ち止まって言った。「血じゃない。塗料だよ。洗えばきれいになる。血はいくらこすっても染みが残るがな」そうして、路上に赤い靴跡をつけながら、歩きだした。

私は家で待っているのも不安だし、かといって路上に点々とつけられた深紅の跡をたどるのも不安だった。のろのろと立ちあがると、自分の部屋へ行き、ワンピースを脱いだ。母さんと刺繍をほどこしていたときと同じ白のままなのに、スカートの部分に長い裂け目が入っていた。部屋着に着替え、サンダルを履き、子供の頃、小学校に通うのに使っていた古い革の鞄にワンピースを押し込んで、畑に出た。壁に立てかけられていた鋤《すき》をつかみ、オリーブの木の根もとに穴を掘った。ある程度深くなったところで、ワンピースの入った鞄を入れて土をかぶせた。鞄がすっかり見えなくなると、私はその場にしゃがみ込んだ。薄暗闇のなか、遠くに父さんの小さな影が見えた。

第二部

20

父さんは大通りの端でうずくまっているところを発見された。帽子は地面に落ちていて、シャツはめくれあがり、片腕を押さえていた。名誉を回復するためにパテルノの家に行く途中だったが、武器は持っていなかったらしいと村では噂された。治療に当たったプロヴェンツァーノ先生は、もう少しで手遅れになるところだった、奇跡の聖母に感謝すべきだと言った。私は奇跡が好きだ。

病院のベッドに横たわる父さんを見たとき、母さんは首を横に振った。

「二度とこんなことはしないでちょうだい」

そう叱りながら、父さんの髪を撫でた。母さんが父さんの身体に触るのを見るのは初めてだったので、私は父さんが死にかけているのだと思った。

けれども、秋の半ばになっても父さんはまだベッドで療養していた。相変わらずほとんど喋らず、日がな一日、窓から畑を見やり、私とコジミーノが雌鶏や山羊や作物の世話をするのを眺めていた。私はカタツムリを捕まえに行き、コジミーノはカエルを捕まえに行った。戻ってくると、母さんとコジミーノと私の三人で、ナイフを持ってバケツを囲んだ。父さんが寂しくないよう、寝室に椅子を並べて。まずはコジミーノがカエルの頭部を切り落とす。いちばん酷《むご》い作業だったから、心筋梗塞を起こす以前はいつも父さんがしていた。血がたくさん噴き出し、バケツに滴る。次にカエルは私のところにまわってくる。私はおそるおそる四本の足の先端を切り落とし、母さんに手渡す。最後に母さんが内臓をえぐり出す。つらい作業だったけれども、それだけの価値があった。下処理のしてあるカエルは市場で高く売れたからだ。私たちを笑わせようと、コジミーノは町のカフェの店先で耳にした裁判の小話の真似ごとをした。私たちを裁判官の前に立たされた被告に見立てて、刑を言い渡すのだ。私はカエルの足を切断しただけなので懲役一年、深い傷を負わせた母さんは十五年、憐れな生き物に致命傷を負わせたコジミーノは無期懲役が、それぞれ求刑された。それに対して裁判官は、カエルを殺さなければ飢えによって命を奪われるのだから、正当防衛にあたるとして、三人全員に無罪を宣告する。バケツの中に、切り落とされたカエルの頭や足の先、赤い腸《はらわた》が積みあがっていくなか、私たちはおかしくて吹き出さずにはいられなかった。コジミーノは横目で父さんの様子をうかがい、おもしろがっているか確認していたが、父さんは心ここにあらずのようで、カエルの内臓を見ていたかと思うと、すぐにまた遠くに視線をやり、窓ガラスの向こうを見つめるのだった。私には、ワンピースを葬ったあたりを見ているように思えた。

市場へ売りに行くのはコジミーノの仕事だ。家に帰ってくると、父さんのサイドテーブルの上にある籐《とう》の籠に売上金をしまう。家長は父さんだからだ。

週に一度、プロヴェンツァーノ先生が往診に来て、病状に変化がないことを確認すると、シロップ薬を出した。私はシロップが好きだ。幼かった頃、気管支に炎症を起こして、チェリー味のシロップ薬を処方してもらったことがあった。それがあまりにおいしかったので、夜中に瓶を見つけ出し、全部飲んでしまった。そのあとでお腹が痛くなり、結局全部吐き出したのだけど……。

ある日、父さんの病気はもうすっかり治っていると先生が言った。まだ起きあがれないのは、意欲が低下しているせいらしい。

「どういうことなのでしょうか」怪訝《けげん》そうに母さんが尋ねた。

すると、先生が説明してくれた。「心筋梗塞の後遺症としてときどきみられる症状です。言ってみれば心が疲れているんですね。根気強く見守る必要があります」

「そもそも意欲のない人でしたからね」と母さんは言った。「以前の生活に戻るまでに、あとどれくらいかかるんでしょうか」

プロヴェンツァーノ先生は眼鏡を外すと、指の関節で何度も目をこすった。「根気強く見守る必要があります」そう繰り返しただけで、二度と往診に来ることはなかった。

21

最初の数週間は玄関の外に村人の列ができた。一人が出ていくと、別の一人が入ってくる。イニャツィオ司祭、ネッリーナ、近所の農夫たち、なにが起こったのか知りたくてたまらない野次馬たち。心臓が弱ってしまったみたいで……、と母さんが説明すると、村人たちは同情するようにうなずきながらも、ちらりと私のほうを見るのだった。私は、失礼しますと断って部屋に戻った。そして教科書をひらき、翌日のラテン語の口頭試問の勉強をしているつもりになった。実際には、もう学校には通うことはなかったのだけど。父さんが倒れたあと、私は学校を辞めさせられていた。

「きちんとした娘には資格なんて必要がないの」母さんはそう言って、黒い制服をしまった。制服なんてどうでもいい、どうせ、きつすぎたんだから。私は心の内でそう思った。

Honesta puella laetitia familiae est.　一年生の教科書に、そんなラテン語が書かれていた。私はキッチンから聞こえてくる話し声から意識を逸らすために、辞書をめくって意味を調べた。

「正直な娘は家族の喜びだ」。きれいな綴《つづ》り字でノートに書き留めた。みんなの言うとおりだ。父さんの心臓を弱らせたのは私だった。

シベッタ家からお見舞いに来たのは、妹娘のメーナだけだった。母と姉はひどい風邪に罹り、ようやく起きあがれるようにはなったものの、ぶり返したら困るので来られません、母がたいへん申し訳ないと謝っていました、とメーナは言った。メーナ一人だと、シベッタ夫人や姉娘と一緒にいるときほど細くは見えなかった。私よりも何歳か年上なだけなのに、嫁のもらい手がなくなったら困るというシベッタ夫人の過剰な心配のせいで、早くも「行き遅れ」のように振る舞っている。女の子はみんな、いつしか母親の思い描くとおりになっていくものだ。

「コジミーノはいないの?」髪に留めたピンを直しながら、メーナが尋ねた。

「心配しないで。いま市場に行ってて留守だから」私は人見知りの彼女を気遣って言った。「メーナ、どうぞ座って」メーナに椅子を勧めてから、私はエプロンをした。「コーヒーがいい? それともミントティー?」

「ありがとう、オリーヴァ。どうぞお構いなく」そして、これまでに見せたことのなかった、秘密を共有するような態度で続けた。「あなたも近くに来て座って」

私がロザリオの祈禱《きとう》会でシベッタ家を訪れるときには、一度もソファーに座るように勧められたことはなく、見えない壁で隔てられているようだった。私と母とミルッツァが一方に、その反対側にシベッタ家の母娘が座っていた。

私は、言われるままに彼女の隣に座った。メーナは私の手を握り、自分の膝の上に置いた。「それで、どうだった?」私の指が、刺繡《ししゅう》で飾られた彼女のスカートの布地に触れた。ちょうど一年前、私もこの刺繡を手伝ったのだ。たいそう苦労して仕上げたのに、いまは私のものではなくなったその作品に触れたとき、心が乱れた。

「心筋梗塞を起こしてね、大通りの端でうずくまっているのを、コジミーノが見つけたの」

「あたしには話してもいいのよ、オリーヴァ」メーナが途中で口を挿《はさ》んだ。「あたしを姉だと思って、信頼してちょうだい」

考えてみれば、私は実の姉のフォルトゥナータとでさえ、手を握り合ったことはなかった。

「メーナ、なにを話せと言ってるのか、よくわからないんだけど」

メーナが頬を赤く染めたので、いつにも増してほっそり見えた。目はうるみ、いまにも泣きだしそうだったが、悲しんでいるようではない。

「キスよ」ようやく思い切ったように言った。

「メーナ、キスってなんのこと？」私は訳がわからずに訊き返した。

「オリーヴァ、あたしには本当のことを打ち明けて大丈夫。二人だけの秘密にするから」

私は思わず手を引っ込めた。指の下で生地が滑るのを感じる。ひと針ひと針刺繡していたときと同じ感触だ。

「婚約者ができたから、優越感にひたっているのね。あたしはいままでずっと友達でいてあげたのに！」メーナの腫れぼったい瞼《まぶた》のあいだから、本物の涙があふれた。

「キスなんてしてないし、婚約もしてない。私の知ってる人じゃないの。私も家族も知らない人よ」

メーナはがっかりしていたが、いくらか安堵《あんど》もしたらしかった。すぐにいつもの高慢な態度に戻ると、意地の悪い眼差しを私に向けた。

「あの人は、少年の頃に村を出ていき、立派な大人になって戻ってきたのよ。みんながハンサムだって噂してるわ。あなたはそう思わない？」

私は胸に圧迫感を覚えて、エプロンの上で腕を組んだ。話を聞かれていないか確かめるために、母さんのいるほうを見た。

「一度か二度、見かけただけだし、そんなこと考えたこともなかった」

「ダンスに誘われたんでしょ……」

「別の誰かと間違えただけよ」私は素っ気なく答えた。

「村の暮らしは退屈だからって、ここ何年か、町で手広く商売をしている叔父さんの家に住んでたんですって、母が言ってたわ」

「それはよかったわね」私はつぶやいた。

メーナはふたたび私のほうに身体を寄せ、耳打ちした。「なんでも、名誉のための報復を恐れて、夜逃げをしてきたらしいわ」熱を帯びた口調でそう言った。

私が勢いよく立ちあがったので、弾みで椅子がひっくり返った。続いてメーナも立ちあがった。すると母さんが、なにごとかと部屋をのぞいた。

「なんでもありません、アマリアさん。そろそろお暇《いとま》しようと思っているところです」メーナは口ごもりながらそう言うと、足早に玄関へ向かった。「母が、金曜日のロザリオの祈禱会でお待ちしていますと言ってました」

「お誘いありがとう、メーナ。だけど、ご覧のとおり、夫が病気になってしまったので、なかなか出掛けられないの」

父さんへの見舞いの言葉を託してメーナが帰っていくと、私はほっと溜め息をついた。最後に参加した祈禱会で、私はまるで盗みの現場を押さえられたかのように、シベッタ家から逃げ出したのだった。あのときのことが一気に脳裏によみがえった。照りつける太陽、誰もいない広場、白いズボンについたブラッドオレンジの赤い果汁、そして私の内腿を流れる血……。

キッチンに残された私と母さんは、夕食の支度を始めた。まるでお互いに干渉されたくないとでもいうように、一定の距離を保ちながら。

22

その朝、私は一人でミサに行った。母さんは、ティンダーラの花嫁道具として、刺繍をほどこしたシーツセットを届けに行っていた。ティンダーラは司祭館の家政婦のネッリーナの姪《めい》で、私より一歳年が上なだけなのに、早くもおあつらえ向きの嫁ぎ先が見つかったらしい。ミサの決まりごとは、司祭が「お立ちください」と言ったら立ち、「お座りください」と言ったら座ること、聖体を拝領したあと、口の上側に貼りついたパン《ホスチア》を舌で剝がさないこと。

私は頭から白いベールをかぶって教会に入ると、十字を切って、女の人たちが並んでいる長椅子に座った。ティンダーラの姿もあった。新しい靴を履き、髪を頭の上のほうでシニヨンに結った彼女は、まだ十六歳だというのに、もう奥さんみたいだ。ミサが終わると、彼女のまわりにみんなが集まった。

クロチフィッサが質問攻めにした。「それで、旦那さんってどんな人？　俳優にたとえると誰みたいな感じ？」

ティンダーラは肩をすくめた。「そんなこと言われても……」

「美男子かどうかもわからないの？」クロチフィッサが食い下がる。

ティンダーラは恥ずかしそうにうつむき、なかなか答えようとしなかった。

「実はまだ、婚約者に会ったことがないの。全部、伯母さんが決めたことだから」しばらくして、ようやくそう打ち明けた。

女子たちはそれを聞いてざわついた。相手を知らないまま結婚するなんて、大昔の風習だと思っていたからだ。

「私は彼に純潔を捧げ、彼は私に妻の座を与えてくれる」言い訳めいた口調でティンダーラが言った。ネッリーナの言葉をオウム返しに言っているにちがいない。「それこそが幸せな結婚の礎《いしずえ》なのよ」

私たちはなんと答えたらいいのかわからずに戸惑っていたが、クロチフィッサは、みんなの喉もとまで出かかっていた言葉を、悪びれずに口にした。

「相手の容姿も知らないの？」

「もちろん知ってるわ。全身の肖像写真を送ってくれたもの」ティンダーラが声を震わせながら答えた。

「どういうこと？　文通だけで一目惚れしたの？」クロチフィッサがからかった。

「せめてお金持ちなんでしょうね？」親指と人差し指をこすって札束を数えるジェスチャーをしながら、ロザリーナが訊いた。

「代理店業務をしているの」ティンダーラは得意げに答えた。「気骨のある人よ」そう言いながら、彼の強さを証明するかのように、右手の甲を左手の掌に打ちつけてみせた。

「だけど、実際に会ってみて好きになれなかったらどうするの？　心が躍らなかったら？」私はおそるおそる尋ねた。「一週間後には、その人とひとつ屋根の下で昼も夜も一緒に暮らすことになるんでしょ？」

ティンダーラは顔を曇らせ、隙間のような細い目で私をにらんだ。

「よくもそんなことが訊けるわね？　誰もが自分と同じだと思わないで！」

みんな一斉に口をつぐんだ。

「オリーヴァは道端で結婚相手を見つけたんですってね。家の前に呼びつけてセレナーデを奏でさせ、人前でキスまでして……。そのせいでお父さんは心労で倒れたっていうじゃない。私の未来の旦那さんはね、なによりも名誉を重んじる人で、他人の噂話の種になるくらいなら、一度も会わずに結婚するほうがいいって言うの。そうすれば、私の純潔は誰の目にも明らかでしょ？」

「なにもそんなつもりじゃ……」

「オリーヴァのことは村じゅうの噂になってるのよ。この村でピーノ・パテルノを知らない人はいないもの」

彼の名前を聞いただけで、腰のまわりにまとわりつくあの手と、肌のにおいがよみがえり、私は羞恥心に呑み込まれた。

ほかの女の子たちは輪になって私たちをとり囲んだ。円形競技場《アレーナ》の真ん中で角を突き合わせる猛獣を見物するかのように。ただし、教会の前の広場の真ん中には、鶏小屋の雌鶏さながらの私とティンダーラがいた。

「お姉さんがふしだらなら、妹もふしだらなのね」ティンダーラは吐き捨てるようにそう言うと、踵《きびす》を返して歩き去った。

ロザリーナとクロチフィッサがあとを追いかける。私は余りもののボタンのようにしばらく広場にぽつんと突っ立っていたが、やがて家に向かって全速力で走りはじめた。母さんには、走るなと言われていたが、足が勝手に動いていた。「ロサ、ロサエ、ロサエ……」と、ラテン語の変化を頭のなかで繰り返し唱えながら。噂好きの人たちに立ち向かうための唯一の方法だ。

家に着くなり、私は寝室をのぞいた。父さんの姿は見当たらなかった。ベッドの上掛けの下は空っぽで、皺ひとつなく伸ばされ、両端はマットレスの下に折り込まれている。「父さん」

最初は小声で、しだいに声を大きくしながら、父さんを呼んだ。家のなかを一周してから、もう一度父さんの寝室に戻り、ベッドに腰掛けた。握り拳を膝の上にのせて。すぐにでも外に飛び出し、父さんを捜しに行きたかったのに、不意に疲労感に襲われた。まるで父さんの無気力が私のなかに流れ込んできたかのように。私はベッドに横たわり、この数か月というもの、父さんがいつも頭を載せていた枕に頭を預け、父さんのにおいを吸い込んだ。それからやっとの思いで起きあがり、庭に出た。するとオリーブの根もとの植え込みの陰で、帽子を目深にかぶり、前屈みになって井戸から水を汲《く》んでいる農夫がいた。私は駆け寄って、父さんの首に両手をまわし、枝を離そうとしない未熟なオリーブの実のように、父さんにしがみついた。

「窓から見ていたら、支柱を必要としている若木が目についたんだ」父さんが、ごく当たり前のことのように説明した。「それで、ベッドから起き出すことにした」

23

何か月も野良仕事をしていなかった父さんの手は、若者の手のようにすべすべになっていた。まだ緑色の若木を地面に立てた支柱にくくりつけ、周囲にはびこって養分を奪っていた雑草を抜くと、若葉を親指と人差し指で優しく撫でている。

「ずいぶん長いこと家に閉じ籠もっていたもんだ」片膝をついて立ちあがりながら言った。

「さあ、行くぞ」

「どこへ？」私は訳がわからずに尋ねた。

「いい服に着替えろ」

いい服は、数メートル向こうのオリーブの木の下に、古い通学用の鞄《かばん》に入れて埋めてしまったの。私にはそう打ち明ける勇気はなかった。父さんは家に向かってずんずんと歩いていく。太陽が高く昇り、秋というよりも、春のようなぽかぽか陽気だった。三十分もすると、髪を梳《と》かし、ひげもきれいに剃って、祝祭日に着るスーツに身を包んだ父さんが家から出てきた。ロザリア先生の本の挿し絵にあった古代ギリシャの神々のように、大きくて逞しい父さんに戻っていた。ズボンの裾をまくり、玄関ドアの脇に座って待っている。私は自分の部屋に駆け込み、洋服簞笥《だんす》から母さんのお古の黄色いスカートを引っ張り出した。私のサイズに合わせて、母さんが服地を裏返して縫い直してくれたもので、まだ一度も穿いたことがなかった。それを穿いて玄関まで行くと、父さんは立ちあがり、私の肩に腕をまわした。

家の前の砂利道を歩き、大通りに出た。父さんは胸を張って歩きながら、出稼ぎで一財産築いて故郷に帰ってきた人のように、出会う人みんなに満足そうに挨拶をしていた。とても心筋梗塞を起こして寝込んでいた人には見えなかった。広場には大勢の人がいた。頭にショールを巻いた女衆は、第二ミサを終えて教会から出てくると、昼食の支度をしに足早に帰っていく。男衆はカフェに群がってテーブルを囲み、ワインの入ったグラスを片手にカードゲームに興じている。私と父さんは、お互いになにも喋らず、ゆっくり歩いていた。父さんがみんなに「こんにちは」と挨拶すると、村人たちも挨拶を返すものの、私たちが通り過ぎた途端、陰口が後ろから波のように押し寄せてくるのだ。私は父さんの上着の袖をつかみ、歩みを止めた。そのまま引き返したくなったのだ。

「父さん、どこへ行くつもり？」

「今日は日曜だろう？　日曜は焼き菓子を買うものだ」父さんは足取りを緩めずに言った。

仕方なく私は、目を伏せて敷石を数えはじめた。テルリッツィ先生が話してくれたアキレウスと亀の話のように、永遠に目的地にたどりつかないことを祈りながら。けれども永遠にたどりつかない場所などなく、ほどなく菓子店の前に着いてしまった。ガラスのドアが陽射しを受けて輝いているせいで、中の様子がうかがえない。私は、あの人がいませんようにと奇跡の聖母にお願いするつもりで、ロザリオの祈りの代わりに、ラテン語の格変化を唱えた。第一変化単数形。ロサ、ロサエ、ロサエ、ロサム、ロサー、ロサー。間違えずに第五変化まで言えれば、カウンターの向こうにあの人はいない。第一変化複数形。ロサエ、ロサールム、ロシース、ロサース、ロサエ、ロシース。私の足は二匹のアリさながらに、小さな歩幅で少しずつ進んだ。第二変化単数形。ルプス、ルピー、ルポー、ルプム……。父さんは、まるで背負っているかのように私の全体重を支えていた。だから私は唱え続けるしかなかった。ルプム、ルペ、ルポー。表の通りでは、村人たちが私たちの一挙手一投足に注目していた。病から復活した父親と辱《はずかし》めを受けた娘が、日曜の午前中に外出し、手に手を取り合って、娘を侮辱した男の店にお菓子を買いに行くなんて……。第三変化単数形。コンスル、コンスリス、コンスリー、コンスレム、コンスル、コンスレ……。第三変化がいちばん難しいので、その分、効力もある。第三変化を間違わずに言えれば、私の願いが叶う。カウンターの向こうには女性の店員がいて、私の腕は元どおり軽くなり、アリ並みの歩幅はキリンのような歩幅になるんだ。子供だった頃、ヴィート親方の工房の前でよくサーロと一緒にしていた遊びのように。そして、みんなの視線が届かない我が家に帰り、父さんの快気と日曜を祝う。第三変化複数形。コンスレース……の次はなんだっけ？　頭のなかでアルファベットが入り乱れる。全部忘れてしまった。あんなに勉強したのに、もうなんの役にも立たない。教壇のテルリッツィ先生からはにらまれ、ロザリア先生からは星をひとつ取りあげられ、母さんからは罰を与えられる……。

　ガラスのドアが開いて、父さんの声が聞こえた。「いい日和ですな」私は床の空色のタイルをじっと見つめ、記憶のなかで属格の複数形を探してみたが、見つからない。頭のなかは空っぽだった。

「いい日和どころか……」男の人の声が答えた。「あなた方にこうして会えたのですから、最高の日和と言うべきでしょう」

彼の笑い声が、父さんの沈黙にぶつかる。

「なにをお包みしましょうか？」男の人が慇懃《いんぎん》に尋ねた。

「私の快気祝いに、菓子を買いにきたのです」私は父さんにぴったりくっついていたので、言葉が声となって空気中に拡散する前に、父さんの胸の奥で振動するのを感じた。

「残念ながらお売りすることはできません」そう告げると、彼はトングを置いて、私たちのほうに二歩ほど歩み寄った。空気中に漂うジャスミンの香りを感じた。

父さんの身体が固まったものの、一瞬のことで、すぐに緊張がほぐれた。

「お祝いのお菓子は私からのプレゼントとさせていただきたい」

視線をあげると、彼の顔が視界に飛び込んできた。私はじっと立っていたにもかかわらず、ダンスのときのような激しい動悸《どうき》を覚えた。「お嬢さんの大好物のカッサータ（ドライフルーツやナッツをリコッタチーズに混ぜ込んだアイスケーキ。シチリアの伝統菓子）はいかがでしょう」そう言って、私が幼かった頃、ナイフの先端にクリームをのせて味見させてくれたときのように、ウインクをしてみせた。

「ありがとうございます。ですが結構です」父さんが答えた。

その声は、ナスとトマトのアネッレッティ（リング状の細かいパスタ）をお代わりするかと母さんに尋ねられたときのように、穏やかで他意のないものだった。私はつかんでいた父さんの腕を離した。

「私の体面をつぶすようなことはどうかしないでください」彼はそう切り返した。

「娘の好みは昔とは変わりましたので」と父さんは言った。「オリーヴァ、そうだな？　それで、どれが食べたい？」

いろいろなクリームで彩られたお菓子を順に見ていくと、そのあいだに手があった。守護聖人のお祭りの日に私の腰にまわされた、あの手だ。

「あなたは現代的な考え方の持ち主のようですね」男が横から割って入る。「伝統を顧みない方のようだ。娘さんに自由に選ばせるなどとおっしゃいますが、果たして娘が自分の父親に好き嫌いを言ったりしますかね。親に対する敬意から、自分の本心なんて言えないんじゃないですか？」

「私と娘のあいだには秘密はありません。娘の決めたとおりにするまでです」

パテルノがショーケースからケーキを取り出した。オリーブの根もとに埋めたワンピースのような乳白色の大きなケーキで、きらきら光る砂糖漬けのフルーツがちりばめられている。私はそれが欲しいのか欲しくないのか、自分でもよくわからなかった。私と父さんのあいだに秘密があるのかもわからない。私は辞書に載っているあまり使われない単語を知ってるし、繊細な生地に針の跡を残さずに刺繍をほどこすこともできる。いつも第三格変化で混乱するけれど、ラテン語も少しなら知っている。カエルの皮を剝ぐことだってできる。だけど、自分のことはなにもわからない。

「旦那……」苛立《いらだ》った様子でパテルノが言った。「せっかくの日曜を台無しになさるおつもりですか？　あなたとお嬢さんに贈り物を差しあげると言ったのです。私を信用してください。あなた方にとって得な話じゃないですか。べつに御礼を言っていただく必要もありません。残念ながら感謝の気持ちを持てない人もいるものです。どうか私の助言に従い、このケーキを受け取って、ご家族そろってよい日曜をお過ごしください」

パテルノは金色のお店のロゴの入った水色の包み紙でカッサータを包むと、茶色のリボンを五十センチメートルくらい引き出して鋏《はさみ》で切った。そのあいだにも、ちらちらと視線をあげては私を見るので、私は目を伏せた。彼がリボンを切った瞬間、私のなかでなにかが弾《はじ》けた。父さんは両手を前方に伸ばしたものの、贈り物を受け取るためなのか拒絶するためなのかよくわからなかった。

「いいかい、オリーヴァ。このお方が、今日の昼食にカッサータを食べなさいとおっしゃっている。だが、父さんがおまえをここに連れてきたのは、誰にも気兼ねすることなく、おまえの好きなように決めてほしいからなんだ」父さんは店の入り口のほうを振り返り、表に集まっている村人たちにも聞こえるように、ガラスのドアを開け放った。それから、指の先で私の顎をくいと持ちあげた。「さあ、怖がらなくていい。おまえの本心はおまえ自身がいちばんわかっているはずだ。カッサータをいただくかい？　それともお断りするかい？」

私は、まるで私に突きつけるかのように鋏を握ったままのパテルノの手を見た。口もとには作り笑いが浮かんでいたが、目は怒りに燃えているようだった。父さんは、守護聖人の祝日の晩に倒れていたときのように、左腕を押さえていた。店の中でも外でも、誰もが息を凝らして見ている。喉の奥からあがってきた言葉が口の中に到達し、舌の上を滑ったものの、歯の裏側で止まってしまい、私はうなずくのが精一杯だった。

「ご覧になりましたか？」父さんが言う。

パテルノは顎の筋肉を引きつらせ、私のことを凝視した。私は、月のもの《マルケーゼ》が来るときのように、下腹部の奥が疼《うず》くのを感じた。深いところから突きあげてくる、快感にも似た鈍い痛みを。

「父さん、帰ろう」そうささやくと、外に飛び出した。

24

菓子店からの帰り道、父さんの人差し指には小さな紙包みがぶらさがっていた。包みの中身はアーモンドクッキーだ。父さんは代金をカウンターの上に置いたが、パテルノはそのお金に触ろうとしなかった。

私たちは来た道をたどって家に帰った。今度は村人たちの話し声がはっきりと聞こえてくる。どれくらいの声で話せば私たちに聞こえるか、承知の上なのだ。

「パテルノに娘の名誉を汚《けが》されたから、菓子を買いにいったんだ」

「なに言ってるんだ。買ってなんかいないさ。ただでもらったんだろう。どうせ都合よく利用してるんじゃないのか?」

「けち臭い贈り物だね。ずいぶん小さな包みじゃないか」

「贈り物なもんか。むしろ屈辱だ!」

「サルヴォ・デナーロは虫けら同然だな」

「俺だったら、村じゅうが見てる前で娘にキスをされたら、こっちから二発、とりわけ大きなのをお見舞いするところだがね」

父さんは帽子のつばの下の視線をまっすぐに保ち、一人一人に名前と名字で呼びかけながら挨拶した。だが、挨拶を返す人はわずかで、ほとんどの人は返事もしなかった。私は顎をあげたまま、ゆっくりと歩いた。焼き菓子は自分たちの好みで選び、自分たちのお金で代金を支払った。よく知らない人からの贈り物なんて受け取っていない。

母さんとコジミーノが玄関先で私たちを待っていた。

「姿が見えないから、心配してあちこち捜しまわっていたんですよ。なのに初デートの恋人どうしのように仲良く帰ってくるなんて……」ぶつぶつ言っている母さんを無視して、父さんは帽子を脱ぐと、手を洗いに洗面所へ行った。父さんのだんまりが平手打ちよりも我慢できない母さんは、怒りの矛先を私に向けた。「あなたは、なぜあたしのスカートを穿いてるの？」

「母さんがくれたんでしょ！」私はとっさに言い返した。

「なにか特別な機会に穿けるわね、と言ったのよ。それに仕立て直しだってまだ終わってないのに」

母さんは、私の腿がむき出しになるのも構わずスカートの裾をまくりあげた。「ほら、仮縫いの糸が残ってるじゃない。気づかなかったの？　村の人たちがなんて噂するかしら。刺繡師の娘がほつれた服を着てあたりをうろつくだなんて……。ああ神様、どうかそんな噂が立ちませんように！」

私は慌てて両手で腿を隠し、スカートの裾を下ろした。

「どうせあなたたちは、村人になにを言われようと平気なのよね！」母さんは恨みがましい笑い声をあげて憤懣《ふんまん》をぶちまける。「父親が父親なら娘も娘だわ。結局、このあたしがすべての尻ぬぐいをしなくちゃいけないのよ。フォルトゥナータのときだって……」

「いい服を着なさいと言ったのは、この俺だ」父さんが割って入ると、そのはっきりとした物言いに驚いて、母さんは口をつぐんだ。「アマリア、おまえの夫は元気になった。それで娘を連れて快気祝いの菓子を買いに行ったんだ。それとも未亡人になったほうがよかったか？」

包装紙にあった菓子店の名前を読んだ母さんは、へなへなと椅子に座り込んだ。片手を扇子のようにして顔の前で扇《あお》ぎ、もう片方の手を胸に当てている。

「未亡人ですって？　殺したって死なないくせに。そのうち、こっちが命を吸い取られてしまいますよ。死んだ母さんの言ったとおりね。あたしは緑の瞳に魅せられたせいで人生を棒に振ったんだわ。余所《よそ》から来たあたしが、この村の人たちから一目置かれるようになるまでどれほどの苦労を重ねてきたか、おまえさんはわかってるの？　このアマリア・アンニキアリコが道を歩くときには、誰にも陰口なんて言わせません。辱めを受けた娘だって、おまえさんの代わりに無事に嫁入りさせたわ。フォルトゥナータはいつも聞き分けがよくて、母親の言うことを聞いてくれましたからね」

母さんは目をかっと見ひらいて私たちをにらみつけると、テーブルに両手をついて立ちあがろうとしたが、バランスを失ってよろめいた。駆け寄ったコジミーノに支えられながら、両手で頭を抱えて座り込む。

「あの若者がどんな経緯《いきさつ》で、なぜあなたに好意を持つようになったのか、あたしは知らないし、知りたくもありません」と母さんは言い、私のことを大切なものを奪われた女でも見るような目でにらんだ。「あの人は見た目も悪くないし、貧しいわけでもない。だけど、神の定めに従って、あたしたちのところへ話をしにくるわけでもなければ、誰か使いを寄越《よこ》すわけでもない。町で何年も暮らしていたらしいから、このあたりの人とは考え方が違うだけで、あの人なりに真剣なのかもしれないけれど……」

私はなんと言えばいいのかわからなかった。

青ざめた顔のコジミーノが、意を決して話しだした。「パテルノは高利貸しをしてるんだ。ヴィート親方がお金を借りたら、ものすごい利息を搾り取られたってサーロが言ってた。あいつはいい人なんかじゃない」

「コジミーノ、あなたには関係のないことよ」母さんはにべもなかった。「オリーヴァが誰のところへお嫁に行くのかは、母さんと父さんで決めることです」

　コジミーノは自分の部屋へ行き、ばたんと音を立ててドアを閉めた。母さんにそんな言い方をされたのは初めてだったのだ。父さんは鋏を取り出すと、水色の紙包みのリボンを切った。それから静かな声で母さんに尋ねた。

「アマリア、おまえはマジパンで作った果物が好きかい？」

　母さんは天を仰いでから、まだ開けていない紙包みを見た。「サルヴォ、なぜマジパンの話が出てくるの？　おまえさんの頭はいつだって上の空なんだから」

「たしか嫌いだったと思うが、違うか？」

　母さんは怒る気力も失《う》せたようだった。

「ええ、サルヴォ、あなたの言うとおり、あたしはマジパンの果物が好きじゃないわ」

「俺たちの娘のオリーヴァはな、カッサータが嫌いなんだ。だから菓子店の若者にはっきりとそう伝えてきただけだ。店の前にいた村の衆も聞いてたよ」

　母さんはテーブルに両肘をつき、手のなかに顔をうずめた。父さんは母さんの上に屈み込み、人差し指でゆっくりと包み紙の端をめくって中身を見せた。

「それで、よく考えたうえで、アーモンドクッキーを買うことにしたんだ。うちではみんなこれが好きだからな」

　母さんの顔を覆っている指のあいだから涙がひと粒こぼれたが、それが頬まで落ちるよりも早く、父さんが、まるで大切な植木を撫でるときのように親指で優しく拭った。「そんなに悲観するもんじゃない、アマリア。話し合えばすべて解決するさ」

25

菓子店まで行った数日後、母さんがベンチチェストから二山の真っ白なシーツやタオルを取り出し、それまでよりもさらに仕事に精を出しはじめた。昼間は奥様たちから依頼された縫い物をし、夜になっても針と糸を手放さずに遅くまで私のイニシャルを刺繡しているため、朝は疲れて目をしょぼつかせている。ときおり巻き尺を取り出しては私の身体を縦横に採寸した。あの男のところに私をやるための嫁入り道具を準備しているのだろうか。

母さんがフォルトゥナータ姉さんの嫁入り道具を縫っていたとき、どうせ私のためには布一枚とっておいてくれないのだろうと思っていた。痩せっぽちで色黒の私をもらいたがる人なんているわけがない。ところが、母さんは私の分もなにからなにまでちゃんと準備していた。そしていま、急いで仕上げをしている。麻地に刺繡をほどこし、ネグリジェのウエストを詰め、サテンのリボンを縫いつけ、ペチコートの丈を縮め……。私のところに来ては巻き尺で腰まわりや胸まわりを測るたびに、驚いた表情を浮かべていた。

村人たちは、私がパテルノに魔法をかけたのだと噂した。村には美しい娘がいくらでもいるのに、ほかでもない私に熱をあげていることが腑に落ちないのだ。おそらく母さんも、早くしないと昔話のように魔法がとけて、せっかく大人の女性になった私が、いままでと同じただの南瓜《かぼちゃ》に戻ってしまうんじゃないかと恐れているのだろう。だから寝る間も惜しんで支度を整えているにちがいない。

父さんはといえば、コジミーノと一緒にまた市場に通うようになっていた。父さんが病気のあいだ、コジミーノは地道に顧客を開拓していた。ときにはサーロも一緒に行くことがあり、そんなときには帰りにうちに寄って昼ごはんを食べていった。昼食後、私とサーロは、子供の頃のように外の草むらに寝そべった。すると、すぐさまコジミーノが呼びにくる。いくら幼馴染みとはいえ、サーロが男であることに変わりないからだ。「オリーヴァ、入っておいで。母さんがテーブルの片付けを手伝いなさいって」

しぶしぶ起きあがると、地面の湿気のせいで背中が濡れ、ブラウスが肩甲骨にへばりついた。私は家のほうに歩きだし、戸口まで来たところで振り返った。私の後ろ姿を目で追っていたサーロは、左の頬骨のあたりにある苺の形をした赤い痣《あざ》をこすると、下を向いてしまった。私を見るサーロの眼差しは、パテルノの眼差しとは全然違う。フォルトゥナータ姉さん以外のあらゆる女性に向けられるジェロ・ムシャッコの眼差しとも違うけど、やっぱり私の心に重くのしかかった。サーロは男で、私は女。それだけのことなのに、もう、空の上の雲に名前を付け合うことはできないのだ。

私は胸の前で腕を組み、肩をすくめると、キッチンの後片付けをするために家に入った。開け放たれた窓からは、ときおりサーロとコジミーノの楽しげな笑い声が聞こえた。

26

「値打ちのある馬は、市場には連れていかないものなの」と母さんが言った。「望む人がいるなら、うちまで話をしに来るべきよ」

私は外出を禁じられた。退屈すると、以前使っていた学校の教科書を本棚から引っ張り出して音読した。たまに、服を繕ってもらうという口実でリリアーナが訪ねてきた。母さんがリリアーナの服を繕っているあいだ、私たちは一緒に部屋で過ごすのだが、友達と二人きりで部屋に籠もることは禁じられていたので、ドアは開け放しておいた。母さんが外から聞き耳を立てているあいだは当たり障りのないお喋りをした。そして、ラジオから知っている歌が流れ、母さんがボリュームをあげて一緒に歌い出すのを待って、本音で話した。彼氏はできたかと尋ねると、リリアーナはいないと答えた。好きな人はいるのかと重ねて訊くと、彼女ははにかんだ笑みを浮かべて両手で顔を覆い、仕立屋の息子が好きなのだと打ち明けた。それに、小学校時代の同級生のお兄さんで、いまはカフェで見習いをしている人も好きだし、シベッタ姉妹の従兄も気になる存在らしい。

「あの顔じゅうがニキビだらけの人？」私は思わず訊き返した。私はニキビがあまり好きじゃない。

「いい肩をしてるんだもの」

リリアーナがそう弁明するのを聞いて、私は戸惑った。男の人の肩なんて、いままで意識したことがなかった。いい肩ってどういう意味だろう。笑顔とか、眼差しとか、髪が素敵だというのならわかる。だけど肩って？「リリアーナの頭のなかはコオロギだらけ」と言っていた母さんが正しいのだろうか。

「それで、キスをしたの？」歌の最後のフレーズが流れる直前に、私は尋ねた。

「まあね」視線で天を仰ぎながらリリアーナが答える。

「触られた？」

そのとき、お気に入りの曲が終わって母さんが歌うのをやめたので、私は好奇心でいっぱいだったけれど、それ以上なにも訊けなかった。リリアーナはドアの向こうを見やってから、ブラウスの下のボタンを二つ外した。小さく開いた口のようなおへそがちらりと見えた。

「映画雑誌を持ってきた」リボンで束ねた雑誌をブラウスの下から素早く取り出して、私に渡すと、すぐにまたボタンを留めなおした。

母さんの足音が近づいてきたので、私は慌てて立ちあがり、雑誌を毛布の下に押し込んだ。

「スカートの裾をまつり終わったわよ」ドアから母さんが顔を出し、リリアーナにスカートを渡した。「気をつけて穿きなさいね。ほつれた裾を直すの、これで三回目よ。いくら共働きだからって、お金の無駄遣いはよくないわ」

リリアーナは小さく溜め息をつき、玄関のほうへ歩きだした。「アマリアさん、どうもありがとうございました。おいくらですか？」

「お代はお母さんから直接いただくことにするわ。女の子がお金のやりとりなんてするもんじゃありませんん」

頰と頰を軽く合わせて別れの挨拶をすると、リリアーナは帰っていった。大通りへと独りで歩いていく彼女の後ろ姿を、私は窓から見送った。私には、夜中に家族が寝静まるのを待って雑誌の束をほどき、写真を見ながらお気に入りの俳優の顔を描いては、お手製のアルバムに貼ることくらいしかできないのだ。リリアーナに撮ってもらった写真もアルバムに貼った。「不運な黒髪の女の子」というラベルを付けて。だって、私のところにはまだ恋がひとつも訪れていないのだから。

「村の人たちは、あの娘《こ》のことを悪く言うけれど……」母さんがそう言いながら、ベッドに座っていた私の隣に腰掛けた。ついさっきまでリリアーナが座っていた場所だ。「あることないこと言い触らしているだけよね。父親がコミュニストだとしても、あの娘《こ》が悪いわけじゃないもの。むしろ被害者よ。たしかにときどき偉そうな口を利くことがあるけど、心根は優しいわ。

スカートの裾がほつれたなんて、あなたに会いに来るための口実だってことくらい、わかってるのよ。よっぽどあなたのことを慕ってるのね」

母さんが私の前でそんな話し方をするのは初めてだった。母さんがベッドカバーを撫でたので、私は毛布の下の雑誌の厚みに気づかれるのではないかと焦った。さいわい母さんはほかの考えに気をとられていて、気づかなかった。

「あなたのお友達は、本当はとてもいい娘《こ》だと思う」

母さんが片腕をあげ、私の肩を抱き寄せた。私は不意に懐かしい母さんの匂いを感じた。こんなに甘ったるい匂いだとは思っていなかった。そうしてしばらく母さんに肩を抱かれていると、喜びも悲しみも、すべてが母さんの身体を通して私に伝わっていた幼い頃のように、母さんの匂いが身体に馴染んできた。私は、膝の上におかれた母さんの手をじっと見つめた。私の手と同じ形をしている。母さんの肩と頬のあいだの窪《くぼ》みに頭をもたせかけ、目を閉じた。私たちは同じ練り粉でできてるんだ……。そのときふと、昔、水を加えた小麦粉を一緒に練っているうちに、私たちの手がくっつき、べとべとしたひとつの塊になったことを思い出した。

「あなただっていい娘《こ》よ」母さんに耳もとでそうささやかれると、私はたちまちいい娘になる。

「それでね、考えたんだけど……」母さんの声に小さなひび割れが生じ、呼吸のリズムも変化した。首の筋肉が緊張するのを感じたので、私はようやく見つけた隠れ処《が》から頭を出さなければならなかった。「あなたの結婚式にはリリアーナも招待してあげましょうね。オリーヴァ、どうかしら？」

27

私は見ず知らずの男の人と婚約させられた。

「優しくて、素敵な方なのよ」まるで守護聖人のお祭りの宝くじで一等賞に当たったかのように、母さんは言った。バスルームからブラシを手に戻ってくると、背後に立って私の髪をほどき、肩に垂らした。

「どこの人？　母さんが見つけたの？」そう尋ねながら、市場で品物をあれこれ吟味しつつお買い得品を探す母さんの姿が私の頭に浮かんだ。

「もちろんよ。シベッタ夫人が懇意にしてくださるお蔭でね、よいお相手が見つかったの」

「結婚適齢期の娘さんが二人もいるシベッタ夫人が、私にお婿さんを？」母さんはそれには答えずに、私の髪をブラシで梳《と》かした。

「フランコというの。いい名前だと思わない？　貴族の家柄で、町で暮らしてらっしゃるの」

侯爵《マルケーゼ》が来たのね……。子供の頃、月のもの《マルケーゼ》というのは、私のことをどこかへ連れていく男の人だと思っていた。なぜかそのことをふと思い出す。

「でも、私は一度も会ったことがない」憤慨したティンダーラが、くるりと私に背を向けた瞬間の表情が脳裏によみがえった。

「なにごとにも時機というものがあるの。来週、あなたのお父さんと会って詳細を決めるために、うちに来ることになってるから」

ヘアブラシのピンが私の頭皮を優しくもみほぐす。絡まった髪に引っかかると痛むけど、すぐにほぐれて、また頭皮を優しく撫でてくれる。母さんと同じだ。私を引っ張ったと思ったら、すぐにまた優しく撫でる。

「好きになれなかったら?」私はひどく照れくさかった。

「好きとか嫌いとかいうのは……」また髪をぐいと引っ張られた。「一時的なものよ」そしていくらか大きな声で言い添えた。「素晴らしい青年だってシベッタ夫人も言ってたわ」そう言いながらも、疑念が湧いたかのように、髪を梳かす手をしばらくとめて考え込んだ。「だけど、それだけでいい結婚が決まるわけじゃないの。あたしだって、ご覧のとおり……」母さんは途中で言い淀《よど》み、ヘアブラシをサイドテーブルの上に置くと、今度は指で髪を梳きはじめた。

「オリーヴァ、あなたは村じゅうの注目の的になってしまったのよ」母さんは髪を三つの束に分けて、編みはじめた。「ノーと言うにはあまりに高い代償を伴う相手を拒絶してしまった。イニャツィオ司祭もおっしゃっていたわ。パテルノは一度言いだしたら聞かない人よ。望むものはすべて手に入れてきた。だから急いで方を付けたほうがいいの。それがあなた自身のためだし、みんなのためでもあるわ」

私はなにもしてない、と反論したかった。あの人には「ノー」とも「イエス」とも言っていない。菓子店のカウンターの向こう側に私の体内まで貫く彼の眼差しがあり、こちら側に表情を押し殺した父さんの顔があっただけだ。

母さんは、まるで綱かなにかのように私の髪を思いきり引っ張りながら編んでいき、三つ編みが私の肩にかかる。

「彼の父親は高利貸しをしてるってシベッタ夫人も言ってたわ。コジミーノの言ったとおりね。惚れっぽい性格らしく、旦那さんのいる女の人にちょっかいを出して、報復を恐れてマルトラーナ村に戻ってきたそうよ。みんなが見ている前で彼に盾突いた以上、なにごともなく暮らせるわけがない。だから、早いとこいいお相手と結婚して、厄介ごとから身を守らないとね」

母さんは編みあがった髪の先端を二本の指でつまむと、もう一方の手でエプロンのポケットから赤いベルベットのリボンを出して結んだ。それから私の前に立って、出来栄えを眺めた。

「ほら、これで身なりが整った」親指と人差し指で私の顎をつまんで言った。「汚さないようにするのよ」

私は顔を母さんの手に預け、頬でその肌触りを感じた。母さんの指の腹は、声と同じようにざらついている。母さんはすっと手を引いた。

「さあ、テーブルクロスの刺繍を手伝ってちょうだい」

「はい、母さん」私はそれ以上なにも尋ねずに、母さんの言いつけに従った。

28

「美しく見られたい人は痛みにも耐えるものです」母さんはそう言いながら、キッチンへ行き、パスタの入った耐熱皿をオーブンの中に入れた。

私は自分の靴を見つめた。守護聖人のお祭りの日に履いていたのと同じ靴だ。この靴が私を美しく見せるのだとしたら、ほかの靴を履いているときの私は醜いということになる。美しさの基準はいつだって、自分以外の人の目のなかにあるんだ。

「もうすぐいらっしゃるわよ」窓の外を見やりながら、母さんがうわずった声で告げた。そばに来て私のヘアピンを留めなおし、ウエストのあたりにできたブラウスの皺を手で伸ばす。まるで人形で遊んでいる子供のようだ。「父さんとコジミーノを呼んできてちょうだい」

父さんはいつもと変わらず畑に出ていて、トマトの苗のところで屈んでいた。野良仕事用のズボンを穿き、首にネッカチーフを巻いている父さんの姿を見ると、すべて母さんの作り話で、フランコなんていう人は来ないのかもしれないと思えてくる。私はお嫁に行く必要はなく、いつまでもこの家にいて、映画スターの似顔絵を描いていればいいのだ。

「余所《よそ》行きの服を着ないの？」おそるおそる父さんに尋ねた。

「気が進まん」父さんはそれだけ言った。立ちあがろうとする父さんに手を差し伸べて、その手を軽く二回握った。靴のヒールが土にめり込むので、足を一歩前に出すたびに、野菜の苗のようにまっすぐ地面に立たせなければならない。私も植物になって、ここで水と空気だけで生長できたらいいのに。黄色くなった葉を一枚ずつ落とし、支柱にしがみついて、まっすぐ生長するんだ。

「さて、その人に会いにいくとするか」淡々とした口調で父さんが言った。まるで、ミントティーでも注ぐとするか、というように。

「父さん、私、怖い」本音を口にしてみた。

「怖がることはないさ。おまえがよければ、父さんたちもそれでいい」

私は、なにが自分にとっていいことなのかわからなかった。短いスカートを穿いて、サーロやコジミーノと一緒に駆けまわり、奇跡の聖母に、いつまでも大人にならずに済みますようにとお願いしていた頃は、なんでも知っている気がしてたけれど、いまはなにもわからない。

テーブルには六人分の食器が並んでいた。食卓での決まりごとは、口のなかに食べ物を入れたまま喋らないこと。お皿に残ったソースをパンで拭きとらないこと。お客様がいるときにはお代わりを欲しがらないこと。コジミーノはポマードで髪をまっすぐに撫でつけ、長ズボンに白のワイシャツを着ている。私は、食器棚の上に飾られた父さんと母さんの結婚式の写真とコジミーノを見比べ、若い頃の父さんに負けず劣らずハンサムだと思った。ということは、私は母親似なのかもしれないと思ってさりげなく見てみたが、ちっとも似ていなかった。私はやっぱり、痩せっぽちの色黒だ。私が美しかったのは、守護聖人のお祭りで踊っていたあいだだけだったんだ。

「サーロも来るの？」六人目の席を指差して尋ねた。

「まさか、来るわけありません」母さんが小声で答えた。「付き添いの方の席よ」

家の前の小道で自動車が停まる音がしたので、私も窓からのぞいた。髪に白いものの混じった年配の男の人が運転席から降りてくる。うちの前まで歩いてきて番地を確かめた。少し神経質な歩き方で、背は低く、頬はこけている。母さんが玄関のドアを開けて、挨拶をした。すると、その人は笑みも浮かべずに会釈を返し、車のほうへ戻っていった。そして、どうかこのまま帰ってくれますようにという私の願いもむなしく、後部座席のドアを開けた。

降りてきたのは背の高い若者で、いかにも仕立てのよさそうなスーツとぴんと糊《のり》の利いたワイシャツを着て、映画スターのようなサングラスをかけている。『汚れなき抱擁』の主人公、アントニオに似た美男子だ。年配の人が若者になにやら耳打ちすると、若者はその人の腕に手をおき、うちの玄関までの数メートルを一緒に歩いてきた。私は、リリアーナが貸してくれる雑誌のヒロインにでもなったかのように、血が煮えくり返るのを感じた。自分と同い年くらいの息子がいる、年老いた男やもめと結婚させられる少女の話だ。それでシベッタ夫人は私のところにこの話を持ってきたのか……。心臓が喉から飛び出しそうになり、掌の汗を黄色いスカートで何度も拭った。

年配の人が戸口で立ち止まると、アントニオに似た若者もその一歩後ろで立ち止まった。色白で、顎に小さな笑窪《えくぼ》がある。彼の目が、黒いレンズの向こうから私のことを見ているのかわからず、私は自分の靴の先を見つめた。

「お初にお目にかかります」母さんが口火を切った。「どうぞお入りください」手で空気を掃くような仕草で、家の中に入るように促した。

年配の人は父さんの前に立った。父さんはといえば、首に結んだネッカチーフに人差し指と中指を入れ、結び目をひろげようとしていた。アントニオに似た若者は、年配の人の腕から手を離そうとせず、常に一歩後ろを歩き、家の中でも濃い色のサングラスをかけたままだ。年配の人は、近くで見るとますます年を取っているように見えた。汗ばんだ肌は背広と同じくすんでいるし、背広からは黴《かび》っぽい煙の臭いがする。

「アルタヴィッラ男爵です」年配の人が、指一本動かさずに言った。私は心臓のあたりが苦しくなった。王様のような尊大な物言いで、手を差し出して握手をしようともしない。そんな態度で、息子と同じくらいの年のお嫁さんをもらうつもりなのだろうか。私はコジミーノの反応が知りたくて目配せしたが、彼は母さんの二歩後ろで礼儀正しく微笑んでいるだけだった。

アントニオ似の若者は、年配の人に背中を触られると、まるで操り人形のように父さんのほうを向いた。それから父さんに手を差し出して、名乗った。

「フランコと申します。お会いできて光栄です」微笑んだ口もとから真っ白な歯がのぞいた。

29

「フランコは幼い時分に病気を患いましてね」年配の人が母さんに向かって話している。

母さんだけが相槌《あいづち》を打っていた。テーブルのいちばん奥に座っている父さんはふだんの日曜となんら代わり映えのしない様子だし、コジミーノ（シチリアに伝わる口承民話の登場人物）は、子供の頃、ジュファの物語に夢中になっていたのと同じ真剣な顔つきで話を聴いている。私は、向かいの席に座っているフランコをさりげなく観察していた。手もとを見ずに食べ物を口に運んでいるようだ。ときおり年配の人が彼のグラスに水を注ぎ、手をグラスに添えてあげている。あまり喋らないないけれど、きれいな声をしている。

「両親が腕のいい医者を何人も訪ねてまわり、本土にも行ったのですが……」

そのとき、不意に母さんの頭に疑問が生じた。「遺伝するのでしょうか？」

「一族にはほかにいませんから心配いりません。健康な子供に恵まれることでしょう」年配の人が請け合った。

私は、そのやりとりを聞いて心の奥がざわついた。クラスメイトたちが、結婚したらお婿さんと一緒にベッドに入らないといけないのだと言っていたのを思い出したからだ。私は、目の前でナイフとフォークを動かしているフランコの手を見つめた。色白ですべすべとしたその手は、父さんの手とは大違いだ。子供に恵まれるということは、あの手が教会の書類にサインをし、結婚式の披露宴で私の手をとり、母さんの縫ってくれたネグリジェの下に忍び込み、私の身体に触れるということだ。

「サルヴォ、新郎新婦に乾杯をしてくださいな」だんまりを決め込む父さんを喋らせるために、母さんが言った。

父さんは時間をかけて口の中のものを飲み込むと、ナプキンで口もとを拭った。「気が進まん」と言うかと思っていたら、半分ほどワインの入ったグラスを掲げて私を見つめながら、「おめでとう」と言った。

年配の人が眉をあげたので、額に三本の横皺が入った。

「フランコは私の甥にあたりますが、純朴で心の優しい青年です」耳の遠い人を相手にしているかのように、大きな声を張りあげた。「本来ならば両親がご挨拶に参るべきところですが、お伝えしたとおり、あいにく男爵夫人が腎炎を患っておりまして、遠出が叶いません。くれぐれもよろしくお伝えするようにと申しておりました。ぜひ私どものほうにもお越しください。神は姉夫婦に息子を一人しかお授けになりませんでした。ですので、不幸な出来事に見舞われましたが、フランコが姉夫婦の唯一の喜びなのです。町の娘さんたちは近頃ではすっかり現代的になり、かつてのような健全な価値観は失われてしまいました。外に出て働くことを望み、女友達と出掛け、映画館やダンスに行きたがる。そうしていつしか純潔を失っていくのです」

「割れた水差しも少なくありませんよね」母さんが合いの手を入れた。「ですが、うちの娘は無傷です」

「フランコも同じです。まだ女性を知りません」フランコの叔父さんは確約すると、私のほうに向きなおり、母さんの言ったことが真実かどうか確かめるように眺めまわした。

「私どもはオリーヴァを花のように大切に育ててきました」母さんが断言し、私の手をさすった。

「そのようにお見受けします」叔父さんは口ではそう言いながらも、私を眺めまわすのをやめない。「ですが、お嬢さんはすでにどなたかとお付き合いがあったという情報もありましてね。いまどきの若者の言葉で言うならば、『好意』を持たれたとか」

「好意なんて持たれていませんわ」母さんが、少しも乱れていない前髪を指先で必死に直しながら、即座に否定した。「少々陽気な若者が、気まぐれでうちの娘にちょっかいを出しただけです。ですが、娘は一度だって心を許したことはありません」

母さんはすがるような目で父さんを見た。「私どもはその方のお話には関心がないことを夫がはっきりとお伝えしまして……」そこで目を伏せ、テーブルクロスの刺繍をじっと見つめた。

「お互いに納得したというわけです。以来、娘はずっと家におりました」

フランコの叔父さんが額の皺を掻いた。母さんは氷のように冷たい手で私の手をつかむ。母さんにしてみれば、すべてが苦痛なのだ。娘を嫁に出すことも。

叔父さんは、隠しごとを暴こうとするかのように私のことを執拗《しつよう》に吟味していたが、しまいに溜め息をついて、窓の外に目をやった。「お嬢さんは中学三年生まで学校に通ったのですか？」私の名前を一度も口にしない。

「その後、師範学校にも二年通いましたが、途中で辞めさせましたの」母さんが弁解するように言った。

「フランコは、就寝する前に朗読を聴くのが好きなのです」歩み寄るような口調で叔父さんが言った。

右手の甲で、鬚《ひげ》が伸びはじめていないか確かめるように頬を下から上へと撫でてから、二本の指を顎に当ててしばらく考えていたが、ようやくうなずいた。私とフランコは、それぞれの席でお互いに向き合ったまま、身じろぎもせずに座っていた。叔父さんがグラスの中身をひと口で飲み干し、テーブルから立ちあがった。面接試験は終わったのだ。

30

昼食後、私とフランコはお互いのことを知るために、二人で家のまわりを散策してくるようにと言われた。そのあいだに私の両親とフランコの叔父さんとで結婚に関する具体的な事柄を話し合うのだ。目の見えないフランコは、私のすぐそばに来て、腕に手をのせた。パテルノの手とは異なり、軽やかな手だった。コジミーノは私たちの後についてくるべきかわからず、母さんのほうを見て指示を仰いだ。

「コジミーノ、二人で行かせなさい」母さんの顔には含みのある笑みが浮かんでいた。「オリーヴァはもう婚約したのよ。いまどきの若者なんだから、少しぐらい打ち解けた時間を過ごす権利があるでしょう」

コジミーノは思いがけない返事に驚いて引き下がり、私たちは二人で出掛けた。私も意外だった。もしかすると、目の見えないフランコならば私に悪さできないと思ったのかもしれない。私たちはお互いに無言で、気詰まりを感じることもなく歩いていた。まるで言葉など必要がないというように。途中で私は、フランコは目が見えないのであって、耳が聞こえないわけじゃないんだと思い、なにか話さなくちゃと焦りだしたものの、なにも話題が思いつかなかった。下手なことを言ったら彼の感情を害するのではないかと不安になったのだ。すると、すべてが怖くなってきた。彼と二人きりで散歩をすることも、家を出て町へお嫁に行くことも、フォルトゥナータ姉さんのように悲しく孤独な思いをすることも、見知らぬ人の手に身を委ねることも、子供をつくるためにその手が私の身体に触れることも……。おまけに目の見えない人の世話を毎日するのかと思うと、不安は募るばかりだった。彼の目に私が映らないのだとしたら、私は消えていなくなってしまうのではないかと怖かった。眼差しで伝え合えないのなら、どうやって愛を伝え合えばいいんだろう。「愛とは悦《よろこ》びがあふれだしたときに、心に湧き出《い》づる欲望であり……」テルリッツィ先生の歌うような声が耳の奥で響いた。「まずは眼差しが愛の源を育み、それに心が養分を与える」昔のシチリアの詩人の言葉だ。

フランコは私の腕につかまっていたものの、実際には彼のほうが私を先導し、私は無意識のうちに彼の歩調に合わせていた。なにか話さなくちゃと焦れば焦るほど、その詩だけが頭のなかでぐるぐるとまわる。勇気を出してフランコのことをじっと見つめたものの、すぐにまた目を伏せた。彼には私が見えていないのだから、目を伏せる必要などないはずなのに……。

ピエトロ・ピンナの農具小屋の裏手に差し掛かり、私の家が見えなくなると、フランコが不意に立ち止まった。

「もしかして、本当は見えてるの？」そんな質問が私の口をついて出た。

彼の口もとに悲しそうな笑みが浮かぶのを見て、私は自分の言ったことを後悔した。いままでずっと黙っていたくせに、よりによって言うべきじゃない言葉を口にするなんて……。

フランコが濃い色の眼鏡を外してみせた。私はおそるおそる彼の手を離し、顔の前で片手を振ってみたが、淡い色の虹彩《こうさい》は消えた電球のように変化しなかった。

「お願いがあるんだ」フランコはそう言って、私の手を探った。

私は一歩後退りした。たとえ親どうしで私たちの結婚を決めたのだとしても、式の前に疵《きず》ものになりたくはなかった。

「怖いのかい？」

「いいえ」私は心臓が喉から飛び出しそうなのを隠して、嘘をついた。

「じっとしてるだけでいいから。僕にとっては大切なことなんだ」そう言うと、彼は私の手をとり、甲を撫でてから、人差し指の先で掌に優しく触れた。

私はこれまで誰にもそんなふうに掌に触れられたことはなかった。身体の中心にくすぐったいような感覚を覚える。フランコは私の指を一本ずつ先端まで触り、爪のまわりを撫でた。それから手を離し、一歩私のほうに歩み寄った。

「後ろに下がらないで」

私は息をとめて、身じろぎもしなかった。「愛とは心に湧き出づる欲望であり……」一語ずつ区切りながらそのフレーズを心のなかで唱え続ける。

「目を閉じてごらん」彼が言った。「そうすれば、おあいこだから」

そんなことをするんじゃありません。そう咎《とが》める母さんの声が頭のなかで響いたが、私は怯《ひる》まなかった。彼の前で目をつぶって立っていると、服を脱がされたような気持ちになった。けれど彼には私の姿が見えていないのだと思いなおし、ほっと息をついた。リリアーナがブラウスの下に隠して持ってきてくれる雑誌で見たように、彼の唇が私の唇に重なる瞬間を待っていると、お腹の、おへそより下のあたりに熱いものを感じた。ところが、いつまで待ってもなにも起こらない。この時刻になると決まって吹きはじめる風に父さんの畑の作物の葉がさらさらと音を立てて揺れ、私の黄色いスカートの裾が膝のあたりまでまくれるだけだ。私はスカートの裾を直そうと思って手を下に伸ばしたものの、誰も見ていないのだと思いなおす。

「動かないで」とフランコに請われ、私は動きを止めた。すると、彼の指の腹が私の額に軽く触れた。幼い頃、父さんがよくおやすみなさいのキスをしてくれた額の中心から、こめかみのほうへと下がり、両端から中央へと毛の向きに逆らって眉をなぞり、睫毛《まつげ》のラインにそってまぶたに触れる。親指が小鼻をかすめたかと思うと、掌全体で頬を包み、下顎のラインまでおりてきて、私の顔をとらえた。小指が耳たぶを軽く持ちあげ、最後に人差し指が私の唇に達した。私が衝動的にその指を歯と歯のあいだに軽く挟むと、彼の指がぴたっと動きを止めた。私は小さな息をついて、指を外に押し出した。フランコは私の顔からいったん両手を離し、右手の人差し指だけでゆっくりと私の口もとを撫で、それからふたたび手を離した。

私とフランコは、日が暮れるまでそうしていた。私は日暮れが好きだ。

「きれいな女性《ひと》だね」とフランコが言った。私は目を開けて、一緒に家に向かって歩きだした。

31

「目の見えない人と婚約させられたって本当？」私が以前にティンダーラに対して言ったのと同じ、いかにも理解に苦しむという口調でリリアーナが言った。

久しぶりに訪れたリリアーナの部屋は、机の上の本の数が見るからに増えていた。書棚にしまわれたままの私の本とは大違いだ。写真を現像する部屋は、以前に来たときと変わっていなかった。リリアーナは白い紙を金属製のピンセットでつまみ、盥《たらい》の液体に浸していた。

「結婚式の立会人になってくれないかな？」紙の上に像が浮かびあがるのを暗闇で待ちながら、私は尋ねた。

「お母さんはなんて言ってるの？」

「母さんも、そうしてもらいなさいって」

印画紙の上に、黒い服を着た女の人が現れた。半分閉まった窓の鎧戸《よろいど》のあいだからのぞいている、落ち窪んだ目に肉厚の唇のその顔は、いまにも家の中に呑み込まれていきそうだった。

「フォルトゥナータ姉さんね！」私は思わず叫んだ。「いつ撮ったの？」

「フォルトゥナータに、教会までの付き添いを頼めばいいのに」

「姉さんは外出しないから」

「オリーヴァはその理由を考えたことがある？」

「ムシャッコが嫉妬深いから」と私。「だけど、フランコは全然違うのよ」リリアーナよりも自分自身を納得させるために言い添えた。

「一度しか会ったことがないんでしょ?」リリアーナは印画紙をピンセットでつまむと、現像液に浮かべた。

「一度じゃないわ。婚約のあと、もう一度うちに来て、みんなで出掛けたもの。彼と婚約してからはね、母さんが私を前より自由にさせてくれるようになったの。だから今日だって、こうしてリリアーナに会いに来られたし……」

「そんなの束《つか》の間《ま》の自由で、牢獄からまた別の牢獄に移るだけじゃない」

「フランコはいい人よ。もしも彼がいなかったら……」

リリアーナは盥から印画紙を取り出し、洗濯物を干すように洗濯ばさみでとめた。

「まるで彼があなたを助けるために結婚を決めたみたいな言い方するのね」

「窮地に陥ってた私を救い出してくれたんだもの」

リリアーナは相変わらず忙《せわ》しなく現像道具をいじくっている。

「ロザリア先生のこと憶えてる?」しばらく間をおいて、リリアーナが尋ねた。

「ロザリア先生は……」私は途中で言葉に詰まった。先生が恥さらしだなんて嘘だ。「運に恵まれてなかっただけ」そう結論づけた。

そして、フォルトゥナータ姉さんも運に恵まれなかったのだと思った。サーロのお母さんのナルディーナさんも、シベッタ家の姉妹も、両親を亡くしたミルッツァも、夫の浮気相手をナイフで五回も刺したアガティーナも、文通だけで結婚相手を決めさせられたティンダーラも、みんな運に恵まれなかった。女に生まれると不運なことだらけだ。

「ロザリア先生はね、私たちに自分の頭で考えることを教えてくれたのよ」

「私はフランコが好き」私はきっぱりと言い切った。「彼は、ほかの男の人と違って、とても繊細なのよ」

私とリリアーナは、フォルトゥナータ姉さんの写真を見つめていた。姉さんは金髪なのに、私は黒髪。姉さんの瞳は大きくて緑色なのに、私の眼は黒っぽいオリーブの実のよう。姉さんは背が高くてふくよかなのに、私は背が低くて骨ばっている。姉さんの顔立ちと私の顔立ちを比べて、違っているところを見つけていく。そうすれば、私の運命も姉さんとは違うものになるとでもいうように。

「今晩、集会においでよ」リリアーナが藪《やぶ》から棒に言った。誘っているというよりも、命令に近かった。

「行けない。やることがたくさんあるの」母さんの顔が頭をよぎり、私はためらわずに断った。

「ほらね、婚約したから前より自由になったなんて、嘘じゃない」

「あいつに会ったら嫌だから」そう口にしただけで、鼻の奥にジャスミンの香りがよみがえる。

「パテルノのこと？　あいつならこの村を出ていったよ」

「どこへ行ったの？」胸の奥で心臓が飛び跳ねた。

「町の叔父さんのところ」

私は机の前の椅子にへたりこんだ。もう少ししたら私はお嫁に行き、二度とあの男に会うこともないのだ。安堵すると同時に、胸のうちに秘めてきたものが不意に空っぽになったような感覚だった。リリアーナがフォルトゥナータ姉さんの写真をくれると言ったけれど、私は受け取らなかった。顔なしのお化けみたいないまの姉さんではなく、表情が豊かだった頃の姉さんを頭に焼きつけておきたい。現像室から出て居間に行くと、カロさんがソファーに座って『ルニタ』（イタリア共産党の機関紙）を読んでいた。新聞から顔をあげて、私のことを見た。

「君は、サルヴォ・デナーロの娘さんだね？」

私は「はい」と答える代わりにうなずいた。

「たしか木曜日の集会に来てくれたことがあったね。しばらく前のことだから、記憶違いかもしれないが……」

「はい、一度だけ」蚊の鳴くような声で私は答えた。

「また来てくれたら、みんな喜ぶよ」カロさんは私に優しく微笑むと、細かい文字がびっしり詰まった紙面にふたたび顔をうずめた。

リリアーナが自分の部屋から雑誌の束と珊瑚《さんご》のチョーカーを持ってきた。「これはあなたへのプレゼント」

「ネックレス？」

「結婚式のときにつけて。珊瑚は縁起がいいのよ。私はこれと同じイヤリングを持ってるの。花嫁と立会人はおそろいのものを身につけるのがいいんだって」

私はチョーカーを彼女の手から受け取った。フランコが気に入ってくれるといいな、と思いながら。でもすぐに、彼にはチョーカーもドレスも靴も花も、そして私の姿も見えないことに思い至った。

32

「真の男たる者は、働くための逞しい腕と、正しい判断を下すための切れる頭と、監視するための鋭い目を持っているべきだ。妻や娘たちをあちこちうろつかせてはならない」小間物商のチッチョさんが、手に帽子を握りしめて話している。

リリアーナと私は、最前列の、カロさんの隣に座った。私はもう、網の陰に隠れなければとは思わなかった。一か月もすれば十六歳になる。正式な婚約も済ませ、花嫁になる日もそう遠くなかった。

「では、女性は？」カロさんが、女の人のように優しい声で尋ねた。リリアーナはすべての発言をノートに記録している。

「女は自らの純潔を守り……」待ってましたとばかりにチッチョさんが続けた。「支柱に支えられるブドウの木のように、夫に頼るべきだ」

網小屋に集まった人たちの多くが、いかにもと相槌を打った。

チッチョさんは続けた。「もしも夫が妻の尻に敷かれたら、この世の終わりだ」そしてはっはっはと笑った。

私は、カロさんもいまの意見に賛成なのか知りたくて、こっそり顔をうかがったが、表情からではなにもわからなかった。みんなの意見にじっと耳を傾け、たまに質問を返しているだけだ。

「つまり、僕の理解が正しければ、妻は家にいて、夫の意向に従わなければならないということでしょうか。皆さんも賛成ですか？　この場にいらっしゃる女性の方々も、やはりそのようにお考えですか？」

「私は不公平だと思います」中年の女性が発言した。みんなが声のしたほうを一斉に振り向く。「不公平ですが、仕方のないことだとも思います。若い娘が外出するときには付き添いが要ります。独りで道を歩いていたら、人々から『あの娘はどこへ行くんだ？』と後ろ指を差されますから。男たちが狩りをするのは本能なのです」

リリアーナがノートをとるのを中断し、手を挙げた。「グラッソさんの言うことは一理あると思います。でも、女性の側にも問題があるのではないでしょうか。母親は、自分たちが口うるさく言われてきたことを娘たちに教えますが、そうではなく、男の子たちに女性を尊重することや、平等の概念を教えたらどうなるでしょうか。あるいは、女の子たちを家に閉じ込めるのではなく、自由に生きることを許してあげたら？　女の子たちにも勉強をさせ、好きな仕事に就けるようにしたら？　問題なのは、男性の考え方だけでしょうか。女性の考え方には問題はありませんか？　まずは、私たち女性の考え方から変える必要があると私は思うのです」

その場にいた数少ない女性たちがうなずいた。まるで美しい詩を朗読する女の子に感嘆するかのように。

「ようやく一人だけ授かった娘です。嫁ぎ先も決まっていないのに独りで自由に出掛けさせるなんて、とても考えられません」グラッソさんが反論した。

「僕はリリアーナの言うとおりだと思います」奥から男の人の声がした。「新しい世代の女性たちが先頭に立って時代錯誤の決まりごとに抗《あらが》い、僕たち男がそれを支持する。一致団結して立ち向かえば、みんながよりよく生きられるようになるんじゃないでしょうか。でないと、世の中は進んでいくのに、僕たちだけがいつも同じ場所でとどまっていることになる」

私は、誰が発言したのか見ようと椅子から身を乗り出した。サーロだった。いったいいつ入ってきたんだろう。

リリアーナが私に耳打ちした。「彼、この何か月か、毎回必ず出席してるのよ。ときどきうちまで来て、お父さんと話し込んでいくこともある」

「サーロもコミュニストになったの？」私は尋ねた。

「そうじゃない。ヴィート親方と同じ保守派だけど、いろいろ勉強して、世の中のことが理解できるようになりたいんですって」

「もしかすると、リリアーナに会うために通ってるんじゃないの？」私はそうささやいて、反応をうかがった。

リリアーナは頭《かぶり》を振った。サーロが小屋の奥からこちらを見て、軽い会釈を寄越した。サーロと会うのは、彼が私の背中にへばりついたブラウスを見つめていた昼下がり以来のことだ。

「たとえば、こんなケースもありますよね」サーロがグラッソさんに向かって話を続けた。「子供の頃は一緒に育ち、同じものを食べ、あらゆるものを分かち合っていたのに、大きくなった途端、男はこっち、女はあっちと隔てられ、言葉を交わすこともできなくなってしまう。その後、お互いにどうしているかは他人から伝え聞くしかなく……」

一般論を語っているようだが、目では私のほうを見ていた。

「男と女が親しくなると、危険がつきものだからな」チッチョさんが片目をつぶりながら割って入った。「最初はただ話していたはずなのに、いつの間にか……」みんなどっと笑った。

「つまり、男と女のあいだに友情は成立しない、ということでしょうか」カロさんが静かに尋ねた。

「友情だって?」と、チッチョさん。「男が女と友達になりたいと言うときは、下心があるに決まってる。そうだろ、サーロ?」

サーロはそのあと、集会が終わるまでずっと黙っていた。私はときおり彼のほうをうかがい、リリアーナと目を合わせていないか確かめた。集会が終わって小屋から出ると、彼の姿はもう見当たらなかった。私たちを待たずに帰ってしまったらしい。私とリリアーナは、日が沈みつつあるなか、村の大通りを歩いた。

「オリーヴァはひと言も発言しなかったね」リリアーナが指摘した。

「なにを言えばよかったの?」

「あなたも、女は男の庇護《ひご》下にあって、働かずに家庭に閉じ籠もるべきだと思ってるわけ?」

「私の意見なんてなんの価値もないもの。世の中は昨日と変わりなく動いていくだけ」

「それで、結婚したあとはどうするつもり？　フランコがあなたに……」

「フランコはとても心の広い人よ。私が望むものはみんな手に入れてくれる」私は彼女の話をさえぎった。

「心が広いとか、けちだとか、そういうことが問題なんじゃないの。私はね、学校を卒業したら、先生か写真家になりたいと思ってる。首都《ローマ》に移り住んで、ニルデ・イオッティのような代議士になれたらステキだわ……」

通りにはほとんど人通りがなく、私たちの足音だけが響いていた。私たちの数メートル後ろから、一台の車がヘッドライトもつけずにのろのろと走ってくる。

「それはステキね」そう言って私は、彼女の腕に腕をからめた。「イオッティさんも、ご主人がそれでいいって言うなら……」

「ご主人って？」

「リリアーナがいつも話してる、ニルデさんの旦那さんよ」

「旦那さんなんていないよ。彼女は結婚してないもの」リリアーナが私の思い込みを正した。

「夫がいない女は名前がないも同然だって……」私はいつも母さんに聞かされている言葉をそのまま口にした。

リリアーナは眉をひそめて首を横に振った。立ち止まり、呆れたように私のことを頭のてっぺんから足の先までしげしげと見る。まるで、キッチンの真ん中にロバがいるのに気づかないのか、というように。

「オリーヴァ、あなた学校でいちばん成績がよかったのに、マルトラーナ村の女子たちみたいに主婦になるの？」

女のあるべき姿とは、結婚して子供を産み、家事に専念すること。私は、母さんに言われた言葉を頭のなかで繰り返した。男のあるべき姿とは……。そのとき背後で物音がしたので振り返ると、私たちのすぐ後ろを走っていた車が横道に入っていくのが見えた。

「私の頭のなかはコオロギだらけじゃない」私はむっとした。

十字路で立ち止まった。私たちの帰り道はそこで分かれる。リリアーナの家は村の反対側の海沿い、ちょうど新しく住宅を建てるための整地が始まったあたりだ。少し離れたところからふたたび車のエンジン音が聞こえてきて、全身の血が凍りつくのを感じた。

「なんだか胃がむかむかするの。途中まで送ってくれない？」

私とリリアーナは一緒に砂利道を歩きだし、ほとんど小走りで父さんの畑まで帰り着いた。家の明かりがついていて、鶏小屋の前に父さんがいた。地面に膝をつき、両手で頭を抱え、空っぽになった鶏小屋を黙って見つめている。父さんの前には雌鶏たちの死骸が横たわっていた。ロジーナも、ヴェルディーナも、ヴィオレッタも、ネリーナも、息絶えている。

「なにがあったの？」私はふかふかの草むらに膝をついて尋ねた。父さんは力なく首を振る。

「父さん、家に入ろう」私は父さんの腕を引っ張って立たせようとした。

「気が進まん」父さんは、空の鶏小屋と地面で息絶えている雌鶏たちとを交互に見ていた。

今度ばかりは、母さんにカラブリア方言で文句を言われることもないだろう。私たちがペンキを塗ったせいで鶏が死んだのではないのだから。

私たちはお通夜のときのように輪になって雌鶏たちを囲んでいた。

「私のせいだ」リリアーナの耳もとで小さな声でつぶやいたつもりだったのに、父さんにも聞こえたらしい。

「いいや、鳥インフルエンザだ」父さんはそれだけ言うと、家に入っていった。

入れ違いにコジミーノが出てきて、リリアーナの腕をつかんだ。「家まで送ってやる」リリアーナは逆らわずに、コジミーノに守られておとなしく帰っていった。男と女が完全に平等というわけじゃないことは、リリアーナだってわかっているのだろう。

33

「一つ、二つ、三つ、四つ、五つ……」シベッタ夫人が声を出して数えている。それに合わせて、母さんがマクラメ編みの上に砂糖菓子《コンフェッティ》を並べ、「オリーヴァ・デナーロ&フランコ・コロンナ」という飾り文字の書かれたカードを載せていく。それをミルッツァがくるんで白のリボンで結び、鋏《はさみ》でリボンを切る。私は、フランコの名前の隣に自分の名前が並んでいるのが好きだ。まるでその柱《コロンナ》に支えられているみたいで安心できた。

私とシベッタ姉妹は刺繡を続けていた。これまでシベッタ家での私の席は木製のベンチと決まっていたが、今日はめずらしくソファーに座るように言われた。しかも姉妹のあいだの席だ。「アマリア、お婿さんの母上にくれぐれもよろしく伝えてちょうだいね」ソファーに座ってコンフェッティを数えながら、シベッタ夫人が母さんに言った。

母さんは下唇を噛んだ。私たちはまだ一度もフランコの両親に会ったことがなかったからだ。「彼らが町に住んでいて幸運だったわね。さすがに町まではおかしな噂話が伝わらないでしょうから」シベッタ夫人はねちねちと嫌味を続ける。

「目に入らなければ、心は痛まないって言うものね」姉娘も母親に口調を合わせた。妹娘は刺繡の手をとめ、手で口もとを覆ったものの、笑い声は洩れてくる。

「目の見えない人と結婚する利点は、いろいろなことを知られないで済むことね」姉娘が続けた。

ミルッツァが悲しげな目でテーブルの反対側から私を見た。「映画の俳優さんみたいにハンサムなんですって？　そうなの、オリーヴァ？」話を変えようと、そんな質問をした。

「ほら、あの映画、なんてタイトルだったかしら？」と、姉娘のノーラ。

「『汚れなき抱擁』でしょ」と、妹娘のメーナ。

「うちの娘たちは映画館には行きません。はしたないことですからね」シベッタ夫人がすかさず横から口を挿んだ。「広場に貼られたポスターしか見たことありませんの」

「もちろんよ」姉娘が言い訳じみた口調で言った。「映画の筋を知ってるのは、みんなが話してるのを聞いたからなの」

「あなたのお婿さんが、映画の主人公みたいに不甲斐《ふがい》ない男じゃないことを祈るわ」今度は笑いを隠そうともせずに、妹娘が言った。

「たとえそうだったとしても、たいした問題じゃないわよね、オリーヴァ。持参金なしで結婚できて、しかも男爵夫人になれるんですもの」シベッタ夫人の毒舌は止まらない。「おまけに厄介ごとから脱け出せるのだから、聖リータに感謝しなくてはね」

「聖リータは、絶望的な状況の人たちに救いの手を差し伸べる守護聖女ですよね」私はテーブルを見つめたまま言い返した。「私とフランコは愛し合ってるから結婚するんです。絶望なんてしてません」

シベッタ姉妹は口をつぐんだ。母さんが笑い声ともとれるような咳ばらいをする。

「愛し合ってるだなんて……」シベッタ夫人は気分を害したようだ。「最近の若者はロマンチックすぎるわ。アマリア、そう思わない？　それより親の言うことをおとなしく聞いていればいいのです。あのパテルノですら、村から出ていくようにと父親に言われて、口答えしなかったんですってね。息子が財産のない家の娘に熱をあげていると知った途端、相続権を剝奪すると脅したらしいわ。どのみち、あの若者は気が多くて、問題ばかり起こしてきた。手の施しようがないのよ。だから、女の子には独りで外を歩かせるべきじゃないんだわ」

「あちこち歩きまわるうちに、おかしなところに迷い込んでしまうものね」姉娘が相槌を打った。

「毎日のように姿を見てたら、男は生唾をためるばかりよね」妹娘も同調した。「期待させておいて拒絶しようものなら、相手の気分を害し、仕返しをされる。あしらい方を身につけないといけないのよ」

「うちの娘はなんの罪も犯していません」それまで黙っていた母さんが言った。「唯一の難点は、豊かすぎる資質を持っているために、大勢の殿方が言い寄ってくることかしらね」含みのある笑みを浮かべて、ノーラとメーナを見た。

それだけ言うと母さんはふたたび口をつぐんだ。もはや喋る者は誰もおらず、シベッタ夫人の客間では、砂糖菓子《コンフェッティ》がぶつかり合うかちかちという音だけが響いていた。

帰り際、シベッタ夫人は、私たちを次のロザリオの祈禱会に招きもしなければ、新たに縫い物の仕事を依頼することもなかった。何年ものあいだ、母さんは文句も言わず木製のベンチに座ってきたというのに、先ほど口にしたひと言で、最良の顧客を失ったのだ。それが、母さんから私への結婚祝いだった。

帰り道、私と母さんは腕を組んで歩いていた。砂利道に差し掛かったところで曲がると、前方から目を血走らせ、腕を振りまわしたコジミーノが走ってきた。

「作物が塩で全滅した！　僕と父さんが市場から帰ったら、畑が水浸しになってたんだ」

「神様、どうかご慈悲を！」母さんが私の手を離し、悲鳴をあげた。「どうしてそんなことに？」

「何者かが井戸水に塩を混ぜ、畑に撒《ま》きやがった」コジミーノは野良着のズボンで手を拭い、地面をじっとにらんでいた。「目撃者はいない。僕たちに味方する者は誰もいないんだ」

34

「延期する必要があるって、どういうことかしら？」母さんが声を荒らげた。

「アマリア、落ち着いてちょうだい」司祭館の家政婦のネッリーナは声をひそめた。

「しかも挙式まであと二週間というときに、こんなふうに市場の真ん中で知らされるなんて」

「知らせが届いたばかりなのよ」ネッリーナが釈明した。「あたしも、今朝知ったの。コロンナ家から使いの者が来て、男爵夫人の容体が急に悪くなったというの。終油《しゅうゆ》の秘跡と結婚式を同時に執りおこなうわけにもいかないでしょ。急いで知らせなくちゃとお宅に向かっていたら、ここで見かけたものだから……」

母さんは目をこすって絶句した。こんな人混みのなかでは、カラブリア方言で悪態をつくこともできない。「ご本人が直接うちまで知らせに来るのが筋ってものじゃないかしら？　婚約を申し込むときに訪ねてきたのと同じようにね」

「彼は一人息子なのよ、アマリア。母親の枕もとから片時も離れないらしいわ」

ネッリーナは雑踏から離れた静かな路地に私たちを引き入れた。私は駄々をこねる幼な児《ご》みたいに、ネッリーナの腕を引っ張った。「彼の気が変わったの？　私のことが好きじゃなくなったって？　ネッリーナ、本当のことを言って……」

「なにを言いだすの、オリーヴァ。ご病気なのだから仕方ないでしょ。わかってあげてちょうだい」

「誰かが夫の畑のことを知らせたんじゃないでしょうね」母さんが訝《いぶか》しむ。

ネッリーナは顔を背けた。「畑のことって？　あたしはなにも……」

「何日か前にね、サルヴォが殺虫剤と間違えて、畑に塩を撒いてしまったのよ。知ってのとおり、あの人、ぼうっとしてるから……。それで作物がいくらか枯れちゃったってわけ。だけど人の噂というのは恐ろしいもので、いつの間にか尾鰭《おひれ》が付いて、小さなことがまるで小説のように壮大に語られて……」

その一週間前、枯れた作物のあいだを歩いていた父さんの顔が脳裏に浮かんだ。「うちにはもう、枯れた作物と雌鶏の死骸しか残されてないのね」家に入ったとき、母さんがそう嘆いていたのだ。シベッタ夫人から受け取っていたわずかばかりの針仕事の賃金は、何年も毒舌を聞かされ続けた挙げ句、たったひと言反論したがために、もはや期待できない。もしかすると母さんは、これからはフランコに面倒をみてもらえるのだと思っていたのかもしれないが、いまやその柱《コロンナ》にまでひびが入りはじめていた。

「アマリア、あれほど立派な家柄の方が、あなたのうちの小さな畑で枯れたトマトの苗の一本や二本で動揺するわけがないでしょ。心配しなくても大丈夫。フランコは多少脅されたくらいで約束を反故《ほご》にするような人ではないわ」

母さんは両手で顔を覆った。「脅されたって、誰に？　ネッリーナ、なにを言ってるの？」

「あたしはなにも言ってない！」ネッリーナは慌てふためいて、目を剝《む》いた。「余計なことを言わせないでちょうだい！」

そのとき、路地の向こうから腰の後ろで手を組んで歩いてくる司祭の姿が見えた。「ごめんなさい、アマリア。イニャツィオ司祭の昼食の支度を始める時間だわ」ネッリーナが揉み手をしながら弁明した。「とにかく心配しないで。なにもかもまるく治まるから。オリーヴァ、あなたもあまり気に病んじゃダメよ。すぐにお嫁に行けるわ。もう少し辛抱すればいいだけの話。まだ十分若いんだしね！　いまいくつだったかしら？」

「今度の七月二日で十六歳」

「そうなの。あとちょうど一か月ね。イニャツィオ司祭！　イニャツィオ司祭！」ネッリーナが近づいてくるイニャツィオ司祭に手を振り、立ち止まるようにと合図した。

司祭は私と母さんを見てとると、慌てて目を逸らした。そして走ってきたネッリーナと一緒にそそくさと行ってしまった。

私たちは二人きりで道端にとり残された。

「うちまで知らせに来るのが怖かったのかもしれないわね」母さんが独り言のようにつぶやいた。

家に帰り着くまでのあいだ、母さんは首を横に振りながら、「かわいそうなオリーヴァ」と何度も繰り返しつぶやいていた。

35

ベッドに入っていても、窓ガラスに叩きつける雨音と遠くで轟《とどろ》く雷鳴が聞こえたが、空気は生暖かく、掛け布団をかぶっていると息がつまりそうだった。このあいだまで私はみんなに望まれていたのに、いまは誰からも見向きもされない。もしも誰も私を好きになってくれなかったら、私は自分で自分を好きになることもできない。ベッドの真ん中に座って、両手に顔をうずめた。私もコジミーノと同じように男に生まれていたら、ありのままの自分でいられたし、男の人の許に嫁ぐ必要もなかった。なのに、女に生まれついてしまった。単数形の存在しない女に。ロザリア先生はそんなことないと否定していたけれど。

明け方、父さんの足音が私の部屋の前で止まった。外はまだ暗いというのに、父さんはきれいにひげを剃り、髪も梳《と》かしていた。私は眠い目を瞬《しばた》かせた。「どうしたの？　余所《よそ》行きの服を着てカタツムリをとりに行くの？」

「おまえも早く支度しろ。今朝は自宅まで行ってカタツムリを引きずり出すんだ」父さんはそう言うと、キッチンに入っていった。

母さんとコジミーノが寝ているうちに、私たちは家を出た。雨はやんだものの、地面はまだぬかるんでいて、靴が泥まみれになる。バスの停留所まで歩いているうちに、厚ぼったい雲のあいだから太陽が顔をのぞかせた。私たちは誰もいない広場を横切った。カフェはまだシャッターが閉ざされたままだ。静かな広場に響く足音が気になったのか、鎧戸の隙間から外をのぞいている老女がいた。私は父さんの手を軽く二回握った。バスに乗り込み、いちばん後ろの右側の席に座った。私が窓側で、父さんが通路側。ほかに乗客は誰もいなかった。バスのエンジン音を聞いた途端、脚ががくがくと震えだした。バスに乗るのは初めてだったのだ。

最初のうちバスはゆっくりと走っていた。車窓からは、しだいに目覚めていく村の様子が見えた。早朝のミサに行くために黒いベールを頭からかぶって家々から出てくる女の人たちと、それぞれの仕事に応じて畑や海に向かう男の人たち。市場の陳列台に商品を並べている人たちもいる。菓子店はまだ閉まっていた。大通りの外れまで来るとバスはスピードをあげ、町まで延びる国道に入った。最後の集落を通り過ぎた地点に、村の名前の上にバツ印が書かれた標識が立っていた。まるで村が死んだかのように。マルトラーナ村から出るのは私にとって初めてのことで、なんだか自分までちょっぴり死んだような気がした。

「一時間もすれば到着だ」復活祭の翌日の月曜日《イースターマンデー》の遠足にでも行くような口調で父さんが言った。

　夜じゅう降った雨のあとで、朝の陽射しに空気が煌《きら》めいている。海面に反射する光がまぶしいのか、父さんは目をなかば閉じて窓の外の景色を眺めていた。父さんは海よりも陸のほうが好きだった。海は誰の手にも負えないからな。ときおり、無念そうにそうつぶやくことがあった。

　しばらく走ったところで、バスが少しずつスピードを緩めて停止した。

「もう着いたの？」心臓が胸から飛び出すんじゃないかと思うほどばくばくした。

けれども、運転手さんが告げたのは別の町の名前だった。

「まだだよ」と父さんが言った。

ふたたび走りだしたバスが海岸線の入り組んだ道に差し掛かったので、私は胃がひっくり返りそうになった。

「今朝は、カタツムリを捕まえに行くつもりで起き出したんだ」父さんが話しだした。「長いこと日照りが続いたあとの雨だったから、何百匹と出てきているだろうと思ってね。野良着のズボンの上からゴム長を履き、ウインドブレーカーを着たままではよかったんだが、帽子が見つからなかったのさ」

　父さんはそこで話が終わったかのように黙り込んだ。私には意味がわからなかった。動物の登場する寓話の最後には、いつだってなにかしら教訓があったはずだ。案の定、しばらくすると父さんは話を続けた。

「いくら捜しても、どこにも見つからない。俺は帽子をかぶらずに出掛けるのが好きじゃないんだ」

私は改めて父さんのことを見た。頭にはなにもかぶっておらず、ブロンドの髪には、いままで気づかなかったが、以前にはなかった白いものが混じっている。

父さんは頭を撫でて言った。「なぜ見つからなかったかわかるか？」

私は首を横に振った。

「水に浸かって台無しになったからだ」父さんはまたしばらく黙り込んでから、話を続けた。「畑のトマトや香草、庭の果物と一緒にな」朝ごはんに食べたものの話でもするかのように、少しも表情を変えない。「それで、帽子をかぶらずに畑に向かった。だが、どうしても不快でたまらなくなってな。畑に近づくにつれて、ほかのことまで我慢ならなくなった。左足にできている水ぶくれも、脚の長さが違うせいでガタつくキッチンの椅子も、緩んだ手押し車の車軸も、おまえの結婚式が延期されたことも。そこで気力を奮い起こして、すべて正すことにしたんだ。まずは水ぶくれに薬をつけ、椅子の脚の長さを調整し、手押し車の車軸を修理した。それから出掛ける支度をしたというわけさ」

ふたたびバスが停車し、運転手が別の村の名前を告げた。

バスがまた走りはじめるのを待って、父さんは続きを話しだした。「なにかが壊れたら、直す努力をしないとな」

父さんがそんなふうに長く話すのを聞くのは初めてだった。きっと、だんまりを決め込むことにも我慢できなくなったのだろう。まるでバスの振動によって言葉が内側から揺さぶられたかのように、父さんの口はなめらかだった。

「俺は畑を台無しにした奴に感謝すべきなのかもしれん。お蔭で、ようやく自分に命じることができた。サルヴァ、予定どおりに式を挙げなければ、婚約は反故にされ、おまえの娘は窮地に陥るぞってな」それまで窓の向こうの景色を見ていた父さんが、私に向きなおった。「おまえはフランコと一緒になりたいのか？」

私は自分の両手を見つめ、答えを探しあぐねた。

そのときバスが停車し、運転手が目的の町の名を告げた。

36

教会の大扉の前の花壇にマーガレットが咲き乱れている。数メートル先で母さんが私を呼んでいるけれど、私は立ち止まって花を一本摘み、花びらを一枚ずつつむしっていく。あの人は私を愛してる、愛してない、愛してる、愛してない、愛してる、もう愛してない。私は白い花びらの最後の一枚を投げ捨てる。あの人はまだ私を愛してる。花は嘘つきだ。

フランコのお屋敷は、くすんだ顔色の叔父さんが話していたとおり、歌劇場のすぐ近くだった。私と父さんは腕を組んで歩きながら、玄関の吹き抜け《アトリウム》に入っていった。このお屋敷が私の家になるはずだったんだと、階段をのぼりながら思っていた。私と同じくらいの年頃で、金髪の猫っ毛の、繊細な骨格の少女が扉を開けた。

「旦那様も奥様も、今日はどなたにもお会いになりません。来週、改めてお越しください」少女は早口でそう告げた。

「いいえ、それでは困るのです」父さんはそう言って、そこから一歩も動かなかった。

「だったら、どの花がいいの？」と母さんが尋ねる。「慣習ではオレンジの花と決まっているけれど、あなたが好きに選んでいいわよ」

私は売り場全体を見渡したものの、決められない。自分がなにを望んでいるのか突き詰めて考えることには慣れていない。

「例えばバラですとか、ボタン、カラー、ジャスミンなんかがよろしいかと……」花屋さんがアドバイスする。

「ジャスミンはやめて」そう口にした瞬間、あの男の耳の後ろに挿された花の甘ったるい香りや、ブラッドオレンジの赤い染みがついた白いスーツ、通りから響く口笛、私のことを執拗に追いかけてくる眼差し、守護聖人のお祭りの日に私の腰にまわされた手、菓子店で私の背すじを震えさせた声が脳裏によみがえる。

「マーガレットがいいな」

「マーガレットですって？　それは野の花よ。結婚式に飾る花ではないわ」母さんが否定する。

「ビアージョさん、どう思います？」

私と父さんはそのまま扉の外で待ち続けた。私にはその時間が果てしなく長く感じられた。

「父さん、恥ずかしい……」私は泣き言を言った。

「俺だって、最初は帽子をかぶっていないことが恥ずかしかったさ」父さんが露《あら》わになった頭髪を撫でまわしながら言った。「だが、自分で自分に言い聞かせたんだ。サルヴォ、帽子なしでこのお屋敷に来ることになったのは、なにもおまえのせいではあるまい。だったら、なぜ恥じる必要がある？　恥ずべきなのは、おまえではなく、おまえの帽子を台無しにした人物のはずだ。それと、次は自分たちのものまで台無しにされるのではないかと恐れている、この家の人たちだ」父さんは最後の言葉がよく響くよう、ゆっくりと大きな声で言った。

ちょうどそのとき、先ほどの金髪の少女がふたたび顔を出して、告げた。「どうぞお入りください」

私たちは玄関を通り抜け、大きな部屋に通された。たいそう優雅なご婦人が現れ、その後ろから背が低くて頭の禿《は》げた男の人が続いた。

「オレンジの花がいいわね」母さんが花屋さんと相談して決めている。「マーガレットは髪に飾ることにしましょう。

私は果たして満足なのだろうか。オリーヴァ、それで満足かしら？」

リリアーナは来年、師範学校を卒業する。今日で十六歳になり、来週には嫁ぐことになっている。リリアーナは来年、師範学校を卒業する。しかも町の新聞社が彼女の撮った写真を買いとってくれたそうだ。きっと私は満足なのだろう。私にとってはこれが、自分を満たすことのできる唯一の道なのだから。

「今日のお祝いのための花も欲しいの」母さんが花屋さんに言う。「この子の誕生日なんです」私の顎の下に指を添え、価値のあるものを見せびらかすように顔をくいと上に向ける。

女の値打ちは、どんな男に求婚されるかによって変わるのだなと私は思う。

「よろしかったら、お嬢さんのお誕生日の花は、私からのプレゼントとさせてください」ビアージョさんが茎の長い、赤いバラの花を差し出す。「なんの下心もありませんのでご安心を」胸の前で両手をひろげてみせながら言い添える。

「奥様におかれましてはご快復なされたようで、お祝い申しあげます」いつもと変わらない穏やかな口調で父さんが言った。その言葉には怒りも皮肉もこめられていなかった。

フランコの母親が顔を歪めたため、目のまわりの皺がより際立った。「神のご加護により」胸の前で手を組んで、そうつぶやいた。

「それはなによりです」父さんが続けた。「予定どおり、結婚式の当日もお元気なお姿を拝見できることを願っています」

夫人は口のなかにある言葉が外に洩れたら困るというように、口を固く結んだ。しばらくしてから、ようやく話しはじめた。

「日々の体調は、私を苛《さいな》む不安や心痛に大きく左右されています。このところ、私どもの息子とお宅のお嬢さんとの友情をめぐる心配ごとが尽きないもので。私どもとお宅様とでは社会的な階層が異なり、両家が互いに理解し合うことは難しいかと存じます。もしもお宅のほうですでにお嬢さんをほかの方に嫁がせる約束をしていたのであれば、私どもがその代償を払わせられるなんて理屈に合いません。いらしていただいたお客様を門前払いするのは礼儀に悖《もと》りますが、どうかお引き取りくださいとお願いするしかないのです」

夫人は天を仰ぎ、それから父さんを見下すように、頭のてっぺんから足の先まで眺めまわした。夫はその傍らで黙っていた。おそらくそれが習い性になっているのだろう。

「棘《とげ》に気をつけるんですよ」と、母さんが言う。

広場を通り抜けるあいだ、村人たちの視線がいっせいにこちらに注がれるが、私たちがそばを通るときに陰口をささやく者は誰もおらず、眼差しからは称賛さえ感じられる。こんなふうに誇らしげに私を連れて歩く母さんを見るのは初めてだ。

客間に現れたフランコは顔が青ざめ、髪も乱れていた。ベージュの部屋着を羽織り、足には革のスリッパを履いている。もはや『汚れなき抱擁』のアントニオとは似ても似つかなかった。

「私は、いちど交わした約束は守ることを信条としています」父さんが夫人に対して言った。「フランコさんがうちの娘と約束なさったのですから、もしもお考えを変えたのならば、ご本人の口から直接そうおっしゃっていただきたい」

父さんは私をフランコの隣に行かせた。

「フランコ」と私は小さな声で呼びかけた。そして、彼と初めて会った日にピエトロ・ピンナの道具小屋の裏手でそうしたように、目を閉じて、彼の指が私の顔に触れるのを待った。ところが彼は微動だにせず、黙りこくっていた。これが私を支えてくれるはずだった柱《コロンナ》なのだろうか。これが私を受けとめてくれるはずだった腕なのだろうか。

「父さん、もう帰ろう」私はそう言って、玄関のほうに歩きだした。

「オリーヴァ、待ってくれ」後ろから、スリッパを引きずる音と、私を呼ぶフランコの声が聞こえた。「ご覧のとおり、母は元気になりましたから、ほかに結婚の妨げとなるものはありません」その声は消え入りそうに小さく、震えていた。

フランコはそれ以上なにも言わなかった。愛の言葉も、溜め息も、熱い眼差しも、すべてリリアーナの雑誌の世界の絵空言だったのだ。そんな雑誌、家に持ち込むなと言っていた母さんが正しかった。私と父さんは終始無言のまま、バスに乗って家に帰った。父さんは窓からぼんやりと外の景色を眺め、ときおりこくんこくんと居眠りをしていた。花婿を取り戻し、父さんの心に巣食っていた不快感はなくなった。あとは帽子を取り戻すだけだ。

大通りの真ん中まで来たところで、母さんがふと歩みを止める。

「オリーヴァ、シベッタ夫人のところに寄らないといけないのを忘れてたわ。急ぎの仕事があるからって、またお呼びがかかったの」母さんはそう言いながら、三つ編みからこぼれた髪をなおしてくれた。「すぐに済むから、一緒に来てちょうだい」そう言って、いま来た道を引き返そうとする。

「私は行かない。あなた独りで行ってきて。シベッタさんのところには母さん独りで行ってきて。私は先に帰ってる」

「あなた独りで？　こんな時間に？」

「大丈夫、スリに遭ったりなんかしないわよ」

「村人たちは口さがないからね。それにオリーヴァ、あなたはとてもきれいになったから」母さんは、まるで私をじっくり観賞するかのように二歩ばかり後ろに下がり、咳ばらいをする。「まっすぐ家に帰るのよ」と念を押し、レース編みのショールを外す。「これを掛けていきなさい。日が暮れると湿気が降りますからね」そう言いながら、バラと一緒に差し出す。

そのショールを肩に掛けると、母さんの腕に抱かれているような錯覚を覚える。私は二本の指でバラをつまみ、家のほうに向かって歩きだす。

「オリーヴァ、オリーヴァ」通りの向こうから母さんがまた私を呼ぶ。「くれぐれも気をつけて」

37

子供の頃、コジミーノと私はいつも一緒に成長した。七月二日がめぐってくるたびに一歳ずつ大きくなった。五歳、六歳、七歳、八歳……。母さんはキッチンの柱に私たちの背丈を刻み、鉛筆で二人の名前と日付を書き込んだ。そのうちに私たちの背丈は同じスピードでは伸びなくなり、二人の印は線一本では済まなくなった。誕生日ごとに、コジミーノは私よりも少し背が高くなり、私はコジミーノよりも少し大人びていった。十六歳の誕生日を迎える今日、コジミーノは私よりも頭ひとつ分背が高くなり、私はコジミーノより十歳分は大人になった。私はまもなく花嫁となり、家のことを切り盛りし、ゆくゆくは母親になるというのに、コジミーノはまだ子供で、カフェの前で友達とつるんで遊んでいる。私の時間のほうが速く流れてきたし、これからもあっという間に流れていくのだろう。

その時間、大通りにはほとんど人通りがなかった。私は棘に気をつけてバラの茎をつかみ、ショールの両端を合わせた。マーガレットのほうがバラよりも親しみやすい。恋に悩む人たちの質問に答えてくれるし、棘で人を傷つけたりもしない。広場から遠くなるにつれ、通りはますます人影がなくなった。私は塀すれすれのところを歩き、開け放たれた窓から聞こえてくる話し声で心細さを紛らわせた。

誰かが脇道から出てきて、私の後方を歩きだした。背後でアスファルトを踏みしめる靴音がしたけれど、私は振り向かずに足取りを速めた。ロサ、ロサエ、ロサエ……。ラテン語の格変化を頭のなかで唱えはじめる。ロサム、ロサ、ロサ……。足音がさらに近くなった。ロサエ、ロサールム……。そのとき、大通りと私の家へと続く砂利道との十字路に一台の車が現れ、スピードを落としたと思ったら、停車した。私も歩みを緩めた。車には、若い男の人と金髪の女の人が乗っていた。夫婦だろうか。周囲を見まわしては、道路地図をのぞいている。そうこうしているうちに、後ろを歩いていた男の人が、軽く挨拶しながら私を追い越し、そのまま急ぎ足で角の向こうに姿を消した。ティンダーラのお父さんのサンティーノさんだった。そのとき車のドアが開いて、降りてきた女の人が私を手招きした。

「そこのきれいなお嬢ちゃん、町へ行く道はどちらかご存じ？　この方向でいいのかしら？」

近くで見ると、見かけほど若くはなさそうだった。髪は細く、生え際の部分が伸びて黒っぽい地毛が見えている。口の両端には、長いこと無理して笑い続けてきたかのように、二本の深い皺が刻まれていた。

「町ですか？」私は尋ね返す。「よくわかりませんが、たぶんこの村を出て……」私は、腕を伸ばし、自分が向かっているのとは逆の方向を指し示そうと振り向いた。

その瞬間、女に手首をつかまれた。すかさず背後に現れた若い男に両腕で腰を強く締めつけられ、私は息ができなかった。悲鳴をあげることもできず、誰かに助けを求めようとあたりに視線をめぐらせたものの、通りにはほかに誰もいない。やっとの思いで「放して」と言ったものの、いまにも消え入りそうな声しか出なかった。腕から逃れようと両手両足をじたばたさせたが、男に抱きあげられていたので、足は宙を蹴るばかりだった。女が車の後部座席のドアを開けると、男は私を後方に引きずり、車に押し込んだ。

「今日は私の誕生日で、家でみんなが待ってるの。お願いだから放して」勇気をふりしぼってそう言ったが、女は冷笑を浮かべた。

「それはおめでとう、お嬢ちゃん。今夜、きっと素敵なプレゼントをもらえるよ」そして声が出せないように私の口にハンカチを押し込んだ。

車が走りだし、砂利道が遠ざかっていく。ざらついた布はまずい味がするし、喉をしめつけられて息苦しかった。やがて窓の外に見たことのない景色がひろがり、家から遠いところまで連れてこられたらしかった。私はまだ棘のついたバラの茎を握りしめていた。私は棘が好きじゃない。右手を開いてみると、掌が赤く染まっていた。血の染みはなかなか落ちないのよね、と言う母さんの声が耳の奥で聞こえた。

38

金髪の女がまた煙草に火をつけた。狭い車内で続けざまに煙草を吸うものだから、煙で喉が苦しくなる。どれくらいの時間が過ぎたのだろうか、ようやく車が停まり、私は外に引きずり降ろされた。風に潮の香りが感じられるものの、見える範囲内に海はない。女は私の手首をつかみ、ぽつんと一軒だけ建っている家のほうへと引きずった。そのとき、私の掌に血がにじんでいるのに気づいて、彼女はうろたえた。

「あたしは髪の毛一本だって傷つけてないからね。あの人が来たら、その傷は自分でつけたんだって言いなさいよ」

「こっちだ」と男が言うと、女は鍵でドアを開け、私を連れて中に入った。そしてふたたび鍵を閉める。

建物の中は全体が薄暗く、どの部屋にも腐敗した香水のような甘ったるいにおいが漂っていた。女は廊下の突き当たりの部屋まで私を引きずっていき、無理やり中に押し込んだ。こんな小娘のどこがそんなにいいのかしら、とでもいうように、私のことをまじまじと見ていたが、やがて肩をすくめ、なにも言わずにばたんとドアを閉め、掛け金に鍵をかけて行ってしまった。

私は暗さに目が慣れるのを待った。窓は鎧戸で閉ざされていて、天井の下の小さな隙間からかすかな明かりが洩れているだけだ。一方の壁には洋服簞笥《だんす》、もう一方の壁には鏡台があり、さらに別の壁にははだけた胸を長い髪で覆っている女性の絵が飾られていて、中央にはベッドがあった。

私たちが幼かった頃、贈り物をもらえるのは死者の日（十一月二日。亡くなった先祖を偲ぶ日）の前の晩だけと決まっていた。「さっさとベッドに入りなさい」母さんは鎧戸を閉め、家じゅうを暗くして言った。「ちゃんと眠っているいい子には、死者たちが新しい靴とお人形を持ってきてくれますからね。だけど起きてるところを見つかったら、足を引っ張られるわよ」

手刺繍のほどこされたベッドカバーの上に、丁寧に畳まれたリネン類が置かれている。タオルが二枚と白のネグリジェ。まるで花嫁の部屋のようだ。そしてそこに畳まれているのは嫁入り道具のリネン類……。私は仕方なくベッドで横になった。

生者に贈り物を持ってくるのは死者たちだと母さんが言っていた。夜になると、死んだ先祖たちが鍵穴や壁の隙間から入ってきて、贈り物をおいていくのだそうだ。私はいつも毛布の下で横になり、死者たちの来る音が聞こえるように静かに息をしていた。コジミーノが話しかけてくるたびに、「黙っておとなしくしてないと、死者に足を引っ張られるよ」と注意したものだ。コジミーノは怖がってすぐに黙った。私は枕に顔をうずめ、ロザリア先生に教わった九九を心のなかで繰り返し唱えていた。いちばん難しい七の段から始めながら。

私は指で刺繍に軽く触れてみたものの、すぐに手を引っ込めた。ここは私の部屋ではないし、嫁入り道具も私のものではない。私は花嫁なんかじゃない。起きあがってドアに走り寄り、力任せにドアノブを回して、鍵を外そうとした。それでもドアがびくともしないので、ベッドのそばに戻り、毛布の縁をつかんで引きはがした。シーツも枕もタオルもネグリジェも床にひと塊にまとめ、ベッドの下に押し込んだ。

小さな子供たちは、身近な人が亡くなっても、贈り物を持ってときどき戻ってくることを知っている。死者は怖くない。私は冷たい石の床に横たわり、母さんのショールに身を包んで息を潜めていた。

黙っておとなしくしていないと。起きているところを死者に見つかったら、足を引っ張られる。でも、私が怖いのは死者ではなく、生きている人だった。

39

隣の部屋からラジオの音が聞こえてくる。金髪の女が戻ってきたのだろうか。しばらくすると掛け金を外す音が聞こえ、ドアが開いて女が顔を出した。私を連れ去ったときと同じ服装のままだ。〈僕が見つめても、頬を赤らめないで。僕を想って震える、君の鼓動をとめておくれ〉歌が流れている。彼女は部屋の様子を見ると、腹立たしげに溜め息をついた。

「あなたたち若者は面倒ばかり起こして、周囲に迷惑をかけるんだから」乱れたベッドと散らかった部屋を指して文句を言った。

床に寝転がっている私の肩を、男のように力強い手でつかんだ。私は縮こまり、その手に逆らった。

「ほら、いい子だから立ってちょうだい」それから猫撫で声で言い添えた。「まさかそんな恰好で彼に会うつもりじゃないでしょうね」

私は顔の前で両腕を交差させた。「彼って誰？　あなたたちはいったい何者なの？　私をどうするつもり？」

女は私から手を離し、剝き出しになったマットレスの縁に腰掛けた。そして軽く目を閉じると、〈怖がらないで、僕にキスをしておくれ〉というラジオのメロディーに合わせて頭を揺らした。

「あたしが結婚の手伝いをするのは、なにもあんたたちが初めてじゃないのよ」彼女は笑みを浮かべた。「若い男女がお互いに想い合っているのに、家族に反対されたり、資金がなかったりして結婚できない。そういうときにここで落ち合うの。既成事実さえ作ってしまえば万事まるく治まるからね。お金のためにやってるんじゃなくて、人助けだと思ってやってるのよ」そう言うと、ラジオに合わせて、音程の外れた歌を口ずさんだ。「大丈夫だから、怖がらないで。ためらわないで……」

女はまるで壁に耳があるとでもいうように周囲を用心深く見まわしてから、ふたたび話しはじめた。「ここは昔、売春宿だったの」胸のはだけた女性の絵を指差した。「いまはこうして結婚の手伝いをしてる。つまり、あたしはいつだって愛のために働いてきたってわけ」そう言うと、高らかに笑った。

そしてベッドの縁を滑るようにして床に下り、そのまま私の隣に座った。私はショールを引っ張って頭まですっぽり覆った。すると女が無理やりショールを剥がす。

「まだわからないの？　こんなことまでするのは、彼が本当にあんたに惚れているからなのよ。あんたのことをお姫様並みに大切に扱ってくれって、何度も念を押されたわ。あんたは幸運よね」

私は幸運《フォルトゥナータ》……姉さんと同じだ。

「本当に好きなら、手荒な真似をしたり、怖い思いをさせたり、嫌がる相手に無理強いしたりしないはずよ」私はそう言い返すと、わっと泣きだした。目を覚ましたとき、砂糖漬けの果物すら見つけられなかった幼な児のように。

女がさらに私のほうに身を寄せてきたので、煙草臭い吐息を感じた。〈僕が見つめても、頬を赤らめないで〉ラジオからはまた同じ歌詞が流れてくる。

「あたしの言うとおりにしてればいいの。泣いたら、目が腫れぼったくなっちまうじゃないの」女はハンカチを差し出し、脅すような口調で繰り返した。「彼にちゃんと言ってよ。お姫様のように扱ってもらったって」

私はショールから頭を出して、両手で床を叩きながら、「家に帰りたい」とひび割れた声で訴えた。「家で母さんと父さんが心配してるわ。来週には結婚式を挙げることになってるの。きっと誰かが迎えに来てくれる」

瞼の裏に、母さんが仕立ててくれた純白のドレスや、リリアーナにもらった珊瑚のネックレス、それに花屋さんで選んだオレンジの花とマーガレットが浮かんだ。

「結婚式だなんて、とぼけたこと言わないで。相手は誰なのさ」女はシーツとベッドカバーを拾いあげながら、抑えた声でつぶやいた。「この部屋から出るときには、あんたはもう彼と結婚するしかなくなるのよ。ほかの男が手をつけた女を嫁にしてくれる男がどこにいるっていうの？」

女は水差しだと、母さんがいつも言っていた。

「あんたは運がいいわ」女はベッドの上でシーツをはためかせ、端をマットレスの下に挟み込んだ。「彼ほど若くてハンサムで、立派な地位にある人なら、引く手数多《あまた》なはずなのに……」マットレスの一方の端をシーツでくるみ終えると、反対側にまわって同じ作業を繰り返した。「いまよりもいい暮らしができるんだから」私の顔も見ないで、独り言のように喋り続けている。「あんたの父親は誰？　財産はあるの？」

「父さんはなにも持っていない。すべてを奪われてしまった」私はしゃくりあげながら答えた。「それもこれも、愛してるからよ。そうまでしてあなたを手に入れたいのね」

私はいきなり立ちあがり、ドアに駆け寄ると、ノブにしがみついて力いっぱい押した。

「お願いだから、私をここから出して。どうして私の気持ちをわかってくれないの？」

女は枕を拾いあげ、母さんがいつもしているのと同じような手つきでベッドカバーの上にひろげた。「わかろうとしないのは、あんたのほうでしょ」続いてネグリジェを拾い、丁寧に畳みはじめた。「実はね、あたしもあんたと同じだったのよ」ネグリジェの生地を撫でながら、「あたしが生まれたときから金髪だったと思う？」そう言って手櫛《てぐし》で髪を梳《す》いた。「あたしにはね、愛し合っている恋人がいたの」今度はタオルを拾いあげ、悲しそうな笑みを浮かべながら四つに畳んだ。「だけど、彼はあたしのことを信じてくれず、愛の証しを欲しがった。あたしも純朴だったから、彼の望みどおりにしないと捨てられるんじゃないかと怖かったのね。よその女に走ったらどうしようって」

〈純粋な愛があれば、傷つけたりはしないさ〉ラジオからは相変わらず歌声が聞こえた。私には、彼女がいまとは異なる髪色で、もっと若かった頃の姿なんて想像できなかった。おそらくはるか昔のことなのだろう。

「それでね、一度だけ許してしまったの。そうしたら翌日には捨てられたわ。『おまえは、甘い言葉で誘われればすぐその気になる尻軽女だ』って罵られてね。すべてあたしを試すための作戦だったのよ。彼に求められたとおりにしただけなのに。以来、ふしだらな女というレッテルを貼られたまま、独りで生きてきた。父を早くに亡くして、財産だってありゃしない。女に大切なことはただひとつ。それを失ったら終わりなのよ」

彼女はスカートのポケットから煙草の小箱を出して、一本火をつけた。

「そのうちに、男はみんなあたしを愛してくれるって知ったわ。ただし、ひと晩だけね」ふーっと大きく煙を吐き、哀愁を帯びた笑みを浮かべた。ブルーの瞳が深く落ち窪んで、黒く見えた。「だけど、あんたの場合は違うでしょ。なにも心配することなんてない」その言葉には説得力があった。

私は、押し続けていたらいつか通り抜けられるとでもいうように、ドアに背中を押し当てていた。

「一度あんたを力ずくで自分のものにしたら、彼は償いのためにあんたと結婚しなければならないの。でないと刑務所に入れられるからね」

「私は結婚なんてしたくない」私は拳でドアを叩いた。

「結婚したくないですって？　夫のいない女なんて、刃が片方しかない鋏《はさみ》みたいなものよ。なんの役にも立たない」

まるで母さんと話しているみたいだった。私は手をつかまれ、鏡台の前に連れていかれた。もはや抵抗する力もなく、従順な子供のように従うしかなかった。鏡の前には、私がここに連れてこられるときに握っていたバラの残骸が置かれていた。鏡に映った、痩せて色黒で、頬骨のとがった私の顔に、涙がこぼれた。

「お嬢ちゃん、いいかげん泣くのはおやめ。泣いたからってなにも変わりゃしないんだから」

私の顔の後ろから彼女の顔がぬっと現れ、一瞬、彼女の若い頃の姿が垣間《かいま》見えたような気がした。

「なんにも変わりゃしないんだから」彼女はそう繰り返し、灰皿で煙草の火を消した。

〈僕を想って震える、君の鼓動をとめておくれ〉歌が終わり、束の間の静寂が訪れた。

「彼だろうと、別の男だろうと、ほかのどんな人だろうと、同じことよ。最初がちょっと痛いだけで、すぐになにも感じなくなる」女はそう言い放った。

私は、あの男に無防備な姿を見られるのが怖くて、ひと晩じゅう眠気を寄せつけまいとしていた。子供の頃、死者たちが来るのを待っていたときのように。「黙っておとなしくしていなさい」と母さんに言われ、一生懸命に目を見ひらいて、暗闇を見つめていたものだ。

明け方近く、車のエンジン音に続いて、ドアがバタンと閉まる音がした。次いで、「女はバラと同じで、摘んだ者が手に入れるのさ」という声が聞こえてくる。

声の主は私のいる部屋のドアを開け、入り口で立ち止まった。私はベッドの中で縮こまり、膝を胸に押しつけて殻のように固くなる。彼は鏡台のほうへと歩いていき、萎れたバラを持ちあげた。

「瑞々《みずみず》しく香り高きバラよ……憶えてるかい？　君はバラのように美しい。いや、バラにも負けないね。バラは一日で萎れるが、君はいつまでも蕾《つぼみ》のままだ。この村でいちばん美しいよ」

それを聞いて、私は別れ際に母さんに言われたことを思い出した。

私は自分が美しいかどうかわからない。だからコジミーノみたいな男に生まれたかった。男なら、誰に言われるまでもなく自分がどんな人間か自分で決められるのだから。女にとっては自分の身体なんて重荷でしかない。

「君のために母のシーツを用意したんだ」生地に触れながらそうささやき、私のほうに近づいてくる。

私は両肩のあいだに顔をうずめたまま、身を固くしていた。黙って息を殺し、身動きもしない。カタツムリみたいに。

「ほら、君へのプレゼントだ。開けてごらん」彼がベッドの縁に腰掛けて、枕の上に包みを置いた。「開けてごらん！」苛立った声で繰り返す。

それでも私が動こうとしないものだから、しびれを切らした彼が自分で箱の蓋を持ちあげた。死者の贈り物が届いたんだ、と私は思った。

「正絹《しょうけん》だよ。町では流行の最先端を行くご婦人方が身に着けてるんだ。洒落《しゃれ》てるだろ？　あとで一緒に出掛けるとき、その擦り切れた古いショールの代わりに巻けばいい」

あとで？　私とあのドアのあいだには「以前」と「以後」があるということ？　私はその境界線を越えたくなかった。その境界線は、紛れもなく私の体内にあるのだから。

布団の下から手が伸びてきて、私の足をつかんだ。その手が足の裏を撫で、指と指のあいだをまさぐる。子供の頃、指のあいだに入った砂粒を落としてくれた母さんの手のように。肌の上に、ふくらんだパンのように生温かくて柔らかな唇の感触が走った。

「君の足に口づけを。君は僕の女王様だ。バラよ、瑞々しいバラよ……」

唇がゆっくりと足首のあたりまであがってくる。抱き寄せられそうになり、私はベッドの縁にしがみついて抵抗した。けれども不意に脱力感に襲われた。

「村じゅうでいちばん美しい娘を、その美しさを愛でることもできない者に譲るわけにはいかないだろ？　君が目の見えない男と婚約させられたと知って、君を救うために、急いでここに連れてこさせたのさ」

彼の手が私のスカートの裾に到達し、膝を撫ではじめた。「あばら家のお姫様……」そうささやきながら、足首の窪みから脹脛《ふくらはぎ》へとキスを浴びせる。次いで私の腰を抱きあげてベッドから引っ張り出す。しがみついていた手がベッドの縁から離れ、私は彼の傍らに滑り落ちた。まるで殻を剝がされたカタツムリだ。目の前に彼の顔が迫り、ジャスミンの甘ったるい香りが鼻を突く。

「このまま放してくれるなら、誰にも言わないから。家に帰ってからも黙ってる」私は消え入りそうな声で言った。

「君がこの部屋から出るときには、もう俺の妻だ」彼はにやりと笑った。「君にとって幸運なことにね。もちろん俺にとってもだ」

私は母さんのショールに身を包んだままベッドの上に横たわり、じっと身体を固くしていた。ドアの上の隙間から、夜明けの冷たい光が刃物のように射し込む。彼の顔は汗ばみ、白いワイシャツの胸もとはボタンが外れ、縮れた髪をオールバックに撫でつけ、両目を軽く閉じている。私の両手をマットレスの上に押さえつけ、顔を近づけてきた。彼の肌のにおいにむせ返り、私は思わず顔をそむけた。

寝ないと死者たちに見つかって足を引っ張られるよ、と母さんに言われても、私はシーツの下にもぐって両目を見ひらき、物音ひとつ聞き逃すまいと聞き耳を立てていた。死者なんて怖くない、私に悪さはしないだろうと思いながら。顔を見てみたかったのだ。

彼は押さえつけていた私の手首を放し、私の顔を両手で包みこむようにして自分のほうに向かせた。私は目を閉じて、身じろぎせずにいる。すると彼が私の上に屈みこみ、額に唇をつけた。次いで右目、左目、耳、頰と、順に唇で触れていく。パンのような生温かい感触が口の右端あたりまで来たかと思うと、そこでしばらく動きが止まった。彼の顎が私の鎖骨の上にあり、髪の毛が頰に触れてくすぐったい。束の間、私たちの呼吸のリズムがそろった。彼が、聞き取れないくらいの低い声でなにかささやいた。

「家に帰りたい」私は彼の耳もとでつぶやいた。

彼はハチにでも刺されたかのようにびくっと震え、私から身体を離すと、激昂《げっこう》した。「これだけ言っても、この小さな頭は理解できないのか？」両手で私の頭をつかんで揺さぶった。それから、はたと動きを止めて、それまでの優しい口調に戻ったものの、声は怒りに震えていた。「君は俺と一緒になるために生まれてきたんだということがわからないのか？　まだ君が子供で、砂糖入りのリコッタチーズのついたナイフの先端を舐めていた頃から、俺にはわかってたんだ。ほら、自分の姿を見てごらん？　俺を挑発しているのは君のほうなんだよ。君のその極貧の聖母のような顔に、俺は首ったけなんだ」立ちあがって、部屋の中をうろうろと歩きまわる。「君は以前、コミュニストの集会に顔を出し、広場で立ち止まって俺と話をしただろう。俺の手からオレンジを受け取り、守護聖人の祭りでは俺と一緒に踊ったじゃないか。おまけに夕暮れ時に一人で路上をうろついて……。見ろ、俺に捕まえてもらいたがっていたのは君のほうだ」鏡台の上のバラをつかみ、手でくるくると回した。「家には帰さない。君のためによかれと思ってのことだ。いいかげん観念するんだな。いま家に帰ったら、どんな結末が待ち受けてると思う？　アンジョリーナみたいな人生を送ることになるんだぞ。さっきの金髪の女だ。あいつは、カレンダーの日にちの数よりも多くの男を知っている。いったい君は自分が何様だと思ってるんだ？　君は俺に感謝すべきだ」さらに声を荒らげて繰り返した。「俺に感謝すべきなんだよ！」そして手に持っていたバラを私に投げつけた。

私はぎゅっと目を閉じた。

「いいか、俺は執念深い性質《たち》なんだ」そう言うと、彼の足音が遠ざかっていくのがわかった。部屋から出ていきざま、「どうせ君のほうから俺を呼ぶことになる。何日かしたら泣きつくに決まってるさ。熟れて落ちるリンゴみたいにな」

勢いよくドアが閉まり、ふたたび掛け金が掛けられた。やがて、あたりはひっそりと静まり返った。

41

最後に様子を見に来たとき、アンジョリーナは水の入ったカラフェと硬くなったパンを何切れか置いていったが、それきり戻らなかった。私は空腹のあまり胃に穴があいたみたいだった。ひょっとするともう誰も来ないのかもしれない。子供の頃にかくれんぼうをして遊んでいたときのように。サーロが数を数えているあいだ、私は急いでヴィート親方の工房に紛れ込んで隠れた。息を殺し、心臓の鼓動だけを聞きながら、じっと動かずにいた。見つかるのが怖いのか、誰にも見つけてもらえないのが怖いのか、自分でもわからなかった。

聖マリア……私はお祈りを唱えはじめた。いと潔《きよ》き御母《おんはは》、いと操正《みさお》しき御母、終生童貞なる御母……、あなたは男の人をご存じないのだから、腕っぷしが強く、唇は生温かく、声は冷淡なことを知らないのですね。シベッタ家の客間では、母さんが目を光らせているなか、みんなのお祈りの声や、世の中にはびこる危険について警告してくれる噂話に守られて、私はロザリオの祈りを唱えることができた。けれども、いま私は独りきり。女性の単数形だ。女は誰でも、独りでいるとこんな目に遭うのだろうか。

私はベッドから起きあがった。どれほどの時間が経ったのかもわからない。一日？　二日？　それとも一週間？　絹のスカーフが部屋の隅に落ちていた。拾いあげようと屈んで指でつまんでみたら、驚くほどなめらかな肌触りだった。そのスカーフを首に巻き、自分の姿を鏡に映してみた。こんなふうに、母さんのショールの代わりにパテルノのスカーフを巻いて、この家から出るのだろうか。怒りに駆られてスカーフを引きちぎろうと引っ張ったものの、力が足りず、ベッドに仰向けに身を投げ出した。

「戻ってきて」そう小声でつぶやき、長い沈黙のあとに響いた自分の声にぎょっとした。ドアのところまで行き、残されたわずかな力をふりしぼってドアを叩いた。「戻ってきて。お願いだからここから出して。もう耐えられない。私が悪かった。全部私のせい。あなたの言うとおりにするから、ドアを開けて。お腹も減ったし、喉もからからだし、怖くてたまらない。もう独りでいるのは嫌」

拳でドアを叩く音が弱々しく壁に反響した。ひょっとしてこの家にはもう誰もいないのかもしれない。私一人をおいて、みんなどこかに行ってしまったのだろう。彼はもう私を望んではいない。幼かった時分にかくれんぼうをしていたときと同じだ。もういいよ、みーつけた。もういいよ、みーつけた。気づくと、私だけがとり残されていた。

私はドアの前で膝をつき、片方の耳をドアに当てた。しーんと静まり返っている。やがて遠くで物音が聞こえ、しだいに近づいてきた。嗄《しゃが》れ声が聞こえたような気がしたが、ふたたびなにも聞こえなくなった。一時間、いや二時間経っただろうか。もはや時間の感覚がまったくなかった。

いつの間にか眠ってしまったようだ。夢のなかで私はオレンジの花のブーケを持っている。教会は細長くて寒く、入り口からだと、奥の祭壇の前で私を待つ人が暗い点のように小さくしか見えない。差し出された父さんの腕をとり、一緒に並んで歩く。

「父さん、どうして帽子をかぶっているの。主《しゅ》の家では帽子を脱がないとダメでしょ」私が注意をする。

父さんは、「気が進まん」と言い、振り向いてこちらを見ている招待客たちのあいだを進んでいく。ところが一歩進むごとに新郎が遠ざかっていくみたいで、顔立ちを見分けることができない。

「誰なの？」私は父さんに尋ねる。「父さんは、誰に私をお嫁にやろうとしているの？」

「それはおまえにしかわからない」と、父さんは穏やかに答える。

私には意味がわからない。

「父さんが私を祭壇まで連れていくんでしょ」泣きながら尋ねる。「花婿は誰なのか教えてよ」

次の瞬間、果てしなく続くかと思われた身廊がいきなり縮まり、私の目の前に黒い服を着た男の人が現れる。フランコだ。初めて会った日と同じく優雅でハンサムだ。私はすらりと長い彼の指を見つめる。農具小屋の裏で私の顔に触れたあの手だ。彼は右手をこめかみのところへ持っていき、濃い色のサングラスをとる。澄んだ青い瞳が暗闇をさまようことはなく、しっかりと私の顔を捉える。

「フランコ、私のことが見えてるのね？」私は感極まって尋ねる。

「君は僕の目が見えないと思っているらしいが、僕は君の行動をすべて把握してるんだ」詰《なじ》るような口調でそう言う。「別の男を呼び出し、部屋に来てと懇願したんだろう」

彼の声が教会じゅうに響きわたる。私はなんと答えたらいいのかわからずにいる。招待客たちのあいだでひそひそ声がし、最前列にいる母さんが頭《かぶり》を振る。

「オリーヴァ、僕だけじゃなく、みんなが君のしたことを見てたんだ」フランコが追い討ちをかけるように言う。

その途端、イニャツィオ司祭が祭壇の上のミサ典書を閉じ、雷の音が身廊に鳴り響く……。

42

彼がドアを開けたとき、私は部屋の隅でうずくまっていた。ドアを叩きすぎたせいで手が赤く腫れていた。彼は私の顔を見ず、話しかけも微笑みかけもせずに私を抱きあげ、新婚のカップルのように、そのまま私をベッドに運んだ。私は瞼が重く、胃の奥からこみあげる徒労感が腕から手、脚から足、頭へとひろがり、マットレスの軟らかな無抵抗のなかに全身を沈ませた。そのまま身じろぎもせずに待った。初聖体拝領の前日、母さんとフォルトゥナータ姉さんに付き添われて、耳にピアスの孔をあけに行ったときのように。私はあけたくないと言ったのに、無理やり連れていかれたのだ。

彼の身体が私の上にのしかかり、巣穴でも掘るかのように突いてくる。私は目をぎゅっとつぶって息を止め、耳たぶに針が刺される前に私の額を押さえながら母さんが言っていた言葉を心のなかで繰り返す。大丈夫、なにも感じないから。だけど、実際はそうじゃなかった。今回も同じだ。あのときの痛みの記憶が、いま感じている痛みと混じり合う。内股に押しつけられた彼のペニスの熱と、あの日、感覚を麻痺させるために右耳に当てられた氷の冷たさ。彼の汗のにおいと、つんと鼻を突くアルコールのにおい。私の背中を反らせるために彼が腰の下に押し込んだ枕と、耳たぶの裏に当てられたコルクの栓。母さんの手のように、私を強く押さえつける彼の手。耳たぶに刺さるネッリーナの針……。ただし、今回は悲鳴をあげて頭を動かし、逃げ出すことはできない。私は身体の自由を奪われていた。これまでもずっと私の身体は私のものではなかった。身体についての決まりごとは、身振り手振りをしないこと、口を開けて笑わないこと、窓辺に立たないこと。幼い頃からそう教え込まれ、ずっと守ってきた。なのに、私は自分の身体のことをなにも知らない。私にとって自分の身体は他人のようなものだ。一方、彼は私の身体をどう扱えばいいのか熟知していて、自身の快楽を最大限に引き出すためにあちこち触りまくる。こうして私は自分の身体を永遠に失うのだ。黙っておとなしくしてなさい。私は自分に言い聞かせる。黙っておとなしくしてるの。はじめはチクッとするけど、すぐに痛くなくなるから。ところが、その太い針は無理やりねじ込まれ、私の皮膚を引き裂き、傷つけながら奥まで侵入してくる。鋭く長い痛みに私はずたずたにされ、どこにつかまっていれば粉々にならずに済むのかわからず、ありったけの力で彼にしがみつく。生命力にあふれた彼と、いまにも死にそうな私。私の内側から血液が流れ出し、皮膚をつたって滴り、白い布を汚すのがわかる。しだいに五官がひとつずつ順に麻痺し、なにも感じなくなる。

ネッリーナの家の前でフォルトゥナータ姉さんに言われた。「よかったわね、今日からあなたは大人の仲間入りをするのよ」私はそんなことこれっぽっちも望んでいなかったのに。私は、無理やり大人の女になったのだ。

目を開けると、すべてが終わっていた。パテルノは荒い息づかいで、顔には汗がにじみ、髪は乱れている。私には見向きもせず、肘をついて身体を持ちあげ、こちらに背を向けて横向きになった。私の身体の横に、彼の身体がまるで満ち足りた新郎のように横たわっている。そして数分もしないうちに、そのままぐっすりと眠り込んでしまった。ほんの少し前まで私に恐怖を与え、重くのしかかり、私の力をねじ伏せた暴力であり、私の肉体に侵入してきた肉の塊であったその身体が、いまや静かに、無関心に横たわっている。彼のなかではなにひとつ変わっていないし、傷もできていない。私に恐怖心を抱くこともなく、無防備に眠っているあいだに私に痛めつけられる心配もなく、穏やかに眠っている。軽く両脚をひらき、黒っぽい胸毛に薄く覆われた胸が静かに上下していた。女のように小さな足は親指よりも人差し指のほうが長く、腕は筋肉質で、手の指はずんぐりとしていて、爪には嚙んだ痕があり、左の鎖骨のあたりにはレンズ豆くらいのほくろがある。

私の隣で無頓着に眠るその人は、いまや私を所有する権利があると主張している。私の意志にかかわりなく、私は永遠に彼の所有下にあり、彼もまた私のものなのだと。

不意に寝息のリズムが乱れ、彼がはっと目を覚ました。私に視線を向けることもなく起きあがると、部屋に散らばっていた服を拾い集め、手早く着た。そして「最初からこうすればよかったんだ」独り言のように小声でつぶやくと、鍵を開けて出ていった。今度はドアを開け放ったままで。

私はその場にとどまったまま天井を見つめ、アラベスク模様のようにひろがるひび割れを眺めていた。骨の髄から命を抜き取られたかのように動かずに。指先でお腹を撫でてみたが、自分の指のような気がしない。まだ他人の手に触られているような感触が残っていた。自分の肌を隅々まで撫でまわしながら、変化したところがないか確かめた。耳たぶにできた傷口のように手当をしようと思ったのだ。ところが、行為の前と後とでは表面的な変化はまったくなく、どこもかしこもこれまでどおりだった。割れ目は身体の内側にあるのだ。私は割れた水差しだ。

最初のうちは知覚できないほど微かだった痙攣《けいれん》がしだいに強くなり、胃の入り口から喉へとあがってきて、吐き気に変わった。私は身体を起こしてベッドの縁に座り、生温かい液体を吐き出した。それで胃は解放されたけれど、胸の内の重苦しさは残ったままだった。

子供の頃は、具合が悪くて寝ていても、母さんが部屋に入ってくるだけでどんな痛みも和らいだものだった。でも、いまここに母さんはおらず、自分で自分の看病をすることはできない。眠りなさい、と母さんは言っていた。眠れば治るのだから、と。だが、眠りというのは無垢《むく》な者だけに許された治療法であり、私のところには訪れてくれない。仕方なく私は立ちあがり、洗面台まで歩いていった。桶《おけ》に水を汲み、石鹸《せっけん》で肌をこすった。一回、二回、三回……十回。嘔吐《おうと》物の臭いは消えたのに、彼の体臭はいつまでも消えなかった。私の肉に溶け込んでしまったのだ。

クラスの女子たちは、行為のあとには染みが残ると言っていた。どんな染みかと尋ねると、両手で顔を覆ってけらけらと笑うだけだった。私は、過《あやま》ちを犯した自分の身体の痕跡を隠そうと、ベッドカバーを引きあげた。

それから廊下に出た。空には灰色の雲が垂れこめていたが、光が目にまぶしく感じられた。近くで雷が轟き、私は驚いて飛びあがった。まるで檻《おり》が開いているのに外に出ようとしない父さんの雌鶏たちのように部屋に戻り、誰かが来てくれるのを待つことにした。鏡台のところへ行き、バラを持ちあげると、かろうじて残っていた最後の花びらが赤い雫《しずく》のように床にぽとりと落ちた。

43

彼が戻ってきたのが何時だったのかわからない。私は、心筋梗塞を起こしたあとの父さんのように、いっさいの気力を失い、動くこともできずにベッドの上でぼんやりと横になっていた。彼がベッドの中に入ってきて、もう一度私を抱こうとしたちょうどそのとき、外で物音がした。

鎧戸を開けて外の様子をうかがっていた彼が言った。「起きろ」力ずくで私をベッドから引きずり出し、声を荒らげた。「急いでここを出るんだ」

私はこの家に力ずくで連れてこられ、力ずくで連れ出された。母さんのショールを肩に掛け、裏口から外へ出て、暗闇のなかを走って逃げた。彼に手首をつかまれ、植え込みのあいだを引きずられながら。木のサンダルのせいで私がつまずくと、彼が立ち止まって振り向いた。盗《ぬす》っ人《と》のような形相だった。私の腕をつかんで、すぐにまた走りだした。

背後から軍警察官《カラビニエーレ》たちの声が迫ってきた。「立ち止まらないと撃つぞ」懐中電灯の明かりから、かろうじて二人の輪郭がわかった。一人は背が高くて、もう一人は小柄だ。

「待ってよ。そんなに速く走らないで」私は叫んだ。木々の枝が私の腕を傷つける。

「静かにしろ！」彼が苛立った口調で言った。

背の高いほうの警官がピストルを高く掲げ、ふたたび警告した。「止まりなさい！」空に向けて一発放った。

私は思わず両手で耳をふさいだ。束の間、周囲の世界から物音が消えた。警官たちの黒い影が私たちのほうへと向かってくる。さらに手に力を入れると、なんの音も聞こえなくなった。と思ったら、二発目の射撃音が先ほどよりも近くで響いた。彼が急に立ち止まったので、私は耳から手を離し、両腕をあげた。

「無駄よ。もう逃げられない」

背の高いほうの警官がピストルを持っていた手をおろし、こちらに近づいてきた。金髪の警官はきっと余所《よそ》の町から来た人で、このあたりの決まりごとを知らないのだろう。女は割った人にもらわれていくものよ、と母さんはいつも言っていた。

私の手が彼の指のあいだからすり抜けたが、彼は構わず走り続け、やがて木立のあいだに消えていった。独りそこに残された私は、地面に膝をつき、ショールの内側で縮こまり、目をつぶって警官たちが近づいてくるのを待った。目を開けたとき、警官たちの後ろにもう一人の人影が見えた。帽子をかぶっていない男の人がゆっくりとこちらに近づいてくる。

私の前まで来ると、父さんは脱いだ上着をそっと私の肩に掛けてくれた。それから私のことを立ちあがらせて手を取り、優しく握りしめた。

第三部

44

九歳のときに私は猩紅熱《しょうこうねつ》に罹り、三週間、部屋から出してもらえなかった。コジミーノは身体が弱いからね、と言いながら、鼻と口を細長い布で覆った母さんが食事や薬を部屋まで運んできた。あのとき私は、時間が固形の塊でできていて、それがいくつもの小さな滝となって融《と》け出していくような気がした。外でなにが起こっているのかは部屋の中から想像するしかなかった。朝明るくなったかと思うと、やがてまた暗くなり、夜には父さんの畑の上に月が輝いた。ロザリア先生がクラスメイトに頼んで家まで本を届けてくれたので、ベッド脇の床には、読み終わった本が順に積まれて山となっていった。三週間後、ようやく病気が治ってベッドから起きあがると、本の山がサイドテーブルの高さを優に超えていた。窓ガラスに映る自分の姿を見て、私は一瞬、知らない人かと思った。身体からは肉が削《そ》げ落ちてごつごつとした骨が浮き、二つの黒っぽい隈《くま》が目のまわりを取り囲んで、瞳をますます黒く見せていた。ふたたび外に出られるようになった最初の日、筋肉はすっかり衰えていたものの、頭のなかはいくつもの物語で満たされていた。ちょうど夜が月明かりで満たされていたように。

それがいまや私の部屋は暗く、月も顔を背けてしまい、窓の外の父さんの畑も消えていた。私はふたたび流行《はや》り病に罹ったかのように部屋に閉じ籠もり、ドアの向こうで渦を巻く足音や話し声に耳を澄ませている。ときおりベッドから起きあがり、暗闇のなかで周囲のものに手探りで触れては、フランコになった自分を想像する。窓の鎧戸《よろいど》を開けても光は入ってこない。小学生の頃、月が太陽と同じ方向にあって地上に顔を見せてくれないことを「新月」というのだとロザリア先生が教えてくれた。まるで嫉妬深い男のように、太陽が月を独り占めしているのだ。私はあの月と同じく、青白くくすみ、遠い存在だった。

　私は書棚の前で足をとめ、一冊ずつ本の背表紙を撫でてみた。けれども、そこにはもう私のことが書かれた物語はない。学校の先生たちが教えてくれたことはみんな嘘だった。掛け算の九九もごまかしだし、遠過去の活用もいんちきだし、能動態も受動態も再帰形も、間接目的補語も、「マ・コン・グラン・ペーナ・レ・レ・カ・ジュ」（北イタリアの山脈の名前の頭の部分を西から東へと並べたもの。順に、マリッティメ、コツィエ、グライエ、ペンニーネ、レポンティーネ、レティケ、カルニケ、ジュリエ）と唱えて憶えたイタリアのアルプスの名前も嘘八百で、私はこうして独り苛《さいな》まれ、失意のどん底にいる。しまいには、暗闇までも眼帯をされているような気がして我慢できなくなり、手探りで電灯のスイッチを探した。それから本棚の前に戻り、たまたま手にした本をひらいてみたものの、自分が読んでいる文字の連なりが頭に入ってこなかった。一行一行並んでいる文字列が、ページの上を這う黒くて細長い昆虫のように見え、それぞれの文章のあいだにはなんの結びつきもなく、孔があいた容器のように単語から意味が抜け落ちていく。先生、教養が私たちを助けてくれるなんて嘘です。私はずっと勉強してきたのに、なんの役にも立ちませんでした。腹立ちまぎれに腕を伸ばし、手当たり次第に物を床に落とす。整理棚の上に飾られたオブジェや、机の上のペンやノート、書棚の本……。いままで大切にしてきた物を踏みつける。

　手足の折れた身体のような不自然な恰好で私の足もとに散らばる本たちは、どれもカバーが剝がれ、ページがひらいたままになり、そこに書かれた虚言がさらされていた。『若草物語』の四人姉妹はいつまで経っても成長しないし、ドロシーはオズの王国になんて行ったことはない。ポリアンナは喜びを見つけ出せず、アリスは身体が小さくなる薬を見つけなかったし、ルチーア・モンデッラ（アレッサンドロ・マンゾーニ著『いいなづけ』のヒロイン）は、私と同様、聖母マリアに誓いを立てたものの、救われることはなかった。

私は床に膝をつき、そのまま本が散らばっているあいだに横たわった。眠くはなかったし、お腹も空いていなかった。私の身体なんてもうなんの役にも立たない。こうなった以上、花嫁にはふさわしくないし、女性たちの集まりでロザリオの祈りを唱えることもできない。刺繍《ししゅう》をほどこすことすらできなかった。恥辱の染みのついた嫁入り道具なんて誰も欲しがるわけがないのだから。

私は横になってもいられずに、ヘッドボードの前に座った。板を外して隠し戸棚に手を入れ、秘密の品を取り出した。木炭やベンガラで絵を描きためたノート、鏡、口紅の残骸、リリアーナが撮ってくれた写真……。写真だけを残し、あとはすべて捨てる物の山に積みあげた。私はしばらくその写真に見入っていた。人差し指で自分の顔の輪郭をなぞり、恥辱を知らなかった頃の自分の瞳にいまの自分の姿を映し出す。それから写真を二つに破り、さらに二つに破り、また二つ、また二つと、最終的に印画紙の紙吹雪になるまで細かくちぎった。それを集めて山にし、両手ですくいあげるようにして拾うと、窓を開けて、父さんの畑に撒《ま》いた。

45

目のまわりに黒い隈をつくった母さんが、部屋に入ってきてはまた出ていく。そのたびに口をひらきはするものの、病気がうつるのを恐れているかのように、言葉を発さない。〈母さん、私を見て。私は前と同じ水差しなんだよ。手も、腰も、唇も、どこも変わっていない。粉々になるようなことはなにもしていない。母さんから教わった決まりごとはすべて守った。男の人と目を合わせることもしなかったし、胸を張って歩くことも、口紅を塗ることも、教会からの帰り道、誰かにあとをつけられるように歩調を緩めることも、こっそりと映画館に忍び込むこともしなかった。母さんが私のために選んでくれたお婿さんと結婚するつもりでいた。一度も母さんに逆らったことはないし、いつだって「はい」と答えてきた。母さん、私はあなたの娘なの。母さんに似ていながら、別の人格の私が、母さんは嫌いなのね〉

葉がかさかさとこすれる音がするたびに、母さんは誰かが来たのではないかと窓辺に走り寄る。指折り数えて待っているのに、一日目には誰も来なかった。二日目も三日目も四日目も、やっぱり誰も来なかった。あの日、アンジョリーナという名前の金髪の女の人に、私は最終的に彼と結婚することになるのだと言われた。だから私も、ここから出してくれる看守の足音が聞こえるのを待っている。誰か来たほうがいいのか、誰も来ないほうがいいのかわからないけれど。

私は部屋にある物をすべて空にし、お酢を含ませた雑巾で床や家具の表面、ドアの取っ手や窓を拭きながら、日々をやり過ごした。部屋はきれいになり、床に積みあげられた本だけが残った。「全部捨ててって頼んだじゃない。埃が溜《た》まるだけなんだから」閉まったドア越しに、母さんに向かって大声を張りあげたが、もう夜も更けているので、みんなは眠っている。仕方なくベッドに横になり、『赤毛のアン』の最初の数ページをめくった。〈その日にどんなことが起こるのかわからないんですものね。想像の余地があるからいいわ〉私にはもう想像の余地などど残されていなかった。本を閉じて、枕の下に押し込んだ。ようやく抗《あらが》いがたい疲労感が全身にひろがり、思考が鈍ってくる。

監禁されている部屋にアンジョリーナが入ってきて、窓の鎧戸を開けたので、月明かりが床にひろがる。彼女は吸っていた煙草を消し、私の肩に母さんのショールを掛け、母さんの笑い声を思わせる嗄《しゃが》れた笑い声を立てる。「こんなところでなにをしてるの？　さっさと家に帰りなさい」私に向かってそう言う。「出られないの」私がドアを指差すと、「開いてるわよ」という返事が返ってくる。「ずっと開いてたのに……。この部屋から出たくないと思っていたのは、あんたでしょ？」私はぱっと立ちあがり、彼女のことを突き飛ばす。アンジョリーナは床に倒れ込んだものの、不快な笑い声をあげている。私は急いで表の通りに駆け出す。裸足《はだし》で髪を振り乱し、こめかみから首すじへと汗を垂らし、腕を水車のように回転させながら。脚にスカートがまとわりつく。村へと続く道に出るまで息せき切って走り続け、村の広場を抜け、菓子店の前までたどりついたとき、ようやく立ち止まる。そしてショーウインドウに映った自分の姿をじっと見つめる。痩せて骨ばった、ぼさぼさ頭でオリーブのような黒い目をした女の子が、物欲しげにクリームを見つめている……。

46

ひどい空腹で目を覚ました。無理やり連れ去られた日からというもの、空腹を感じなくなっていたのに。ベッドの上で横たわったまま、自分の骨盤の骨に触る。千枚通しみたいに尖った骨が皮膚の下でごつごつしている。焼けるような感覚が胃の奥からこみあげてきて、驚いた。私の身体はまだ生きていて、お腹が減ったと訴えている。ぐっすり眠っている家族を妬ましく思いながら、私はキッチンに駆け込んだ。窓の外は暗闇で、月はまだ顔を出していない。物音を立てないように気をつけながら、食料戸棚を開け、食器棚を見渡し、吊り棚を漁《あさ》り、食べられそうなものを手当たりしだい取り出した。昼食のときには手をつけなかったパスタを口いっぱいに頬張り、翌日のためにとってあった茹で卵に嚙みついた。口のなかを傷だらけにしながら昨日の硬くなったパンをかじり、チーズの塊を舌でつぶし、萎《しな》びたリンゴを食べた。食べ物が喉をつたって滑り落ち、食道に詰まる。ケッパーの瓶の蓋を開けて指を突っ込むと、ざらざらした塩の粒が皮膚にこすれる。オリーブの入った容器の蓋を開けて、実を掌の上で転がす。小さくて硬いオリーブは、私みたいだ。食べ物で身体を満たし、全身の感覚を取り戻さなくては。いちばん高い棚の上に、日曜日の朝食用のオレンジマーマレードの壺《つぼ》があった。私は椅子によじのぼって壺をつかんだ。マーマレードが腕をつたって垂れてくる。ネグリジェの裾をまくりあげて、腿にマーマレードを塗りながら、内股の皺のところまでなぞった。それから指を舐《な》めて、吐き気がするまで指を喉の奥に突っ込んだ。椅子が揺れてバランスを失い、床に転げ落ちた。

足音とともに母さんがキッチンに現れ、憐れみの眼差しで私を見た。「オリーヴァ」と私の名前を呼び、床にしゃがみ込んだ。散らばった食べ物で母さんのネグリジェが汚れた。小さな声で「オリーヴァ」と繰り返しながら、私のほうに身体を寄せ、腕を伸ばしてきたので、私は平手打ちを覚悟して目をつぶった。ところが、母さんの手は私の顔を包み込み、首すじから肩へと下りてきて、背中にまわり、私を強く抱きしめた。私と母さんは床にしゃがんだまま抱き合い、オレンジマーマレードでべたべたになった頰を擦り寄せていた。

ようやく私たちが立ちあがったとき、家はまだ静まり返っていた。母さんは私をバスルームに連れていき、バスタブにお湯を張った。私とコジミーノが小さかった頃、二人いっぺんに行水をさせて遊ばせていたときのように。肘で水温を確認し、食べ物の染みだらけになった私のネグリジェを脱がせた。母さんの目の前で素っ裸になっても、私は恥ずかしくなかった。母さんは、私をバスタブのなかに座らせ、両手で石鹼《せっけん》を泡立て、私の身体の隅々までこすってから、お湯で濯《すす》いだ。その後、バスタブの栓を抜き、乳白色のお湯が螺旋《らせん》状の渦を巻きながら排水口に吸い込まれていくのを二人して見ていた。母さんは私に立ちあがるように促すと、ベンチチェストから清潔なバスタオルを出してきて、私の髪をこすり、身体の隅々まで丁寧に拭いてくれた。足の指と指のあいだにもタオルを入れながら。

「これでよし」ネグリジェのボタンを留めながら、母さんはつぶやいた。「すっかりきれいになったわ」

47

お昼ごはんの前に玄関をノックする音がした。母さんと父さんは顔を見合わせ、母さんがドアを開けに行く。ネッリーナの挨拶する声が聞こえたと思ったら、三人でキッチンに籠もり、ぼそぼそと話しはじめた。ときおり椅子を引きずる音がするくらいで、話し声はほとんど聞きとれない。廊下にコジミーノが現れ、私の後ろに立った。誕生日に剃ったきり、ひげを伸ばしっぱなしなので、山賊のような風貌だ。なにを話しているのか聞きたくて、二人してキッチンのドアの隙間に耳を当てた。母さんのお腹のなかにいたときのように身体をぴったりくっつけ合って。コジミーノの息が私の髪に当たり、懐かしいにおいがした。小さい頃、二人で留守番をするときにはいつも私がコジミーノの面倒をみていたのに、いつの間にかコジミーノのほうが私よりも頭ひとつ分、大きくなっていた。私はコジミーノの胸に肩をもたせかけ、そのまましばらく身を委ねていた。

「明日？」と尋ねる母さんの声が聞こえた。

「お昼前に、菓子店で」とネッリーナ。

「気が進まん」父さんの声がいちばん低い。

「気が進もうが進むまいが、ほかにどうしようもないでしょう」と母さん。

「あのならず者に娘をやれというのか？」父さんは反論を試みる。

「おまえさんの足は地についてる？　まさか雲のあいだを歩いてるんじゃないでしょうね」母さんがテーブルを拳で叩きながら、声を荒らげた。「それが世間の仕来り《しきた》というものよ」

「サルヴォ、妥協点を探らないとね。イニャツィオ司祭もそう言ってたわ」ネッリーナも譲らない。

「ネッリーナ、じゃあ訊くが、イニャツィオ司祭には娘がいるのか？」父さんがなおも食い下がった。

　ネッリーナは黙っていたが、代わりに母さんの雷が落ちた。「おまえさんのせいで、あたしはとんだ目に遭わされてばかりだわ！」

「そう騒ぐんじゃない、アマリア」父さんは穏やかに言った。「俺はただ、経験した者にしかわからないこともあると言いたかっただけだ」

「おまえさんと話し合っても無駄ね。労多くして功少なしよ！　この何年か、あたしたちに手を差し伸べてくれたのはネッリーナだけなのよ。なのに、お礼を言うどころか、その態度はなに？」

「サルヴォ……」ネッリーナの声がした。「ほかにオリーヴァを救える手立てがあるならいいんだけど……。できることはすべてやった。フランコのお母様は、例のことがあってから、婚約を破棄すると言ってきた。だからと言って彼女を責めることもできないし……。こうなった以上、あなたの家族のためにも、あなた自身のためにも、そうするのがいちばんよ。去年、倒れたばかりなのに、あなた独りで復讐《ふくしゅう》するわけにもいかないでしょ？　また発作を起こしたらどうするの？」

　コジミーノが息を呑んだ。猟銃《ルパーラ》を持って家を出た父さんが、心筋梗塞を起こして死にかけた晩のことが頭をよぎったのだろう。

「復讐だって？」と、父さんがようやく聞き取れるほどの声で言った。「それはまた別の問題だ」

　そのあとはもう誰も声を張りあげず、静かに話していたので、私たちの耳にはいくつかの単語が聞こえてくるだけだった。挙式、花嫁衣裳、家……。私たちはキッチンのドアから離れた。するとコジミーノが私の手首をつかみ、まっすぐに目を見つめた。

「僕があいつのところへ行って、世間の仕来りというものを教えてやる」数か月前から声変わりした大人の男の声で、そう言った。

　私は静かに首を横に振った。「ダメよ、コジミーノ。あなたにも父さんにも関係ない。私の問題なの。私たち女の問題よ」

　その晩はそれ以上なにも話さずにベッドに入った。夜中にふと目が覚めると、柱によりかかってこちらを見つめている母さんの影がドアのところに見えたような気がした。けれども、すぐにまた瞼《まぶた》が重くなり、母さんの姿は消えてしまった。

48

　まだ外は暗いというのに、キッチンには早くもゴム長靴を履いて帽子をかぶった父さんがいた。

「帽子、どこにあったの?」

「新しいのを買ったんだ」

「娘も新しく買いなおせればいいのにね」

父さんはベンチの隅に腰掛けて帽子を脱ぎ、手で回しながら四方から眺めている。

「話し合いは今日だ」たいして重要ではないことのように、ゆっくりと言った。「あちらは和解《パチャータ》を結びたいらしい」

アンジョリーナの言っていたとおりだった。あの男が私を手籠《てご》めにしたからには、私と結婚しなければならない。でなければ私は一生独り身か、彼女のように髪をブロンドに染めて生きるしかないのだ。

私は父さんの顔色をうかがった。怒りの色はなかった。

「どんな和解を結ぶの?」私はガウンのなかで身を縮めながら尋ねる。

「それを決めるのはおまえだ」

「父さんは、あの男のところに私をお嫁にやりたいの?」

父さんの手が震え、新しい帽子が床に落ちた。私は父さんのそばへ行き、帽子を拾って膝の上に置いた。父さんはうつむき、まるで私が重荷を背負わせたかのように背中を曲げた。

「オリーヴァ、俺は猟銃《ルパーラ》が使えない。手を汚すことになるからだ。俺はいつもきれいな手でいたいんだ。血は断ち切れない鎖だからな」

たまにしか喋らない父さんの言葉はなぞなぞみたいだ。母さんのように決まりごとを押しつけはしない。

「おまえも知ってのとおり、俺は十六のときに両親をともに失った。おまえの祖父《じい》さんは、ある朝、ボートに乗って旅に出たきり二度と戻らず、それから一年もしないうちに、おまえの祖母《ばあ》さんは心臓の病で逝ってしまったんだ。俺は弟と二人でなんとか生きていくしかなかった。弟のニットは村で一番きれいな娘と若くして結婚したが、数か月もしないうちに花嫁は不実だと陰口を叩く者が現れた。そんなことが日々繰り返されるうちに、とうとうニットは逆上し、嫁さんの顔に傷をつけてしまったんだ。実家に戻った嫁さんは、翌日、兄貴を送り込んできた。そして短剣を振りまわしての決闘となり、ニットは血を流して果てたんだ。俺たち兄弟には父親もいなかったから、名誉の復讐を果たすのは俺しかいない。それで俺は、弟の命を奪った男を捜しに行った」

父さんが束の間、子供の頃の記憶にあるような、陽光を浴びて田舎道を歩くギリシャ神を思わせる猛々《たけだけ》しい姿に戻った。

「ところが途中で、軍警察官《カラビニエーレ》のピッポ・ヴィターレに呼びとめられたんだ。幼馴染みだった彼は、俺の手から武器を取りあげ、俺を二晩留置場に入れた。二日後、俺が留置場から出てくると、取りあげた二連銃を握らせて、こう言ったんだ。『これはおまえのものだが、まだ必要かい？』『いいや、要らないね』と、俺は答えた。もしもあのとき俺が弟の嫁の兄を始末していたら、向こうの父親が俺を殺しに来ただろう。復讐の連鎖はそうやって永遠に続く。だから、今日、俺がこうして帽子をかぶっていられるのは、ピッポ・ヴィターレのお蔭なんだ。地面の下で眠っていたら帽子はかぶれないからな」父さんはそう言うと、口の両端を引きつらせて、笑みらしきものを浮かべた。

私は窓に目をやり、まだ歩く人の誰もいない通りを見た。間もなく両家は和解《パチャータ》を結び、私はあの男の許へ嫁ぐのだ。道の両端で村人たちに祝福されながら。それで結婚したら？　どんな生活が待っているのだろう。映画スターの絵を描くことができる？　またマルフォリオの形の雲を見つけられる？　マーガレットの花占いを楽しめる？

「父さんの軍警察官のお友達は、いまどうしてるの？」

「いまでも警察で働いてるさ」

あなたは彼と結婚するしかないの、じゃないと彼は牢屋に入れられるから、とアンジョリーナは言っていた。

「さあ、明るくなる前に、カタツムリを捕まえにいこう」と父さんが誘った。

「母さんが嫌がるわ。私はもう子供じゃないんだって」

「父さんにとってはいつまでも子供だよ」

私は急いで身支度をし、帽子を目深にかぶった父さんと夜明けの光とともに外へ出た。

49

縁までいっぱいになったバケツを提げて、私たちは畑から帰った。コジミーノは鬚《ひげ》をきれいに剃り落とし、口髭だけを残している。それがいまどきの若者の流行らしい。母さんは髪を巻いてカールしている。戻ってきた私たちの姿を見ると、小鍋を火にかけた。

「朝ごはんは？」と母さんに促されて、私たちは食卓についた。父さんはパンの白いところを残して、ちぎった耳だけをミルクの入った器に入れた。その上からコーヒーを注ぎ、お砂糖をかける。私も父さんを真似た。スプーンでパンを口に入れると、お砂糖の粒が口の中でじゃりじゃりと音を立てる。二人して無言で朝食を済ませ、余所《よそ》行きの服に着替えるためにそれぞれの部屋に戻った。私たちの動きには密やかな調和があり、すべてのことがあらかじめ決められていて、ひとりでに進んでいた。

ベッドの上には黄色のスカートと花柄のブラウスが組み合わせて置かれている。私はスカートを腰に当てて自分の姿を鏡で見たものの、洋服箪笥《だんす》にしまった。これは祝日のためのスカートだと母さんは言っていた。鉄製のハンガーに黒の制服が吊るされていた。そのごわごわした布地を撫でると、抑揚のない声で詩を読みあげるシャロ先生の姿が脳裏によみがえる。「おとなしく、従順であれ／そうしたときに初めて／人々はあなたに敬意を払うだろう」私は普段着のままでいることに決めて、洋服箪笥の扉を閉めた。美しく見られたくなんかない。助言に従うのも嫌だし、もう誰かの意のままになるのは嫌だ。これまで学んできたことがいったいなんの役に立ったというのだろう。九九や不規則動詞の活用より、「ノー」と言うことを教えてほしかった。女の子は、生まれたときから「イエス」と言うように刷り込まれているのだから。

母さんは、キッチンに戻ってきた私の姿をまじまじと見て頭《かぶり》を振り、「その靴は……」と言った。仕方なく私は木のサンダルを脱ぎ、低めのヒールのある靴に履き替えた。父さんとコジミーノは二人とも祝祭日用のスーツを着ていた。口髭をのぞけば、二人はまったく同じに見えた。私たちは足音を潜めて家の中を歩いていた。他人行儀で丁寧な言葉をわずかに交わすだけだが、家族四人はそれまでにないほど団結していた。

「行くとするか」と父さんが声を掛けた。家を出て、砂利道を歩いていく。夜のあいだ立ちこめていた雲は散り、鋭い陽射しが斧《おの》のように首に照りつけた。私たちは腕を組み、広場へと続く坂道をのぼった。私とコジミーノが中央で、父さんと母さんが両側。母さんのカールした髪が黒い冠のように顔のまわりを取り巻き、父さんはワイシャツの硬い襟の内側に汗の雫《しずく》を垂らしていた。あの晩、私を待ち伏せする車が停まっていた十字路に差し掛かると、私は思わずコジミーノにしがみついた。大通りに出た。野次馬たちの視線が一斉に注がれるなか、私たちは操り人形のように歩いていく。バルコニーから身を乗り出す人がいれば、あることないことささやく人もいる。私たちが教会の前を通ると、扉から顔を出したイニャツィオ司祭が会釈を寄越した。

優雅なお屋敷の二階の窓の鎧戸が少しだけひらき、最初は手、次いで腕、顔がのぞき、最後に上半身が現れた。落ち窪《くぼ》んだ二つの目で通りを歩く私のことを追っている。フォルトゥナータ姉さんだ。姉さんは手を振ると、すぐにまた鎧戸の陰に消えた。私も姉さんのように、四方の壁に呑み込まれるのだろう。服従の決まりごとは、敷かれた道を歩むこと、従順に振る舞うこと、そして必ずうなずくこと。

窓のほうを見ながら歩いていると、足下の地面がすっとなくなった感覚がして、私は転んで石畳に膝をついた。立ち眩《くら》みがしたわけではなく、靴の片方のヒールが折れてしまったのだった。父さんの腕につかまって立ちあがると、母さんが服についた土をはらってくれた。私は折れたヒールを拾い、片足を引きずりながら歩き続けた。片方の足のほうが長いので、なんだかサーロみたいな歩き方になった。ふと空を見あげたものの、おもしろい形の雲は見当たらなかった。警察署の前を通り過ぎる。ヒールのとれた靴はひどく歩きにくく、もう一方の靴は私の足を締めつけた。広場の向こうに菓子店が見えた。あと数メートルで私はその家に引き渡されるのだ。不快感が増した。ショーウインドウの前で、彼が立って待っている。白いスーツを着、耳の後ろにはジャスミンの枝を挿して。甘ったるい香りや鍵の閉まった部屋、乱れたベッドや煙草の煙が染みついたアンジョリーナの色落ちした髪が、脳裏にまざまざとよみがえる。彼は一歩こちらに歩み寄り、手で髪を撫でつけた。これでようやくすべて方が付くといわんばかりに。私は父さんの顔を見た。その表情からはなんの反応も読みとれない。私は戸惑い、立ち止まった。

「これ以上歩けない」そう言って、両方の靴を脱いだ。解放感が波となって足の裏から全身にひろがった。私はパテルノの顔をまっすぐ見据えてから、くるりと踵《きびす》を返し、裸足のままで、来た道を引き返した。

50

「ヴィターレ准尉はただいま手がふさがっておりますので、少々お待ちください」コジミーノと同じような口髭を生やした若い警官が応対した。

警察署の待合室は薄暗くてじめじめとしていた。コジミーノは広場に残り、菓子店のショーウインドウをにらんでいた。私と父さんと母さんは木製のベンチに座った。母さんは、まず父さんの顔を見、次いで私の顔を見て、いったいどういうつもりなのかと目で訴えているが、誰も口を利かない。日曜の正装姿で髪を巻いている母さんのほうが、結婚を間近に控えた花嫁のようだ。一方の私は、一気に百歳ばかり老けた気がした。数分前まで彼の許に向かっていたはずなのに、その足で、村じゅうの人たちの好奇の視線が注がれるなか、警察署に入った。真上から容赦なく照りつける陽射しのせいか、熱にやられたのか、折れたヒールのせいなのか、私にはわからなかった。とにかくあまりに不快感が募り、それ以上一歩も前に進めなかった。だから立ち止まったのだ。

父さんが立ちあがり、小声でなにか二言三言、警察官に言うと、廊下のほうへ歩きだした。

「オリーヴァ、疲れはとれた？　そろそろ行きますよ」母さんが靴を履いていない私の足を見ながら言った。なかば詰《なじ》るような、なかばなだめるようなその声色は、あたかも駄々をこねる子供を相手にしているかのようだ。

母さんは、幼いときから私とフォルトゥナータ姉さんを引きずるようにして早朝のミサに連れていったものだ。コジミーノは、身体が弱いからという理由で家に寝かせたままで。「聖リータ様があなたを猩紅熱からお救いくださったのですからね」私たちをベッドから引きずり起こし、厚手のセーターを着せながら、母さんはいつもそう言っていた。三人でまだ暗いうちに家を出た。私とフォルトゥナータ姉さんは、風を避《よ》けるために身を寄せ合って歩いた。家から出るのを少しでも先延ばししたくて、私はよく「お腹すいた」と訴えたものだ。すると母さんは、「歩きながらキッシュを食べましょうね」と甘い言葉で私を釣るのだった。道々、私が両足を踏ん張ってこれ以上歩かないと言うたびに、母さんはキッシュをひと口くれ、先を歩かせた。「いい子ね。オリーヴァは本当にいい子だわ」そうして、ようやく教会の門の前までたどりつくのだった。

拳を握りしめて木製のベンチの端に座っている私の手をさすりながら、母さんが言った。「それで、このあとどうするつもりなの、オリーヴァ。ちゃんと考えているのでしょうね」キッシュをもうひと口あげるから、いい子にして教会の扉の前まで歩いてちょうだいね、そう言われて私は歩き続けたのだった。教会の身廊は寒く、早朝のミサに集う老女たちからはナフタリンのにおいがし、私は眠くてたまらなかった。それでも母さんの愛情をご褒美に、いつもおとなしく言うことを聞いていた。

「一生、割れた水差しのままでいるわ、母さん」私は母さんの耳もとで答えた。「償いなんて受けずにね」

私は手をひらき、連れ去られた晩にできた掌の棘《とげ》の痕を見せた。母さんは人差し指でその傷に軽く触れたものの、すぐに目を閉じて見なかったふりをした。

「どうぞこちらに」口髭の警官が、私たちに向かって微笑んだ。隣で父さんも手招きしている。私たちは警官のあとについて廊下を歩いていき、二階へと続く階段をのぼった。警官がドアを叩くと、内側から「お入りください」という声がした。

机の向こうにいたヴィターレ准尉が立ちあがり、挨拶代わりに首を軽く傾けた。私と母さんが椅子に座り、父さんは私の後ろに立った。

「少々大胆な若者が、娘さんに対して敬意に欠ける行為を働いたそうですね」准尉はそう言いながら、書類がたくさん挟まったファイルに目をやった。私の一件は、そこで待ち受けている書類の束に比べると重要性が低いのだと、その目線が物語っていた。

父さんは私の肩に手をおき、「ピッポ……」と話しだしてから、訂正した。「ヴィターレ准尉、娘は誘拐されたんです」

「誘拐といっても、結婚を目的としたものですよね。その若者は償う意志があると言っているそうではないですか」

私は自分の掌の皺を指でなぞりながら、首を横に振った。父さんは私の肩の上の手に力をこめたものの、黙っている。

「娘さんは成人されていますか？」ヴィターレ准尉は、相変わらず目の前の書類の束に目を通しながら質問を続けた。

「数日前に十六歳になったばかりで……」母さんが答えたものの、誕生日の晩の出来事を思い出したのか、言葉が口のなかで滞った。

「でしたら、ご両親とお話ししましょう」准尉はファイルをバタンと閉じた。「つまり、娘さんは彼と結婚したくないと言っているのですね？」まるで、恋人どうしの痴話喧嘩でも仲裁するような口調だ。

「准尉……」父さんが咳ばらいをした。「娘のオリーヴァは、一度だってあの男と一緒になろうと思ったことはありません。両家のあいだで結婚の約束を交わしたこともなければ、正式に結婚を申し込まれたこともないのです。彼がいきなり私どもの行く手に現れ、それに対して私どもが関心を示さなかったものだから、力に訴えた。畑を台無しにするだけでは飽き足らず、ついには娘にまで危害を加えたのです」

ヴィターレ准尉は眼鏡を外して目をこすった。「サルヴォ、君はどうするつもりなんだ？」

私は、若かりし頃の准尉が目の前にいるような気がした。猟銃《ルパーラ》を取りあげられ、留置場に入れられたという話を父さんから聞かされたときに想像したとおりの准尉が。

父さんは帽子を手でいじくりまわした。「できることなら……」と言いかけて、その先の言葉を呑んだ。

ヴィターレ准尉は立ちあがり、部屋のなかをゆっくりと一周した。そしてふたたび机に戻ってくると、煙草の小箱をつかんだ。

「娘は正義を手に入れるためにここに来たのです」私の肩に手をおいたまま、身動きもせずに父さんが続けた。

ヴィターレ准尉はポケットからライターを取り出して火をつけた。「正義という言葉はどうにもつかみがたいものだ」扇風機の風にライターの焔《ほのお》が揺らめいた。「法的な意味においての正義と人間的な意味での正義とがあるが、両者は厳密には同じではない」准尉は煙草をひと口吸ってから、続けた。「サルヴォ、ここは君の村だ。そして、問題となっているのは君の家族であり、君の娘さんなんだ。君が娘さんのことを考えないでどうする。君たちがここを出たあと、通りを歩くたびに陰口をささやかれるのは君の娘さんなんだぞ」

「私は恥知らずではありません」折れたヒールを握りしめたまま、私が椅子から身を乗り出したので、父さんの手が肩から離れた。准尉は眉根を寄せて、もう一度煙草を深く吸った。大きな声を出したつもりだったのに、准尉の耳には私の言葉が届いていないかのようだった。

「娘さんはまだ若いから、頭が混乱しているんだろう」相変わらず私の顔を見ようともせずに続けた。「娘さんぐらいの年頃には、あれもこれも手に入れたがるものだが、それを道理に適《かな》ったほうへと親が導いてやらねばならん。サルヴォ、君はこんなにかわいい娘を不幸にするつもりなのか?」

「俺はすでに上の娘を不幸にした」

ヴィターレ准尉は、フィルターの先でかろうじてバランスを保っている小さな円柱形の灰となった煙草を机の隅に置き、賭けにでも勝ったかのような顔つきで見つめた。

「パテルノ家は影響力のある知り合いも多く、ないがしろにできるような一族じゃない。力ずくで娘さんを奪ったからには、然《しか》るべき償いをするつもりなんだろう。なのに、君たちはいったいなにが不満なんだ?」

「でも、法律では……」私が机に手をついたので、かろうじてバランスをとっていた灰が落ちた。

「法律なんていうものはな、金を持つ者の味方なんだ」准尉が手を丸めて灰をすくいとり、ゴミ箱に捨てながら、私の言葉をさえぎった。「彼を告訴するつもりなのか? 実に結構だ。ならば巡査部長を呼んで書類を作成させよう。サルヴォ・デナーロおよびアマリア・デナーロは、淫行を目的とした誘拐の罪でジュゼッペ・パテルノを告訴する……」

それを聞いた母さんは、脇腹を殴られたかのように屈み込んだ。

「裁判ともなれば……」ヴィターレ准尉は続けた。「弁護士も必要となり、言葉だけでなく、具体的な証拠を示しながら、被告人の有罪を証明する必要が出てくるだろう」そして私たちの前に座り、初めて私のことをまっすぐに見据えた。「お嬢さんは、それ以前のように身体的に完全な状態ではなくなったことや、若いカップルによくみられる合意のうえでの駆け落ち《フイティーナ》ではなかったことを証明しなければならない。パテルノと話しているところを誰かに見られたことはないか？　村人たちが見ているなか、広場で一緒に踊ったことがあるんじゃないのか？　彼から贈り物を受け取ったことは？　家の前でセレナーデを奏でられたことは？　誘拐されたときは独りで歩いていなかったか？　誰か付き添っていたのか？　昼間の出来事？　それとも夕暮れ時？」

私は怒りに胃が押しつぶされそうになり、ぎゅっと目を閉じた。彼ではなく、私が裁判にかけられることになるのだと、そのとき初めて理解した。

ヴィターレ准尉は、顔にハエでもとまったように鼻に皺を寄せて目を細くし、不快感を露《あら》わにした。「いいか、サルヴォ、もしもオリーヴァが自分の娘なら、僕はなにも行動を起こさないね」

折れたヒールが私の手から滑り落ち、床で弾んだ。

「恨みはいつしか過去のものとなり、状況は改善するだろう」准尉は一語一語区切るようにそう言うと、机の隅から青い革表紙の分厚い本を取ってぱらぱらとめくり、あるページを開いて父さんに見せた。

「刑法第五四四条……」机から乗り出すようにして文面を読みあげた。「第一節、および第五三〇条に定められた犯罪については、罪の正犯が被害者と婚姻したときは、罪は消滅する。その罪に関与した者についても同じである。有罪判決が宣告されているときは、その執行および刑事上の効力は、中止される」

「つまりどういうことだ？　もっとわかりやすく話してくれ、ピッポ」父さんが尋ねた。

「つまり、結婚が成立すれば、法律に基づいて犯罪が消滅し、娘さんの名誉は償われるというわけだ」そう言うと、ヴィターレ准尉は必要以上に力をこめて刑法典を閉じた。

「それが正義だというのか？」実に興味深い話だというように、父さんが尋ねた。母さんが父さんの腕をつかんで制止した。

「これが法律なんだよ」ヴィターレ准尉は取り付く島もない。

「法律は悪党どもを救い、罪もない娘たちを懲らしめるためにあるのか？　だとしたら、改正するべきだろう」

「サルヴォ、君がいまこの場で法を改正するというのか？　わざわざ早起きしたのはそのためか？」冷笑を浮かべて皮肉を言ったものの、すぐに真顔に戻った。「パテルノを訴えたいなら、まずはこの刑法典を訴えなければならん」そう言って、指の関節で分厚い本をこんこんと叩いた。

父さんは青い表紙を凝視し、理解できないというように頭を掻いた。

「それにな、よく考えてみれば、この規定は……」准尉が新しい煙草に火をつけながら続けた。「誠実な娘たちを守り、結婚を保障するために作られたものなんだ。男に付け込まれ、なにも手にできないまま捨てられるのを避けるためにね。君のほうがよく知ってるはずだ。親の言うことに従いたくない若者たちのなかには、駆け落ち《フイティーナ》をして結婚するカップルも多いことをね」

母さんが窓の外に目をやり、胸に手を当てた。船旅で胃がひっくり返りそうになったことを思い出したのだろう。

「挙式や披露宴のための資金を準備できない両家が、自作自演の誘拐を計画することだってある。それに、ことを済ませたあとで男の気が変わったとしたら？　なんの罪もない娘はどうなる？　名誉に疵《きず》をつけられ、誰も嫁のもらい手がないまま、一生独り身で過ごすのか？　そうならないために、法律が男の側に、交わした約束を守り、責任を果たすことを義務づけているんだ」

「だがな、ピッポ、さっきも言ったとおり、二人のあいだにはなんの合意もなかったんだ」父さんは引き下がろうとしない。

「サルヴォ、君の気持ちはわかる。僕にも娘が一人いる。年も君の娘さんとそう変わらない。だから、警察官としてではなく、一家の長として、友人として、率直に話そう」

父さんは顎をさすりながら溜め息をついた。

「畑を台無しにされ、雌鶏を殺されたいまでも、君に弁護士を雇う余裕があると仮定しよう。そして村人たちの陰口にも耐えられるとしよう。名誉の回復を望む理由は、我々に向けられる世間の冷たい目を避けるためでもあるからね。裁判までたとえ一年かかろうと、娘さんを家においておけるとしよう。だがな、ひとたび法廷に召集されたら、娘さんは聴衆の前で、起こったことを克明に話さなくてはならないんだ。相手方の弁護士は裁判官の前で言うだろう。娘さんも合意のうえだった、それどころか、以前から彼と親密な関係にあったのだ、と。そして、彼のしたことは暴行ではなく、深い愛情の表現だったと弁明する。どんな結末が待っているか、君にわからないはずがない」何本目とも知れない煙草を灰皿の縁に押しつけて消しながら、ヴィターレ准尉はそう締めくくった。

「とりあえずいったん家に帰って、よく考えるんだな」ヴィターレ准尉は立ちあがり、ドアの前まで見送ると私に向かって言った。「君のお父さんはね、いまの君より何歳か年上だった頃、人生で最大の過ちを犯しかけていたんだ。そのとき、僕は君のお父さんにこう言った。『少し時間をおくんだな。焦って結論を出すんじゃない』君にも同じ助言をしたい。家に帰って、頭を冷やしなさい。結婚とはね、しょせん契約なんだ。利害によって結ばれた会社と同じだ。夫は君のことを養い、君は夫に対して貞節を守り、夫や子供たちの世話をする。結婚したら、それぞれに人生を歩めばいい。どうせ昼食と夕食のときに顔を合わせるくらいだからね。ひとたび妻の座を手に入れてしまえば、あとはそこそこ自由にやれるというものさ。それに女に生まれながら、男に抱かれることもなく、生涯独り身でいるなんて寂しすぎるじゃないか。身体は人の温もりを求めている。それが、いつだって変わらない自然の摂理なんだ」

　警察署を出た途端、先ほどよりも強烈な陽射しが照りつけた。コジミーノはひと足先に帰ったようだ。私たち三人はもう腕を組むことはなく、各々の歩調で、各々の思いに耽《ふけ》りながら歩いた。私は、なぜ女になんて生まれたのだろうと自問していた。二十年前、ヴィターレ准尉は、昔ながらの仕来りに従うのはやめろと父さんに助言した。弟を殺した犯人を猟銃《ルパーラ》で撃って復讐を果たすのではなく、法の下で訴えろと言ったのだ。それなのに私には、家に帰って頭を冷やし、私のことを踏みにじった相手と結婚しろと言うなんて……。

　父さんはまたいつもの寡黙な人に戻り、母さんは、ときおり「世の中は昔もいまも変わらない」と小声でつぶやきながら、下を向いて歩いていた。たしかに母さんの言うとおりだ。

51

　顔が燃えるように熱い。家に入ると、石壁に囲まれた薄暗がりが涼しいオアシスのように感じられた。私はそのままベッドに横になった。母さんがベッド脇の肘掛け椅子に腰掛けて、冷たい水で濡らした布を額に当ててくれる。私はしだいに高くなる熱に全身をからめとられ、甘ったるい放心状態へと落ちていった。

玄関のドアを叩く音がした。

「誰だろうと絶対に開けないでちょうだい、サルヴァ。物好きがうちの喜劇をのぞきに来たのよ」母さんがうなった。

自分の仔《こ》が眠る巣穴の前の雌の猛獣さながらに、母さんが私の周囲をぐるぐると歩きまわっているのがわかった。

「司祭様も、警官も、お仲人さんも、みんな勝手なことばかり言いたがる」ついでに父さんにも当てこすりを言った。「結局、おまえさんみたいにだんまりを決め込むのがいちばんなのかもしれないわね」

母さんは熱気を中に入れないために窓の鎧戸を閉めた。熱のせいで頭が朦朧《もうろう》としていて聞き間違えたのかもしれないけれど、母さんの口からそんな台詞《せりふ》を聞くのは初めてだった。

「娘たちの純潔を守ろうと必死で努力した挙げ句、こんな思いをさせられるなんて。姉娘は陸《ろく》でもない夫の家で軟禁状態だし、妹娘は犯罪者まがいの男に手籠めにされて……」

母さんは額の布を取ると、ベッド脇の洗面器で濯いで固く絞り、冷たくして額に当て直してくれた。

「あたしたちはすべてを失った。畑も、雌鶏も、尊厳も。あとになにが残されるというの？」

倦怠感《けんたいかん》が全身にひろがり、母さんの声が夢のなかの声のように聞こえる。

「何十年も前にこの村にやってきたとき、あたしは余所者《よそもの》扱いされたわ。だから、受け容れてもらうためになんだってやってきた。なのに結局なんの役にも立たなかった。いっそのこと、この村を出ることにしましょう。もうここには戻りたくない」

父さんもそばに来て、私が寝ているベッドの縁に座った。私は瞼が重くて、目が少ししか開けられない。

「いいかい、アマリア」父さんが母さんの顔を両手で包み込んだ。「逃げるべきなのは悪いことをしたほうだ。ひどい目に遭わされて耐えている者ではない」

「おまえさんだって、准尉の話を聞いたでしょ」

「ピッポ・ヴィターレの話はどれも、言われなくともわかっていたことばかりだ。いいか、オリーヴァはまだ若い。勉強だってさせたんだ。本人の言い分を聞こうじゃないか」

私には言い分なんてなかった。目がちくちくするし、父さんと母さんが話している言葉を聞きわけるのがやっとだ。部屋のなかを行ったり来たりする足音がしばらく聞こえていたが、やがてそれも聞こえなくなった。

子供の頃、コジミーノと一緒にツインのベッドで寝ていたとき、眠りに落ちる寸前によく、背中に白い翼をつけて守護聖人のお祭りのステージに立つ自分の姿の夢を見たものだ。「歌うのよ、オリーヴァ。さあ、声を出して」観衆のあいだから母さんがひときわ大きな声を張りあげる。私は鼻で大きく息を吸って胸を膨らませ、少しずつ口から息を吐き出してみるものの、喉からはなんの声も出ない。人々の視線が私に突き刺さる。コーラスの女の子たちがいい気味とばかりに笑っている。そもそも私にはソロのパートなんて無理なんだ。ふたたび伴奏がスタートし、拍子をとりながら歌いだすタイミングを見計らって空気を吐き出してみたものの、声にならない。私の前にはみんなが並んでいる。父さん、コジミーノ、フォルトゥナータ姉さんまで……。姉さんは美しくて自信に満ち、ブロンドの髪には逆毛を立てている。〈無数の青い泡《レ・ミッレ・ボッレ・ブルー》〉と歌いながら指先で唇に触れるときのミーナのように。「オリーヴァ」とまた母さんの声がする。「歌いなさい！」それでも私は口から声を出すことができない。シベッタ夫人と二人の娘たちが調子の外れた手拍子をし、サーロが幻滅した表情で私を見ている。そのとき、襟ぐりが深く開いたドレスを着て、髪を肩に垂らした女の人がステージに上がる。最初はロザリア先生だと思ったが、その人がこちらを向いた瞬間、リリアーナだとわかる。彼女が私に微笑みかけながら、マイクに近づく。広場に集まった群衆が一斉に静まり返り、私を呼ぶリリアーナの声だけが響きわたる。

「オリーヴァ、オリーヴァ、オリー！」

52

「オリーヴァ、気分はどう？」リリアーナが私の額に手を当てて、ベッドの隣の、さっきまで母さんがいた肘掛け椅子に座っていた。「よかった。熱は下がったみたいね。きっと暑気あたりよ」足を組んでいるので、ワンピースの裾から膝小僧がのぞいている。

「リリアーナったら、お医者様にでもなったの？」私は、その白くて形の整った膝をじっと見つめながら、冷やかした。

リリアーナはにっこり笑い、額にかかる前髪を掻きあげた。私が肘をついて上半身を起こすと、リリアーナはサイドテーブルの上にあった水の入ったコップを差し出した。彼女が片手を上げた拍子に、腋《わき》の下から胸の白い肌がちらりと見える。

「リリアーナ、そんな服装をして大丈夫？　気をつけないと危険な目に遭うわよ」私は思わず忠告した。

「気をつけるって、なにに？」リリアーナは相変わらず笑っている。

「私なんて胸もとまでボタンを留めて、頭には母さんのショールを巻いてたのに、ひどい目に遭わされた。そんな服装をしてたら、まるで自分から声を掛けてって言ってるみたいじゃない」

　リリアーナは目を伏せて自分のワンピースを見ると、ピンクの花模様を爪で引っ掻いていた。

「路上で誰かに侮辱されたら、私が悪いというわけ？」

　相手に質問を投げかけて再考を促す話し方は、リリアーナのお父さんによく似ている。私は、まだ全身がだるくて、あまり話す気力がなかったけれど、言い返した。

「そんな挑発的な服装で出歩いていて言葉で侮辱されるだけなら、むしろラッキーなんじゃない？　私なんてなにもしてないのに……」

　リリアーナはワンピースの花模様を引っ掻くのをやめて、自分の爪をじっと見た。

「つまりオリーヴァは、私のほうこそそういう目に遭うべきだって言いたいの？」

「リリアーナも、リリアーナのお父さんも、相手に思ってもいなかったことを言わせるのが得意よね」

　泣いているところをリリアーナに見られるのが悔しくて、涙を引っ込めようと力を入れたら、頬が充血し、熱がぶり返しそうになった。

「私だって、当然の報いだと言われるようなことはなにもしてない……」そう言うのが精一杯だった。

「オリーヴァ、そうじゃない。あなたは間違ってるわ」

　胸の内側から猛烈な勢いですすり泣きがこみあげた。

「あなたは間違ってる」リリアーナはそう繰り返しながら、サイドテーブルの上のハンカチで私の顔を拭いてくれた。「どんな人だろうと、当然の報いなんてあるわけない。悪いのはそうした行為に及ぶ男たちで、被害に遭う女性たちじゃないはずよ」

「リリアーナにはわからないのよ」私は涙ながらに反論した。「男たちには感情なんて理解できない。ロザリア先生の言ってたことは間違いだった。男は私たちとは違う生き物なのよ。男にとっての愛情は、肉体の奥に潜んでいて捌《は》け口《ぐち》を求める邪悪な衝動でしかない。だから女は自分で自分の身を守らなくちゃいけない。そして、それを怠ったら共犯者扱いされるの」

リリアーナは首を右から左へとゆっくり振った。「さっき、オリーヴァはなんて言った？私の服装が挑発的だって言ったわよね」リリアーナは確認するように自分のワンピースを見た。「ほらね。私たち女性が、胸もとが開きすぎてるとか、丈が短すぎるとか、身体にフィットしすぎてるとか、挑発的すぎるとか言って、率先して同じ女性を非難するのよ。男たちの考え方を正そうとしないどころか、彼らの言葉をそのまま繰り返してね。あなたがされたことは愛とは関係ない。愛というのはね、一方的に押しつけるものではなく、お互いに育んで……」

私は彼女の言葉をさえぎって、嫌みたらしく言った。「リリアーナは学校に通ってるものね。来年は教師の資格がとれるんでしょ。いろんなことを知っててさすがだわ。だけど、私がどんな目に遭わされたかは知らないでしょ？」

リリアーナは私の手を優しく撫でながら言った。「警察署に行くなんて、すごく勇気があると思う。オリーヴァのつらい経験が、ほかの女の人たちのために役立つことになるのね。望まぬ結婚や、家庭内の暴力や不幸に苦しめられている女の人たちが、いったいどれほどいることか」その声は、誰よりも早く構文解析を終えた私を褒めそやすロザリア先生を思い出させた。

「そんなんじゃないの。私はただ、足が痛かったから警察署に入って休んだだけ」そして、部屋の隅に転がったままの、ヒールのとれた靴を指差した。「ヴィターレ准尉だって、なにも拍手で迎えてくれたわけじゃない。あやうく追い返されそうになったのよ。訴えを起こしたら、裁判で争うことになって弁護士の費用がかかるし、内診も受けなければならない。屈辱的な質問もされるだろうって言われたわ。私は自分で自分の身の潔白を証明しなければならないらしいの。あの男は正義の側にいて、法律も彼の味方だから、彼との結婚を拒めば私の立場が悪くなる一方なんだって」

「立場が悪くなるのは彼のほうでしょ？　刑務所に入れられるんだもの」リリアーナはそう言いながら、まるで勝利を勝ちとったとでもいうかのように、握っていた私の手を高く掲げた。

「刑務所？　お金がある人は、いつだって罪を免れる。彼のお父さんは有力者にコネがあるし……」私は握られた手を振りほどいた。「准尉の言ったとおりよ。私は虚栄心をくすぐられた。彼の甘い言葉に釣られて、自分は世界一きれいなんだって思い込んでしまったのね。そんな虚栄心が……」

「彼に見つめられて、オリーヴァは自分がきれいだと感じた。それがなんだっていうの？」

「それが間違いの始まりだった」

「どうして？」

「もうやめて」私は耳をふさいだ。「それ以上なにも言わないで。私はあんなこと望んでなかった」

「重要なのはそこよ、オリーヴァ。あなたは望んでいなかった。見つめることと、相手を力ずくでものにすることはまったく別でしょ。あなたは一人の女性であって、鶏小屋の雌鶏じゃないのだから。私があなたの家に写真を届けに行った日のことを憶えてる？　あなたは雌鶏たちを囲いの外に出そうと追ってたのに、雌鶏たちはおとなしく引き返し、囲いのなかに入ってしまったでしょ。あんな雌鶏みたいになりたいわけ？」

私はベッドのヘッドボードに目をやった。

「あの時の写真はもうないわ。あの日の少女はもういないの。いい加減わかってよ」私は怒鳴った。「たしかに私は雌鶏並みかもしれないけど、リリアーナはロバよりも頑固よね」

「誰が？　私が？」リリアーナは足をばたつかせ、肘掛けに両手をついて立ちあがりかけた。ここで彼女に出ていかれたら、私は本当に独りぼっちになる。

「私が？」私は彼女の口真似をしながら、からかった。リリアーナが呆れて私を見ている。

「イオ《イーオ》、イオ！」私はそう繰り返しながら、ベッドの上で起きあがった。リリアーナはさっぱり訳がわからないという顔で、座りなおした。

「イオ、イオ、イオ！」私はもう一度ロバのいななきを真似ながら、頭にシーツをかぶってベッドから下り、ロバのように部屋じゅうを飛び跳ねた。

ようやくリリアーナの顔に笑みが浮かんだ。負けじともう一枚のシーツの端をつかんでマットレスから外し、肩に掛けた。

「私がロバだっていうなら、怖がりのオリーヴァは羊ね。ベエ、ベエー、ベエエー！」

「だったらリリアーナは、騒がしく鳴きたてるカエル。ケロケロ、ケロケロ、ケロケロ！」

「ムー」リリアーナが声をあげて笑いながら、また別の鳴き真似をした。

「ゲロッ、ゲロッ、ゲロッ」私も鳴き声で応酬しながら、リリアーナの頭に枕を投げつけた。

私たちはありとあらゆる動物の鳴き真似をしながら、部屋じゅうをぐるぐるまわって追いかけっこした。最後にはリリアーナが天井に向かって拳を掲げ、力強く宣言した。

「自由、万歳！　すべての生き物が自由を獲得する日がいつか必ず来ますように！」

私たちは声をそろえてそのフレーズを唱えながら、部屋のなかを行進した。

騒ぎを聞きつけて慌ててやってきた母さんが、シーツを身体に巻きつけた私たちを見て、呆《あっ》気《け》にとられている。

「いったいなんの騒ぎ？　動物園の檻《おり》が開け放たれたの？」私のことを見て、小首を傾《かし》げた。

「どうやら元気になったらしいわね」それから、小声で言い添えた。「乱れた服を直しなさい、オリーヴァ。あちらに、あなたと話したいという方がお見えよ」

53

キッチンの椅子に座ったカロさんは、網小屋で演説していたときよりも小柄に見えた。くつろいだ様子で眼鏡を外し、ズボンのポケットから取り出した布で拭いている。父さんと母さんがテーブルの反対側でその様子をうかがっていた。コジミーノの姿は見当たらなかった。

「元気そうでよかった」カロさんがいつもの優しい声音で言った。「リリアーナは、君のことが心配で、熱が下がったか毎日様子を見に来ていたんだよ」

「ご心配をおかけしてすみません」私は、ワンピースの胸もとを合わせているリリアーナを横目で見ながら、そう答えた。

「いいかい、オリーヴァ。忘れないでくれ。君は独りじゃない。小さなこの村では困ったときはお互い様だ」

私は、じりじりとした陽射しに焼かれながら広場を歩いていたとき、村人たちから注がれた視線を思い出して、下唇を嚙んだ。

「君のご両親にも話していたんだが、このあいだ、党の会合でナポリに行ったとき、女性たちが抱える問題について取り組む同志と知り合ったんだ」

「オリーヴァには母親がおりますので……」母さんがだしぬけに話をさえぎった。

「たしかにそうですが、ほんの二、三分でいいので、僕の話を聞いていただけませんか」カロさんの物腰はあくまでも柔らかだった。「そのうえで、あなた方が自由に判断してくださって結構ですから」

母さんは腕組みをして、窓の外の、作物の植わっていない畑を見やった。

「こちらをお訪ねする前に、勝手ながらその同志……マッダレーナ・クリスクオロという名の女性なのですが、彼女と連絡をとり、お嬢さんの件について話してみたのです。すると、そうしたケースに詳しい弁護士を一緒に探してくれると言っていました」

「アントニーノ、いろいろ調べてもらってありがたいが……」と、父さんが応じた。「見てのとおり、我が家には弁護士を雇えるような余裕はない」

「サルヴォ、金のことなら心配は無用だ」とカロさんが答えた。レンズを光に透かしてきれいに磨けたことを確かめてから、ゆっくりと眼鏡をかけた。「支払う必要はない」

「そうはいっても、なにかほかに見返りが求められるのでしょ？」母さんが怪訝そうに尋ねた。

「なぜ弁護士が報酬もなしに仕事をするのですか？」

「正義のためですよ」カロさんの返事は実にシンプルだった。

「正義のまわりは墓穴だらけだ、という諺《ことわざ》があるじゃないですか」母さんが溜め息をつきながら反論した。

カロさんは、集会でみんなの意見を聞いていたときと同様、表情ひとつ変えずに鬚を撫でている。「暴行されても、それを訴える勇気のある女性はごくわずかです。なぜだかわかりますか？　その背景には、恐怖心や羞恥心、そして無知があるのです。多くの人たちが、騒ぎを起こしたくないと思っている。そのために、強姦者を訴えるのではなく、娘に、自分の尊厳を踏みにじった相手と結婚することを強いるのです。さもなければ、娘をさらった男を見つけ出して銃で頭をぶち抜き、留置場に入れられる。その後、動機が娘の名誉回復だったと認められ、釈放されるのです。こうした法律はいずれも、古いメンタリティーの名残であり、我々の祖父母の時代まではよかったかもしれませんが、娘たちにはふさわしくありません。袋の中の胡桃《くるみ》がひと粒なら音は響きませんが、胡桃が何粒もあったらどうでしょう。声をあげないかぎり、物事はいつまでも変わりません」

「カロさん……」業を煮やした母さんが割って入った。「正直なところ、あたしはなんの音も立てるつもりはありませんし、ほかの人たちのために娘を闘わせるなんて、もっての外です。ヴィターレ准尉もはっきりおっしゃっていましたが、法律は……」

「アマリアさん、果たして法律は、近頃の家庭の実状に見合ったものでしょうか。例えば、子供を育てられる環境にない女性が妊娠したらどうなります？　中絶しかほかに選択肢がないこともあるでしょう。なのに教会はそれを罪だといい、法律は犯罪だという。闇堕胎師《マンマーナ》にすがるしかなく、傷が化膿《かのう》したり、出血多量で命を落としたりして、帰らぬ人となる場合も少なくありません。あるいは夫婦仲がうまくいかなくなったとき、どうします？　離婚が認められない以上、同じ屋根の下で、嘘をついたりごまかしたりしながら互いにひどく不幸な生活を送り続けるしかありません。名誉のための殺人や、償いのための結婚が刑法で認められているのと変わりません。あなたはそうした法律が正しいと思いますか？」

「たとえ間違った法律だったとしても、カロさん、あたしたちにそれを正せというのですか？それを正すのは政治の仕事でしょう。『頭が命じれば、尻は戦う』という諺があるじゃないですか。お上があたしたちになにかしてくれたことがありますか？　あたしは無学な女ですから、難しいことはわかりません」

「でも、オリーヴァはいろいろなことを知ってるわ」リリアーナが割って入り、私が座っていた木製のベンチの隣に腰掛けた。「時代だって変わった。私たちは、あなたたちが若かった頃とは違う。これまではそれが当然だったからと、簡単に受け容れたりはしないの。『ノー』と言うことで、一人の人生が変わることがある。そして、そんな『ノー』が無数に集まったとき、世界を変えられるのよ」

　母さんは、本に書かれている文章を意味もわからず読みあげる子供のような目でリリアーナを見つめていた。しばらくは誰も、どう話を続ければいいのかわからないようだった。やがて沈黙を破ったのは父さんだった。

「アントニーノ、君たちの話は実に素晴らしい。君は政治活動にかかわっているし、君の娘は教師になるために勉強してきた。だが、俺は自分の名前を書くのも精一杯だ。それでもひとつだけはっきり言えることがある。娘が助けを必要としているかぎり、俺は引き下がらない」父さんは、ひらいた手をテーブルの中央において、母さんの顔をじっと見た。母さんは深い溜め息をついて目を軽く閉じると、その上に自分の手を重ねた。リリアーナもカロさんもそれに続く。テルリッツィ先生が話していた円卓の騎士のように。

「さあ、オリーヴァ、おまえの番だ」父さんが促した。「思うままを正直に話すんだ。おまえに与えた損害を、結婚することによって償うというピーノ・パテルノと、おまえは一緒になりたいのか？」

　私は、テーブルの下から手を出して、ゆっくりとひろげると、ほかの人たちの手の上に重ねた。あの日からというもの私を苛み続けていた吐き気がようやく治まり、その代わりに言葉が、力強く、そしてはっきりと私の口から出てきた。

「いいえ。私はあの人とは結婚したくない」

　そう言った瞬間、それこそが、いま私の胸の内にある唯一の確信だと気づいた。

54

夕食がとっくに済んだ頃になって家に帰ってきたコジミーノは、なんだか落ち着かなげな様子で、目の下には隈ができていた。あの日、広場で別れて以来、五日連続で家には戻っておらず、寝にも帰っていなかった。久しぶりにコジミーノの姿を見て胸を撫でおろした母さんは、すぐさまコンロの前に立った。敢えてなにも尋ねず、とりあえずなにか食べさせようとした。コジミーノが食卓につき、母さんの料理した食べ物を口に運んでくれさえすればそれで十分だったのだ。

「腹は減ってないよ、母さん」コジミーノは取り付く島もなく、自分の部屋に籠もった。憔悴《しょうすい》しきった顔で帰ってきて、夜をどこで過ごしていたかも話さないまま、食事も要らないというコジミーノ。これもまた、私がみんなとは違う道を歩もうとした代償なのだろうか。ベッドのなかで私は寝つけずに何度も寝返りを打った。「眠る前にお話してよ」幼かった頃、コジミーノはよく私にせがんだものだ。「なんのお話？　もう寝る時間でしょ」私はもったいぶって言った。「ジュファのお話がいい」コジミーノは食いさがった。「もう忘れちゃった」と、私は嘘をついてみせた。「ジュファと牛の胃袋《トリッパ》のお話」「それは昨日の夜、話したばかりじゃないの」「それじゃあ、ジュファと盗まれた深鍋《ピニャータ》のお話がいい」「それは一昨日《おととい》話した」私は黙って弟の出方をうかがい、コジミーノが諦めて眠りそうになると、自分から言いだした。「今朝、学校で読んだロザリア先生の本のお話を思い出した」そしてコジミーノのゆったりとした寝息が聞こえてくるまで、話し続けるのだった。

廊下から足音が聞こえた。

「オリーヴァ、眠ってるのか？」ドアの向こうからコジミーノの声がする。

「眠れるわけないでしょ。入って」私は肩にガウンをかけた。

コジミーノは帰ってきたときの服装のままだった。隣で寝なよ、と私は声を掛けたかった。ジュファと山賊たちのお話をしてあげるから、と。でも私が黙っていたものだから、コジミーノはドアのところに立ったままだった。

「この何日か、サーロの家に泊めてもらってたんだ」尋ねもしないのに、コジミーノが話しだした。「ナルディーナがよろしくって言ってたよ。たまには遊びにおいでって」

「今度会うことがあったら、私からもよろしく伝えておいて」

コジミーノが暗闇を怖がり、眠りに就く前にお話してと私にせがんでいたのは、何年前のことだったろうか……。

「おまえは間違ってないとも言ってた」

コジミーノの言葉は、搾油機から搾り出されるオイルのように口から少しずつ滴り落ちる。一音節を発音するのに、オリーブの実をひと粒搾るのと同じだけの力がいるのだ。

「村人たちの陰口なんて気にせずに、自分の信じた道を行きなさい、オリーヴァはひどい目に遭わされただけで、なんの落ち度もないんだからって」

短く切りそろえた口髭、クリーム色のスーツ、両サイドをポマードで撫でつけた髪……そうやって粋がっているコジミーノだが、口から言葉を搾り出すのに苦労する様子は、子供の頃と少しも変わっていない。大変なのは女だけじゃない。きっと、男でいることも大変なんだろう。

「わかったわ、コジミーノ。ありがとう。おやすみなさい」

けれどもコジミーノは立ち去ろうとしなかった。ひょっとすると九歳の頃と同じように一人で眠るのが怖いのかもしれない。ドアのアーチ形の木枠の下に立ったまま、動かずにいた。

「サーロも、あの男との結婚を断ったのは正しい判断だって言ってた」

ナルディーナの言ってたことも、サーロの言ってたこともわかったけれど、あなた自身はどう思ってるの？　私はそう尋ねたかったが、黙っていた。ほかの人がなにを思うかなんて、いまとなってはどうでもよかった。

「それと、結婚は力ずくで手に入れるものじゃないとも言ってた」コジミーノは部屋の中に入りかけたが、途中で立ち止まり、後退りした。「女は雲と同じだってさ。無理やり型に嵌《は》めるんじゃなく、どんな形になるか見守ることが大切なんだって」

二角獣のマルフォリオの形をした雲が私の脳裏に浮かび、思わず口もとがほころんだ。「それで、コジミーノはなんて答えたの？」

「僕？」コジミーノの両頰が赤く染まった。「訊いてみたんだ。サーロだったら、そういう女と……」言葉に詰まり、目を伏せた。「そんな侮辱的な目に遭わされた女と結婚するかってね」

女は水差しなのだと、母さんはいつも言っていた。

コジミーノは顔をあげ、私の目をじっと見返した。「そしたら、なんて答えたと思う？」

私は首を右から左に振った。わかるわけがない。

「『いますぐにでも、彼女の足もとにひざまずく』だってさ」

55

私は日曜のミサに、祝祭日用の服ではなく普段着で参列した。もはや私には祝うべきものなどなにもない。聖体拝領のとき、イニャツィオ司祭が怪訝な表情でこちらを見たので、私は迷惑にならないよう座ったままでいた。「母さん、行ってきて」そう言って、母さんに順番を譲った。母さんは後ろを振り向いてご婦人方の反応をうかがい、二歩ほど祭壇のほうに進んだものの、考え直したらしく、またベンチに戻ってきた。

ミサが終わると、教会の入り口にクラスメイトが集まっていた。遠くから私の様子をこっそりうかがっている子もいる。そのうちにティンダーラが輪から脱け出し、私の傍らに歩み寄ったかと思うと、頬にキスをした。

「今度の水曜、あたしの誕生日なの。憶えてる？」

「そうなのね。少し早いけど、おめでとう」

「仲のいいお友達を呼んで、オレンジジュースとアーモンドクッキーを二つ配ることにしてるんだけど、オリーヴァも来ない？」

「残念だけど、その日は別の用事があるの」私は言葉少なに断った。わざわざ笑い者にされるために他人の家に行くなんて、まっぴらごめんだった。

ティンダーラは残念そうな顔をした。「結婚式の準備で忙しいんでしょ？」気持ちはよくわかるというように大きくうなずいてみせた。「あたしなんて、お式までまだ一か月もあるのに、もうへとへとだもの。結婚する頃には憔悴しきってるかも」そう言いながら、手を口に当てて笑った。

私は驚いて彼女を見返した。結婚式の準備って？　私がいったい誰と結婚するというのだろうか。

ティンダーラは私の腕をつかんで言った。「みんなの言うことなんて気にしないほうがいいわ」そうして背後にいるクラスメイトたちをちらりと見やる。「私たちは結婚するというのに、自分たちのところには話もないものだから、妬んでいるだけよ。すっかり噂の種になってしまったわね。みんな、会ったこともない相手と結婚するなんて信じられないって、あたしのことをさんざんからかっていたと思ったら、そのうちに飽きて新しい話題を探しはじめた。猫が牛の胃袋《トリッパ》を求めるようにね。そこへあなたが魚を投げたってわけ。あたし、みんなに言ってあげたのよ。相手の言うなりにならないあなたは偉いって。向こうが性急にことを進めすぎたのよ。それで、今度はカタツムリのペースで歩まざるを得なくなった。いっそ、婚約の条件を上げてやったら？　相手は家族で菓子店を経営していて、おまけに町でも手広く商売をしてるから、いつだって懐が潤ってるんでしょ？」

私は、ティンダーラにつかまれた腕を引き抜いた。みんなは、私がまだ和解《パチャータ》を受け容れていないのは、婚約金を吊り上げるためだと思っているらしい。

「どうしたの？」ティンダーラが意外そうな顔をした。「あたしはあなたの味方なのよ。あたしたち二人が友情を育まなければ、誰も友達がいなくなるわよ」

「ティンダーラ、お誕生日おめでとう。それに婚約もおめでとう」

私は彼女に別れを告げて、ひと足先に帰りはじめた母さんに追いつこうと、歩みを速めた。ティンダーラはクラスメイトのところへ戻り、また喋りはじめた。私は、みんなには挨拶もせずに、その場を立ち去った。私はもう彼女たちのグループの一員ではない。誰にも属していなかった。

56

ドアを開けに出たのはリリアーナだった。

「さあ、あがって。もういらっしゃってるわ」

これから軽食パーティーでも始まるかのように、いそいそと出迎えた。父さんが帽子を脱ぎ、玄関のなかに入っていく。私もそれに続いた。ダイニングテーブルの奥にカロさんが、その隣には濃い栗色の髪をショートカットにした女の人が座っている。私が部屋に入ると、その女の人が立ちあがってこちらに歩み寄ってきたので、男みたいにズボンを穿いていることに気づいた。

「やっと会えたわね」

その人は、長いこと会えなくて寂しかったとでも言いたげだった。それから両腕をひろげて私を抱き寄せた。私は血の気が引くのを感じ、息を止めた。あの出来事があってからというもの、人から抱き締められることを身体が拒絶するようになっていた。彼女は、私の筋肉が強張《こわば》っているのを感じとり、腕を緩めた。一歩下がって私のことを見つめ、顔を両手で包み込む。

「ごめんなさいね。アントニーノからあなたのことをいろいろ聞いていたものだから、昔から知っているような気になっちゃって……。よく考えたら、あなたは私のことをなにも知らないものね」そう言うと、きれいに並んだ白くて大きな歯を見せて笑った。「私の名前はマッダレーナ・クリスクオロ。イタリア女性連盟（一九四五年にローマで結成された女性団体）のメンバーをしているの」

前に、女性の単数形は存在しないとロザリア先生に抗議したことがあったけれど、やっぱりそのとおりだ。女はいつだって、集団にならないとなにもできないのだ。

「弁護士さんですか?」私はおそるおそる尋ねた。

「弁護士ではないわ」彼女はふたたび微笑み、カロさんのほうを見た。もしかすると、私のことをもっと頭のいい子だと思っていたのかもしれない。「活動家なの」

「活動家ってなんですか? 軍隊で戦う人?」私は困惑した。

「活動家というのはね、人々の生活をよりよくするために進んで社会に参加する人のことをいうの」彼女は、まるで小さな子でも相手にするかのように説明した。

「私たちは様々な闘いに取り組んでいます」続けて、テーブルの木目を人差し指でたどっていた父さんに向かって言った。「離婚や中絶を認める法律や、女性への暴力を阻止する法律を制定するように働きかけているんです」

離婚や中絶という言葉を聞いて、父さんが眉をひそめた。

「てっきり、弁護士さんとお話しするのかと思っていたので」私はそう弁明し、父さんの顔色をうかがった。父さんは顔をあげ、指の関節で二度ほどテーブルを叩いた。

「サベッラ弁護士なら、もうすぐ到着するわ」マッダレーナさんが請け合った。「オリーヴァ、先にあなたと女どうしで話がしたくて、少し早めに来たの」

彼女はなにが知りたいというのだろう。いったいなにを話せばいいんだろう。不意に私は、これまで経験したことのない疲労感に襲われた。あの出来事があった日から、私が耳にしてきたすべての言葉が重くのしかかり、脚、背中、肩……あらゆる骨格や思考に疲労が溜まっているかのようだ。誰もが私よりも詳しく知っていて、懐には答えを持っている。なのに私がどのように感じているのか尋ねてくれる人は誰もいないのだ。

父さんは相変わらずテーブルの木目を見つめていた。私は、父さんの座っている椅子の背もたれにつかまって、ようやく立っていた。

「私の部屋を使って。そのほうが静かに話せるから」と、リリアーナが提案した。

私とマッダレーナは、言われたとおりリリアーナの部屋に移動した。机の上は以前にも増して本や写真が積まれている。書棚の上に、リリアーナの撮った写真を収めたアルバムがひらいて飾ってあった。

「そういえば、うちの娘もとても腕のいい写真家だと、アントニーノが得意げに話していたわ」マッダレーナが部屋を見まわしながら言った。「それであなたは？　なにをしているの？　学校には通ってる？」

「師範学校の二年生まで通ったけど、中退しました」

マッダレーナがアルバムをめくると、見知った村の女の人たちの顔が次々に現れた。

「勉強が嫌いだったの？」マッダレーナが尋ねた。

チッチョさんの小間物屋の前に立つナルディーナ、母さんが刺繡を施した象牙色のベールをかぶって教会から出てくるシベッタ家の姉娘。聖具室の外にいるネッリーナ……。印画紙に焼きつけられた彼女たちのしかめっ面を見ることに、どんな面白みがあるのだろう。家から出るたびに、嫌でも顔を合わせるというのに。私は、彼女たちの顔を見ないで済むなら、お金を払ってもいいくらいだ。

「勉強は好きだったけど、女の子が賢くなりすぎるのはよくないって、母に言われたので。それに、あのことがあったから……」

「また勉強したい？」マッダレーナが尋ねた。

「いまさらそんなこと言っても……もう中退したのだし」私は小さな声でつぶやきながら、テルリッツィ先生のラテン語の授業のことを思い出した。あの頃はまだ、ロサ、ロサエ、ロサエというラテン語の格変化が、邪悪なことを遠ざけるおまじないだと本気で信じていた。

「独学で師範学校卒業の資格を取って、教師として働くことだってできるのよ。考えてみたことある?」

「父が心筋梗塞で倒れ、わずかばかりの畑や飼っていた雌鶏もダメになりました。私は、針仕事で暮らしていくつもりです。母さんに、刺繡の腕がいいって褒められたし……」

マッダレーナは黙ったまま、赤い厚紙の表紙のアルバムをめくっていた。返事も聞こえないほど集中して見ているようだった。

ひとしきり写真を眺めると、マッダレーナはふたたび話しだした。

「オリーヴァ、弁護士さんが来る前に言っておきたかったんだけど、きっとあなたが話したくないようなことも尋ねられると思う。でもね、それもあなたを助けるためだということを忘れないで。あなたが状況を詳しく話してくれれば、その分、あなたに有利に裁判を進めることができるんだから」

「あの男はどうなるんですか?」私はリリアーナのアルバムを見つめたまま、尋ねた。

「誘拐および性的暴行の罪に問われることになるでしょうね」

「でも、ヴィターレ准尉は、私の話なんて誰も信じてくれないし、裁判官が彼に有罪の判決を下すことはないって言ってました」

「その可能性も考えられるわ」マッダレーナは答えた「サベッラは優秀な弁護士だけど、裁判の結果まで約束できない。だから、もし裁判に訴えるつもりなら、なにより自分自身のために真実を追求するのだという覚悟が必要ね」

私は胃がぎゅっと締めつけられた。果たして自分が真実を追求したいのかどうか、よくわからない。通りの向こうで私を待っている彼の姿に何度も胸が高鳴ったのは事実だし、通りの向こうに誰もおらず、私の姿を追う視線が感じられないときには、がっかりしたのもまた真実だった。

マッダレーナは相変わらずアルバムのページをめくっていた。写真のあいだから不意に母さんの顔が現れる。誘拐された日に、私の肩に掛けてくれたショールを巻いていた。

「以前は、質問の答えが全部わかるから、学校へ行くのが楽しかったんです。でも、いまはもうなにもわかりません。村人たちは、私が教会で結婚式を挙げるだろうと思っているし、きっと母もそれを望んでいるのだと思います」そう言いながら、母さんの写真を指差した。「弟は、私が幼馴染みのサーロと結婚すればいいと思ってるけれど、同情されて結婚するのは嫌だし、彼の人生を不幸にしたくない。それに、そんなことをしたら、彼や彼の家族まで嫌がらせを受けるかもしれません。私の過ちの代償を彼らに負わせたくないのです。だからといって、もし私がここで引き下がったら、父をがっかりさせるでしょう。父は、今回の件であまりに多くの屈辱を味わい、心が傷つき、心臓の病にまでかかったのです」

私は膝ががくがくと震え、恥ずかしさのあまりマッダレーナの顔をまともに見られなかった。

「今回のことは私にも落ち度があった。そして、そのせいで大勢の人に迷惑をかけてしまった。それが事実です。私には勇気もないし、誰かのお手本になるなんてできません」

マッダレーナは私の手をつかみ、母さんの写真の上にのせた。「勇気というのはね、植物と同じで、手塩に掛けて育てていかなければならないの。土壌を整え、水を与え、陽射しが注ぐようにする。誰だって、一人では英雄になれないわ。だからこそ、私やサベッラ弁護士は、今日ここに来ることにした。望んでもいないことをあなたに無理やりさせるためではなく、もしもあなたが望むなら、安心して裁判に訴えることができるのだとわかってもらうために」

私たちはしばらく黙りこくっていた。開け放たれた窓からラジオの音楽が聞こえる。〈レナート、レナート、レナート〉ミーナの歌声だ。歌謡曲も嘘だらけだ。自由奔放でふしだらな女たちが、キスをしてくれないと男たちに不平を言う。現実の世界では、女は息をしただけで罪深いと言われるのに。〈レナート、レナート、レナート〉と繰り返されるリフレインが徐々に小さくなり、やがて聞こえなくなった。

「あなたの気持ちは?」マッダレーナが藪《やぶ》から棒に尋ねた。

いままで誰も私に訊いてくれなかった質問だ。私は目の前の母さんの写真を見ながら、まるで母さんに打ち明けるように言った。

「わからない。以前の自分がどんなだったかも思い出せないの……」

私の手が母さんの顔の皺の一本一本を、苦悩の一つ一つをなぞるのを、マッダレーナはなにも言わずに見つめていた。そこへリリアーナがやってきて、ドアから顔をのぞかせた。

「サベッラ弁護士がいらっしゃったわよ」

57

上座に座った弁護士が、黒い革鞄《かわかばん》から書類を出して自分の前に並べている。

「起こったことをすべて、時系列でたどってみましょう」私が父さんの隣に座るのを待って、彼は話を切り出した。「去る七月二日の夜、なにがあったのですか?」余計な前置きはいっさいない。

「弁護士さん、なにがあったもなにも……」と父さんが話しはじめた。「娘のオリーヴァが不《ふ》埒《らち》な若者に力ずくで連れ去られたのです。村では誰もが、胡散《うさん》臭い奴だと……」

「それはさほど重要な情報ではありません」弁護士は、几帳面《きちょうめん》な性格がうかがえる端正な文字で書き込みのしてあるノートを見ながら、話をさえぎった。

「重要ではないとは、どういう意味です？」父さんはかちんときたらしく、粗悪品をつかまされたとでもいうようにカロさんのほうを見た。

「デナーロさん、ご説明しましょう」サベッラ弁護士が眼鏡を掛けなおし、髪を撫でつけながら話しはじめた。「裁判官にとっては、被告がどのような評判の人物なのかが重要なのではなく、なにをしたのか、そしてそれを本当にしたのかが重要なのです」

父さんは頭を抱えた。「それが法というものなのですか？　罪人《つみびと》の前で、善人が我が身の潔白を証明しないといけないのでしょうか」

「法律的には罪人《つみびと》という概念は存在しません。有罪か無罪かがあるだけです」

父さんは、それ以上なにも言い返せずにうなだれた。カロさんとリリアーナは困惑している様子だ。私は、弁護士さんに理解してもらえない父さんを憐れに思い、この場から逃げ出して、家まで走って帰りたいという衝動に駆られた。ロザリオの祈りの最中にシベッタ夫人の家から逃げ出したように。けれども、マッダレーナの顔を見たら、いましがたリリアーナの部屋で言われたことが頭に浮かんだ。

「弁護士さん、私の話を聞いていただけますか？」おずおずと口をひらくと、みんなの視線が一斉に私に注がれた。ただし、サベッラ弁護士だけ万年筆を握り、白い紙を見つめている。

「どうぞ話してください」

私は、心臓の鼓動が部屋じゅうに響いているのではないかと思うほど緊張した。私にとって常に友のような存在だった言葉が、どこかに逃げ出してしまったらしく、いくら探しても見つからない。いままで私は、サーロをかばったり、ロザリア先生の味方をするために話してきたけれど、ここでは自分自身のために話さなければならないのだ。口をひらいてはみたものの、喉の奥で言葉が溶けてしまい、声にならない。あの出来事を言葉で語ることは、もう一度体験しなおすことを意味していた。しかも今度はみんなの前で、逃げも隠れもできずに話さなければならないのだ。私は胸もとに手をやり、ブラウスのボタンをまさぐった。学校で先生に質問されたとき、スモックのボタンをまさぐっていたように。目を閉じると、私は教壇の前に立っていて、目の前にはテルリッツィ先生が、背後にはクラスメイトたちがいる。しっかり復習し、授業内容もすべて理解している。いつもと同様、きっといい成績を収めるに決まっている。私はようやく息をつくことができ、言葉が一語ずつ口から出てきた。まるで他人の身に起こったことを話しているかのように。もはや自分が自分ではなくなったかのように。

「ことの経緯《いきさつ》はこうです。私は、十六歳の誕生日の夕暮れに、独りで家に帰ろうとしていました」

ロサ、ロサエ、ロサエ……おまじないの効力が戻ってきたようだ。サベッラ弁護士は、私の話に注意深く耳を傾け、目の前にひろげたノートに書きとめている。ときおり眉を吊りあげることがあったが、その表情がなにを意味しているのかよくわからなかった。私に同情しているのだろうか、それとも非難しているのだろうか。リリアーナの顔から血の気が引いていく。その話は、リリアーナにもしたことがなかった。

「何日か経つうちに、日付の感覚がなくなってしまったんです。それで、残された力をふりしぼってドアを叩きました。お願いだから戻ってきて、と頼んだのです。彼にどうせそうなるだろうと言われたとおりでした」

私は父さんの顔をまともに見られず、黒の万年筆でせっせと記録をとりつづけるサベッラ弁護士を見ていた。マッダレーナはテーブルの一点を見つめていた。きっと私に幻滅したのだろう。彼女だったら、自分を誘拐した男に屈するようなことは絶対にしないはずだ。男の名前を呼んで、戻ってきてと懇願するくらいなら、飢えと喉の渇きで死ぬことを選んだにちがいない。私は途中で声がかすれたものの、終わりまで話すことができた。軍警察官《カラビニエーレ》たちの声が聞こえてきて、逃走と追跡が始まり、木立のあいだから父さんの姿が見えたところまで。

私が話し終えると、部屋が静まり返り、弁護士の手に握られた万年筆も音を立てなくなった。ほどなくキッチンからお鍋の音が聞こえてきた。フィーナさんが昼食の支度を始めたようだ。ほかの人たちの生活は何事もなかったかのように続いている。私にとっても、以前はすべてがもっと単純だった。朝、目を覚ますとキッチンから食器の音が聞こえ、様々な考えが浮かんでは消えた。ゆったりとした倦怠のなかで日々が心地よく過ぎていた。それがいままでは、朝、目を開けた瞬間、恐怖心に襲われ、そのまま夜までがんじがらめにされる。

「あなたが連れ去られるところを目撃した人はいませんか?」サベッラ弁護士が尋ねた。

夕食どきだったから、通りを歩いている人はほとんどいなかったし、商店の人たちはみんな店じまいで忙しくしていた……。けれども、後ろから近づいてくる足音にどきっとしたことが、ふと記憶によみがえった。ティンダーラのお父さんが、軽く会釈しながら私を追い越していったのだった。

「サンティーノ・クリザフッリさんが通りかかりました。もしかしたら、なにか聞いたかもしれません」

マッダレーナが大きくうなずき、人差し指と中指を交差させた。

重苦しい沈黙が続き、私はいたたまれなくなった。「皆さんに迷惑をかけてごめんなさい。男の人と目を合わせ、言葉を交わしただけで、こんなことになるなんて……」

サベッラ弁護士が眼鏡を外して私を見た。「お嬢さん、あなたはなにも悪いことをしていないのですから、謝る必要も、申し訳ないと思う必要もありません」険しい表情のままそう言った。「たとえあなたが、その……」ひと呼吸おいた。「若者と約束をなにか交わしていたとしても……」

私はそれを否定するために、勢いよく首を横に振る。弁護士は構わず話し続けた。

「たとえあなたが彼をそそのかすようなことをしたとしても、たとえあなたが彼に好意を持っていたとしても、あるいはお二人が結婚の約束をしていたとしても……」

私は自分の指を強くつねり、胸の奥の痛みを紛らわせた。

「ここで重要な意味を持つ質問はひとつだけです。すなわち、あなたがパテルノと関係を持つことに同意していたか、同意していなかったか。あなたは、彼の誘いを受けるか否か、自由に選べる状況におかれていましたか？　それとも極度の衰弱や空腹、あるいは脅迫や腕力や精神的侮辱によって、強要されたのですか？」

「私は望んでいなかった。でも……」

「暴力にはね、身体的なものと精神的なものの二種類があるの」そのとき初めてマッダレーナが口を挿《はさ》んだ。「あなたは、その両方の被害を受けていたことになる。あなたは彼と一緒にいることを自発的に選んだのではなく、意思に反して連れていかれたのでしょ？　それは愛じゃなくて、強制よ」

そこへフィーナさんがエスプレッソを運んできた。サベッラ弁護士はその黒い液体をひと口で飲み干し、カップをテーブルに置いた。それからテーブルの上の書類を丁寧に集め、グレーのファイルに収めると、革鞄にしまって立ちあがった。

「私が知りたかったことはこれですべて明らかになりました。ですが、オリーヴァさん、決めるのはあなたです。ただし、あなたは未成年ですから、ご両親とよく相談して決めてください。

もしもパテルノを相手取って訴訟を起こす決意を固められたら、私は弁護を引き受けるつもりです。謝礼は要りません」

私はサベッラ弁護士を玄関まで見送った。彼は別れ際、壁によりかかってうつむいていた私にこう言った。

「オリーヴァさん、あなたはなにも悪いことはしていません。一人の少女だというだけです」

58

ヴィターレ准尉はほとんど無言のまま何枚かの書類を作成した。そして私たちが立ち去るときに、ぽんと父さんの肩を叩いただけだった。私たちは裏道を通ってうちへ帰った。それ以来、私は外に出なくなった。フォルトゥナータ姉さんのように。

私は彼を刑務所に送り込むつもりでいたのに、結局のところ自分で自分を幽閉したのだ。毎日が同じように明けては暮れていく。両親は私を家に独りにするのが心配で、必要最低限しか外出しなくなった。訴訟を起こしたことがひろまると、父さんは村人たちからの信頼を失った。父さんの代わりに、ピエトロ・ピンナが市場までカエルやカタツムリを売りに行ってくれた。コジミーノは職を転々とし、一日じゅう私たちと家にいることも多かった。

晴れる日もあれば、雨の降る日もある。風の強い日、私は窓の内側から木の葉が空に描く模様を眺めた。夜になると、勇気を出して少しだけ庭に出てみることもあった。滅茶苦茶にされた畑の隅で、父さんが野菜を育てていた。

その日、ドアをノックする音を聞いた母さんは、反射的に両手で顔を覆って、後退りした。

もはや私たちを訪ねてくる人たちはいなかったので、何者かが私たちに危害を加えに来たのではあるまいかという恐怖に駆られたのだ。のぞき窓から外の様子をうかがっていた母さんが言った。

「ズボンを穿いて、男みたいに髪を短く切った女の人がいるわ」

家に入ってくるなり、マッダレーナは私と母さんを順に抱き締めた。「アマリアさん、ようやくお目にかかれて嬉しいです」母さんは圧倒されて、一瞬身体を引っ込めたものの、彼女をキッチンに通した。

「これを持ってきたの」マッダレーナはそう言って、いかにも重そうな鞄の中身を私たちの前でひろげてみせた。

「ちょうど新しい本が欲しいと思ってたところよ。お昼にパンに挟んで食べようかしらね」カラブリア方言で皮肉をつぶやいている母さんを後目《しりめ》に、私はマッダレーナを連れて自分の部屋へ行った。

マッダレーナが机の前に座ると、いつもより部屋が広々と感じられた。彼女の存在が空間をひろげるのだ。部屋の隅に積みあげてあった本のタイトルを眺めて、大きくうなずいた。

「本が好きなのね」

「小学校のときの担任の先生がくれたんです。何度も繰り返し読んだ本もあります」

「今日私が持ってきたのは小説じゃないの」彼女はそう言って、机の上に本を積みあげた。きれいな色の表紙には、イタリア語文法、数学、歴史、地理、ラテン語などと書かれている。

「学校は辞めたんですけど……」私は抗議した。

「家で勉強を続けてみたらどうかしら。わからないところはリリアーナに教えてもらえばいいわ。実はね、教科書を貸してくれたのもリリアーナなの。独学で認定試験に受かれば、教員資格が取得できる。そしたら自分の手で稼げるようになるから、ご両親に頼らなくても大丈夫だし……」マッダレーナは言葉を選んで続けた。「ほかの誰かに養ってもらう必要もないでしょ？」

私は指先で本の背表紙を撫でた。たしかに、黒い制服を着て、リリアーナと一緒に歩いて学校に通い、授業を受け、放課後は家で机に向かい、宿題に没頭する日々が私は好きだった。もしかして勉強を再開すれば、一日の生活にリズムが生まれ、日付の感覚も戻ってくるかもしれない。そうすれば、この監獄のような生活も短く感じられるだろう。

「だけど私にできるかどうか……」私は正直に不安を吐露した。

「私だって、最初はできるかどうか自信のなかったことがたくさんあったわ」マッダレーナがきれいに並んだ白い歯を見せて笑った。「二十歳のときにね、何人かの同志と一緒に、困窮している南部の子供たちを列車に乗せて北部に連れていき、余裕のある家庭で一定期間預かってもらうプロジェクトを立ちあげたことがあったの。そのとき、まわりの人たちになんて言われたと思う？　コミュニストは子供たちを連れ去って食べるんだろう、なんてひどいことを言われたの。それでも怯《ひる》まずに計画を進めたら、いつしか大勢のお母さんたちが私たちのことを信じて、子供たちを託してくれるようになったわ」

「先生、ミント入りのアーモンドミルクはいかがです？」ドアから顔をのぞかせて、母さんが尋ねた。

「ありがとう、アマリア。喜んでいただきます」マッダレーナが立ちあがり、私たちは一緒にキッチンに戻った。「でも、先生と呼ぶのはやめてください」

「教科書を持っていらしたので」と、母さんが言い訳した。

「私は大学を出ていません。独学で教員資格を取得して、子供たちに教えているだけです」

「政治に携わっているのかと思ってました」

「政治には、私たちの誰もがなんらかの形で携わっています。すべてが政治とつながっているんです。私たちの選択の一つ一つが政治であり、自分や他人のためになにをし、なにをしないかということが、政治なんです」

母さんはテーブルにグラスを三つ並べ、乳白色の液体を注ぐと、水で薄めた。

「大きな町に住み、決まった職もあり、昼も夜も食べるものに困らない暮らしをしていれば、他人の役に立つためになにかすることも、それほど難しくはないのでしょうけど……」母さんは小声で言って、わざと音を立ててアーモンドミルクをかき混ぜた。「実はね、あたしも町で生まれ育ったんですよ」まるで何十年も昔の光景に焦点を合わせるかのように、目を細めている。「それが、夫のサルヴォに出会ってすっかりのぼせあがり、彼の住むこの村についてきてしまったというわけです。両親に反対されたので、こっそり家出をしてね。二十年前のことだから、結婚相手を自由に選ぶことは難しく、駆け落ち《フイティーナ》するしかほかに方法がなかったんです。でも、いまは……」

母さんは、私のほうをちらりと見ながら、それぞれのグラスの下にコースターを敷いた。そして、出窓の鉢植えから葉を数枚ちぎり、蛇口の水で洗った。ミントの香りがキッチンいっぱいにひろがる。

「あたしは、嫁入り道具も持参金もなしに、愛のためだけに結婚しました。ほどなく子供にも恵まれ……一人目は長女のフォルトゥナータ、その四年後には、オリーヴァとコジミーノの双子。三人の子供の母親になったら、自分の子供たちのことで精一杯で、他人のことなど考える余裕はありませんよ。あなたは、結婚しないで自由の身でいることを選んで正解でしたね」母さんは、グラスにミントの葉を入れると、もう一度かき混ぜてからマッダレーナに差し出した。

マッダレーナはアーモンドミルクをひと口飲んでから話しはじめた。「実は私にはオリーヴァよりも少し年上の娘がいるんです」

母さんがすかさず、マッダレーナの手に結婚指輪があるかチェックする。

「十八歳のときに妊娠していることがわかったのですが、子供の父親は、自分はなにも知らない、自分には関係のないことだと言い張りました」

母さんはアーモンドミルクの瓶を戸棚に戻してから、マッダレーナの隣に座った。

「私は、だったら別に構わない、一人で育てようって思ったんです。けれども、世間の目を恐れた父が私の妊娠を隠したがり、出産までのあいだ、田舎に住んでいた叔母の家に行かされました。私はお腹のなかで赤ちゃんが日々大きくなっていくのを感じながら、この子はどんな人生を送ることになるのだろうと不安でたまりませんでした」

「それで、どうなったんです?」アーモンドミルクのグラスに手を伸ばしながら、母さんが尋ねた。

「生まれてすぐ、娘と引き離されました。私に内緒で両親が娘を連れていき、子宝に恵まれない夫婦の許に養子に出してしまったんです」

束の間、三人のあいだに流れた沈黙は、グラスの割れる音によって破られた。母さんが胸に手を当てて、アーモンドミルクの白い液体がテーブルクロスにひろがるのを呆然と眺めていた。

「まあ、あたしったら、とんだ粗相をしてしまって……」慌てて雑巾を取りに立った母さんの目は、涙に濡れていた。

私もマッダレーナも立ちあがり、グラスの破片を拾い集める。

「失礼しました。ごめんなさいね」母さんが繰り返し謝った。そして一人で片付けるから座っているようにと私たちに手ぶりで命じた。

それでもマッダレーナはどろりとした液体のあいだに残ったガラスの破片を集めるのをやめようとしない。「私たちは女どうし助け合うべきなのです。誰もが心の内に傷を抱えているのだから」と言いながら。

三人で片づけたので、あっという間にテーブルは元どおりきれいになった。

「アントニーノ・カロからオリーヴァの身に起こったことを聞いて……」マッダレーナは椅子に座りなおして、ふたたび話しはじめた。「ぜひ本人に直接会って、怖がらなくて大丈夫だと伝えたいと思ったの。一人の女性の身に起こったことは、すべての女性の問題なのだから。私は、娘と引き離されてからというもの、誰にも会わずに田舎の叔母の家で一年以上暮らしていた。なにもかも自分のせいで、私の人生はもう終わったのだと思っていたわ」

「娘さんを取り戻すことはできなかったのですか？」まだ頬を赤く染めたままの母さんが尋ねる。

「尋ね歩いたところ、ようやく娘を引き取った夫婦を突き止めることができました。とてもいい人たちで、娘はきちんとした教育を受けさせてもらい、大学で数学を学んでいます。ある時、娘にひと目会いたくて、大学の門の前で待っていたことがあります。すると、学友たちに囲まれた娘が現れました。一瞬、彼女の視線と私の視線が交わり、彼女がこちらに向かって歩いてきました。私は二十年前に、娘の胎動を初めて感じたときのような感動を覚えたのです。ほんの短いあいだでしたが、お互い面と向き合って見つめ合ったように思いました。ところが、娘はそのまま私の横を通りすぎ、すぐ後ろにいた恋人の胸に飛び込んでいったのです。娘のことを迎えにきていたのでしょうね」

「それで、なにも話さなかったのですか？」私は、氷のように冷たくなった手を揉みながら尋ねた。

「その姿を見ただけで、言葉を介さずとも私が知りたかったことはすべてわかりましたから。美しくて、健康的で、幸せそうで、友に囲まれ、逞しい腕に支えられている。それこそ、私が娘のために望んでいたものでした。彼女にそれを与えたのが誰だろうと構わない。子供がいつの日か親の背丈を越えて、自分の道を歩いていく。それ以上の望みがあるでしょうか」マッダレーナはそう話を締めくくった。

母さんは首を横に振ると、出かかった言葉を胸の内に抑え込もうとするように口に手を当て、天を仰いだ。

59

数日後、マッダレーナはナポリへと帰っていったが、それから毎週決まって手紙をくれるようになった。私はいつもすぐに返事を書き、コジミーノに頼んで投函《とうかん》してもらう。七日ごとに手紙を一通。それもまた、なかなか過ぎない時間をやり過ごすための方法だった。

届いた手紙は、机の引き出しにピンク色のサテンのリボン——母さんからもらった、シベッタ家の妹娘のドレスの端切れだ——で束ねてしまっている。届いた手紙のなかには、一通だけ破いて捨てたものがあった。マッダレーナからではなく、フランコからの手紙だった。郵便配達の人が届けてくれた封筒に彼の名前を見たとき、私は開封する気になれなかった。やがて『汚れなき抱擁』のアントニオによく似た彼の横顔と、道具小屋の裏手で下腹部の奥にこみあげた感覚を愛だと思い込んでいたときのことを思い出し、思い切って封を開けた。叔父に手紙を代筆してもらっているという断り書きに続いて、母親の言うことに逆らえなかった自分を毎日悔いている、せめて、自分には欠けていた勇気を持ったその男性と結ばれて君が幸せになりますように、君の幸せをひたすら願い、神の恵みがあることを祈っている、君のことは生涯忘れない、と書かれていた。

私は便箋を破り捨てた。怒りからではない。ただ心が痛んだのだ。


リリアーナは学校の帰りに毎日うちに寄り、宿題を見せてくれた。彼女が教室で答え合わせをし、それを私が家で復習する。私は、昨年度のカリキュラムを一から学び、今年度の授業にもついていかなければならなかった。大変だけど、うまくいけば七月にはリリアーナと一緒に教員資格がとれる。最初のうち母さんは、私が村の子たちと試験を受けに行くことに反対していたが、最終的には考え直し、試験の日に着ていく服を縫いはじめた。

私と父さんは以前のように朝早く起き出しては、カエルやカタツムリを捕まえに行き、静かな時間を共有するようになっていた。

ある日、明け方の薄暗い曇り空の下、もうすぐ家に帰りつくというところで私は父さんに尋ねた。「父さん、私はいま正しい道を歩んでる?」

父さんは家のドアを開けて帽子を脱ぐと、玄関のベンチチェストの脇にバケツを置いたきり、いつものようにだんまりを決め込んだ。

「父親のくせに、なにも言わないの?」私はいらついた。「なにもしないの?」朝露で濡れた上着を脱ぎ、床に投げた。父さんはそれをゆっくりと拾いあげ、洋服掛けに掛けた。

「俺になにをしてほしいんだ?」父さんはかすかな笑みを浮かべ、バケツの隣にしゃがみ込むと、カタツムリを大小の二種類に分けはじめた。

「おまえは姉弟《きょうだい》とは異なり、小さい頃から野畑についてくるのが好きで、どんな仕事も嫌がらなかった」

父さんの手がカタツムリを選《え》り分けるたびに、殻が小さな音を立ててぶつかり合った。それが私の質問とどんな関係があるのだろう。父さんは訊かれたことにまともに答えた例《ためし》がない、とぼやく母さんの気持ちがよくわかった。

「もう忘れたかもしれんが、おまえが五歳か六歳ぐらいだった頃、二日ばかり雨が降り続いたあと、いつもと違う道を歩いて家に帰る途中で足を滑らせて、使われていない掘り抜き井戸に落ちたことがあったんだ。おまえは悲鳴をあげる暇もなく、地面のなかに吸い込まれた」

父さんの話を聞いて、そのときの光景が脳裏にまざまざとよみがえった。いくら足をばたつかせても井戸の底には届かず、土の混じった水が口からも鼻からも入ってきたのだった。

「あのときは底まで沈むかと思った」私はその時の感覚を鮮明に思い出し、震えを抑えるために両手で腕をこすった。目を閉じると、私をつかみ、ぬかるんだ泥から引っ張りあげてくれた父さんの逞しい腕の感触がよみがえる。「父さんが助けてくれたのよね」小声で言った。

選別を終えると、父さんは大きいほうのカタツムリを盥《たらい》に入れた。そのままお腹の中がきれいになるまで放置してから、市場へ売りに行くのだ。市場で高く売れるのは大きいカタツムリだけだ。バケツに入っている小ぶりのカタツムリは私たちが家で食べ、殻は砕いて作物の肥料にする。

「だから、知らない場所には独りで行かないほうがいいのさ。さっき、なにもしないのかと訊かれたが、父さんにできるのは、おまえがつまずいたときに手を差し伸べることだ」

60

クリスマス前日の明け方、ネッリーナがうちのドアをノックした。

「ネッリーナ、悪いが、今日は来客はお断りなんだ」父さんがドアを少しだけ開けて言った。

「どうして？」ネッリーナがむっとした。

「猫がいつまで経っても戻ってこないから、心配でな」

ネッリーナは一瞬言葉に詰まったものの、訊き返した。「お宅、いつから猫を飼ってるの？」

「なるほど、だから戻ってこないのか」父さんがとぼけてみせた。

「サルヴォ、ふざけるのはやめてちょうだい。大切な話があって来たの」

「こんな朝っぱらにか？」父さんは相変わらず彼女を中に入れようとしない。

「オリーヴァのことよ」

「そいつはどうも。オリーヴァならお蔭様で元気にやってるよ。イニャツィオ司祭によろしく伝えてくれ」

見かねた母さんがあいだに入り、ネッリーナをキッチンに招き入れた。

「訴えを取り下げてくれるなら、オリーヴァにお礼をしたいと彼の家族から伝言を頼まれたの」ネッリーナが話を切り出し、右手の親指と人差し指をこすってみせた。「たいそうなお礼だそうよ」

私とコジミーノは隣の部屋で三人の会話を聞いていた。

「あいつら、金でおまえを買うつもりなんだ」コジミーノが口髭をさすりながら言った。「まるで財布をちらつかせさえすれば問題が解決するとでも思ってるみたいだな。女の名誉に値段なんてない。金では買えないし、守ってくれる法律もない。法廷も判事も、すべて茶番だよ。僕だったら裁判どころじゃ済まさないね」

私は人差し指を口の前に当てて、静かにと合図をする。最初のうちは声が重なり合ってよく聞き取れなかったが、やがて父さんの声がはっきりと聞こえた。

「ネッリーナ、ひょっとしてあんたは、市場に牝牛《めうし》でも買いに行くつもりだったんじゃないのか？　だとしたら道を間違えたんだね。うちには金で売れるようなものはなにもない」

ネッリーナは気を悪くしたようだったが、すぐに言い返した。

「そんなことが言えるのはいまのうちだけよ。何年も先のことを考えてごらんなさい。お金を受け取っておけば、将来必ずオリーヴァの役に立つはずだわ。お宅だって、お金があり余ってるわけじゃないでしょうに……」

ギィーッと椅子を引きずる音がした。母さんが立ちあがったようだ。

「ネッリーナ、お願いだからよしてちょうだい。あたしたちはもう、そんな申し出を聞くのもうんざりなのよ。オリーヴァはいま、教員の資格をとるために勉強を始めたわ」おそらく私にも聞こえるようにだろう、母さんは大声を張りあげた。「だから、他人様《ひとさま》の施しはお断りします」それから、最後にカラブリア方言で付け加えた。「どうぞ、よい一日を」

コジミーノと私は驚いて顔を見合わせた。ネッリーナに対してはもちろん、村の誰に対しても、母さんは一度だってそんな居丈高な物言いをしたことがなかったからだ。平穏な生活を守るために、そして村人たちからの反感を買わないために、誰に対しても「仰せのとおり」と言う習慣があった。そんな母さんまで、いまや「ノー」と言うことを学んだのだ。

ネッリーナは、然《しか》るべき形で問題を解決するためには脅すよりすかしたほうがいいと言い張った。彼らは冗談が通用する相手ではない、七つの大罪のひとつである傲慢は、往々にして捨て去ったほうが身のためだと忠告したのだ。

ようやくネッリーナが帰っていくと、私と母さんは彼女の訪問についてはいっさい触れず、クリスマスイブの晩餐《ばんさん》の支度にとりかかった。

私たちは心穏やかに毎年恒例の作業に勤《いそ》しんだ。パン生地を捏《こ》ね、オリーブオイルを注ぎ、ニンニクを細かく刻み、トマトの皮をむき、火をつけ、鍋を洗い、カトラリーを磨く。そうやって夕刻まで、晩餐の支度を続けた。母さんはとくに指示をするわけでもなく、私がなにか手順を間違えても咎《とが》めず、好きなようにやらせてくれた。まるでそれまでこだわってきた決まりごとをすべて放棄したかのように。ときどきコンロから視線をあげ、はにかむように私に微笑みかけた。

家族でテーブルを囲んでいたら、ふたたびドアを叩く音がした。ネッリーナの「脅したりすかしたり」という言葉が頭にちらつき、全身の血が凍りつく。すぐにまた、先ほどよりも激しくドアを叩く音がしたので、母さんがのぞき穴に目を当てた。けれども外が暗すぎて誰だかわからない。父さんが、物音を立てずに居留守を使うよう、私たちに小声で言った。三度《みたび》ドンドンドンとドアを叩く音がし、ドアの向こうから声が聞こえた。「開けて、私よ」私たち家族は、夢でも見ているのかと思って顔を見合わせた。

ドアを開けると、フォルトゥナータ姉さんが頭からショールをかぶり、髪までずぶ濡れになって歯をがちがち言わせていた。慌てて家に招き入れたが、姉さんは目のまわりに外の暗闇よりもさらに黒い隈をつくって震えながら、黙っている。おそらく寒さのせいだけではないのだろう。打ちのめされた犬のような目で私たちの顔を見た。母さんは乾いた服を姉さんに渡し、椅子を持ってくるようコジミーノに言った。私たちはなにも尋ねずに、フォルトゥナータ姉さんが食べ物と飲み物を口にするのを待った。やがて、姉さんが自分から話しだした。

「私はこの四年間、夫から侮辱され、殴られ、罵倒され、地獄のような生活に耐えてきた。お腹の子を流産したのも、あの人のせいだったの。あの人が、そんなの俺の子かどうかわかったもんじゃない、おまえはふしだらな女だ、俺と一緒になりたくて、余所《よそ》の男に頼んで子を孕《はら》み、俺をだましたんだろうって言い張って……。私が無理やり彼に結婚を迫ったというの？　あの人と一緒になるまで、私は結婚がどんなものかも知らなかった。四年間も家に閉じ込められ、誰にも会わせてもらえず、大切な家族と話すこともできなかった。それでも私は、こんな状況に陥ったのは自分のせいだと思って、じっと耐えてきた。我慢するのよ、耐え忍んでこそ強い女性といえるんだから、と自分に言い聞かせてね。なのに、この四年、あの人は毎日のように出歩いては外で好き放題、私は家のなかで朽ちていくばかり。それでも我慢した。洪水のときにはしなやかに身体を曲げ、決して流されることのない葦《あし》でありなさい、と父さんが教えてくれたようにね。私はそうやってずっと耐えてきたはずだったのに、とうとう最後の一滴で容器から水があふれ出してしまったの」

　フォルトゥナータ姉さんの声を聞くのは、姉さんの結婚式の日以来だった。あの日、姉さんはウエストをぎゅっと締めつけた花嫁衣裳を着て、作り笑いを浮かべるムシャッコの隣に立っていた。あの日から姉さんはずっとあの家の壁に囲まれ、苦痛に耐えてきたのだ。

「今日の夕方、あの人があのならず者をうちに連れてきたのを見た瞬間、私の堪忍袋の緒は切れてしまった。『夕食に客人をお招きした。急いでもう一人分の食器を用意しろ。おまえの義弟がな、父上と喧嘩したから、うちで俺たちと一緒にクリスマスイブを過ごしたいそうだ。栄誉なことだと思わないか？』そう言われて、私はすっかり頭に血がのぼってしまったの。『義弟ですって？　妹は、この男を法廷に引きずり出そうとしているのよ。祭壇じゃなくてね』きっぱりと言ってやったわ。そしたら夫に頬を平手打ちされて、こう言われたの。『おまえたち姉妹はそろいもそろって阿婆擦《あばず》れだな。金《デナーロ》のためなら、なんだってするんだ。まあ、名字がデナーロなのもうなずけるというもんだ』私は怒りが抑えきれなくなってね、食卓を一周まわって、あの人のお祖母《ばあ》様の形見の祝祭日用のお皿を集め、いっぺんに床に叩きつけたうえに、唾を吐きかけてやったの。あの人は口も利けずに呆然としてたわ。予想外だったんでしょうね。よもや私が抵抗するなんて、これっぽっちも思ってなかったのよ。私は自分の部屋に駆け込んで身のまわりのものをバッグに詰めると、玄関から飛び出し、無我夢中で階段を駆け下りたの」

　私たちはなにも言わずに話を聞いていた。姉さんがそんな思いをしていることを私たちは知っていたのだろうか。それとも知らなかった？　たとえ知らなかったとしても、想像することはできたはずではないのか。それでも私たちはなにもしなかった。全員が、黙って見過ごしてきたこととの共犯者なのだ。

「父さん、赦して」フォルトゥナータ姉さんは謝った。「もしこの家においてもらえないなら、私は修道院に行くわ。あの家には絶対に帰らない」

　父さんは無言でフォルトゥナータ姉さんに歩み寄り、額にキスをした。父さんと姉さんが顔を寄せると、同じ色の髪が交じり合った。

「みんなでクリスマスイブを祝うことができてよかったわ」と、母さんが深い溜め息をついて言った。「とにかく今晩はゆっくり寝ましょう」そして、これまでにない優しい笑みを浮かべた。「すぐにベッドの支度をするわね」

　首を横に振りながら寝室に向かう母さんの後を、フォルトゥナータ姉さんと私が追いかけた。父さんとコジミーノはキッチンに残って話をしていた。ときおり私たちのところまで声が聞こえてくる。

「姉さんを家まで送り届けたほうがいい。さもないと、僕たちがムシャッコに責められる」コジミーノの声がした。「ムシャッコがここに連れ戻しに来るよりも、姉さんが自分から家に帰ったほうがいい。それでなくとも、うちはいま厄介ごとを抱えているというのに……」

そのあとは声がしなくなったので、母さんはマットレスをシーツでくるみはじめた。するとフォルトゥナータ姉さんが人差し指を口に当て、母さんを制止した。ふたたびコジミーノの声が聞こえたものの、なにを言っているのか判然としない。

「気が進まんね」父さんがそう言ったのがわかった。いつものような物静かな声ではなかった。「明日、俺が話をつけてくる。まるく治めるから心配するな。おまえはもうベッドに入れ。俺がここで見張りをするから」

キッチンからはしばらく椅子やスツールを引きずる音が聞こえていたが、やがてそれも静かになり、私たちはベッドに入った。

翌朝目覚めると、二人とも侵入者の手から家族を守るべく、昨日の服を着たままキッチンで眠っていた。

母さんは爪先立ちで歩き、そっと鎧戸を合わせた。それから私たちを見て、唇を歪めた。嫁がせたつもりの二人の娘がそろって実家にいることが腑に落ちないのだろう。私たちも、コジミーノみたいに男に生まれていたらよかったのに……。女に生まれたせいで、人生がこんがらがってしまった。

61

フォルトゥナータ姉さんが実家に戻ってからというもの、生活が大きく変化したわけではないのに、時間の経過が早く感じられるようになった。午前中は家の掃除や食事の支度をし、それから手早くキッチンの跡片付けをする。午後になると私は部屋にこもって勉強をする。姉さんはときおり私に勉強を教えてくれと言うのだが、五分もするとあくびをし、手に教科書を持ったまま居眠りを始める。ありがたいことに、夕方にはリリアーナが来て、一緒に復習してくれた。

ある朝、シベッタ家の妹娘のメーナが私たちを訪ねてきた。母さんは彼女をキッチンに招き入れたものの、いちばん座り心地の悪い椅子をあてがい、おまけにアーモンドミルクは振る舞わず、ミントの葉を入れたミネラルウォーターを一杯出しただけだった。メーナは、ここしばらくのあいだに村で起こった出来事を事細かに報告しはじめた。ティンダーラの結婚式にはマルトラーナ村じゅうの人がこぞって出席したものの、料理が足りず、ワインは水で薄められていた。それでみんな、帰り道に屋台に寄って、パネッレ（ヒヨコ豆の粉をコロッケのように揚げたもの。シチリアの名物料理）をつまむか、牛の脾臓《ミルツァ》入りのサンドイッチを食べないと腹がもたないと口々に文句を言っていた。イニャツィオ司祭は声帯を痛めたせいで、二週間連続でミサを執りおこなえなかった。ネッリーナが代役を務めると言って引き下がらず、とうとう司教があいだに入り、女がミサを執りおこなうのは、この世の終わり《アポカリプス》の翌日だけだと言って聞かせた。サーロは父親の家具工房を手伝うようになり、いまでは上客に家の家具をまとめて任され、町まで通っている。夜に出掛けて、翌朝帰ってくることもあるから、仕事が見つかった場所に愛の巣も見つけたにちがいないと噂する者もいる……といった具合だ。

私は、メーナに一刻も早く帰ってもらいたかった。家に引き籠もった生活の唯一のよい点は、誰がなにをしているのか知らずにいられることだ。なのに、メーナはいつまでも居座った。

「コジミーノはいないの？」ほかの部屋をのぞきながら尋ねた。

「職を探しに、バスで町まで行ったの」と、母さん。

メーナはそれを聞くとふうっと溜め息をついて、ふたたび喋りはじめた。

「ロザリーナったらね、サーロの噂を聞いて妬《や》いてるのよ。実は彼女、ずっと隠していたけれど、サーロに気があるみたいなの。それで悲嘆に暮れるあまり五キロも痩せて、心配したお母さんにプロヴェンツァーノ医師のところへ連れていかれたんですって。そしたら、大丈夫、恋煩いで死ぬ人はいないから、むしろあと五キロくらい痩せたほうが健康にいいだろう、って言われたらしいわ。ムシャッコはといえば……」

フォルトゥナータ姉さんはその名を聞くとはっと息を呑み、焼きたてのパンと、ビターオレンジのマーマレードが入ったピッチャーを載せたトレーを危うく落としかけた。メーナはそんな姉さんの様子に気づいたものの、噂話の垂れ流しをやめようとしない。

「ムシャッコは、俺が妻を追い出したんだと吹聴して歩いてるわ。あの女は、俺のことをだまして無理やり結婚しやがったって言ってね」

姉さんは持っていたトレーをテーブルに叩きつけるように置くと、足早にキッチンを出ていき、部屋に閉じ籠もってしまった。

慌てて追いかけようとするメーナを、母さんと私とで引き止めた。

「悲しませるつもりはなかったのだけれど……」メーナは目を赤くした。「むしろ、フォルトゥナータを安心させたかったの。ムシャッコには報復する気がないみたいだから、怖がらなくても大丈夫ってね。ずっとつらい思いをしてきて、ようやく自由の身になれたんですもの、人生を楽しまなくちゃ」

私はメーナが本心からそう言っているのかわからずに、黙って彼女の顔を見ていたが、やや間をおいて反論した。

「なにが自由の身だっていうわけ？　身持ちの悪い女だと見做《みな》されること？　それとも、男をだまして名字を奪った女だと噂されること？　夫から三行半《みくだりはん》を突きつけられた女だと後ろ指をさされること？　メーナ、あなたはそれを自由だって言うの？」

彼女が視線をあげて私を見返し、顎をきゅっと引き締めたので、それでなくても痩せた頬が、ますます骨ばって見えた。

「だったら、ほかにどんな選択肢があるのよ、オリーヴァ。あたしみたいにずっと独身でいること？　それが自由だっていうの？　あなたは、あたしが自由を満喫していると思う？　女は誰しもなにかしら苦悩を持っているものでしょ？　少なくともあなたのお姉さんは苦しみから解放され、新たな場所へ歩みだせる。人生をやり直せるのよ。不幸な婚姻は解消されるし、さいわい子供だっていない……」

そこでメーナは、はっと口をつぐみ、座り心地の悪い椅子に座り込んだ。おそらくウエディングドレスで隠しきれていなかったフォルトゥナータ姉さんのふくらんだお腹のことを思い出し、いま自分が口にした言葉を悔やんでいるのだろう。かわいそうなメーナ。不意に私は彼女のことを気の毒に思った。メーナは決して悪い人ではない。私となにも変わらない。私たちはみんな、正しくもあり、間違ってもいるのだ。

62

ある日を境に一気に春がやってきた。子供の頃、父さんの畑では、植物が一斉に芽吹く春はいつだってお祭りのようだった。それがいまでは畑も庭も色や香りを失ってしまった。植物が育たないと、私の心のなかの春さえ訪れないらしかった。

私たちは、刺繍をしながら小型のラジオを聴いていた。それはフォルトゥナータ姉さんがムシャッコの家から持ってきた唯一のものだ。私はラジオに合わせて大きな声で歌い、姉さんはテレビで見たケスラー姉妹（一九六〇年代、イタリアで活躍したドイツ生まれの双子の歌手、ダンサー）のダンスを教えてくれた。姉さんはケスラー姉妹のアリスとエレンのようにすらりと背が高く、髪はブロンド、私は背が低くてカラスのような黒髪だ。私たちはキッチンの中央で、組み合わせを間違えた双子のように向き合って立ち、腕を組んでダ・ダ・ウン・パを踊った。拍子を合わせて指を鳴らし、「ダ・ダ・ウン・パ、ダ・ダ・ウン・パ、ウン・パ」と歌いながら。それを見て母さんは、おまえたち姉妹は小さな頃からちっとも変わってないわね、と呆れたように言った。そのくせ、ときおり腰に手を当てて脚を蹴りあげてはダンスに加わり、私たちと一緒に、「ダ・ダ・ウン・パ、ウン・パ」と歌うのだった。

ある朝、私たちが「いつ《クアンド》、いつ《クアンド》、いつ《クアンド》」と歌いながら、コンフィを作るためのオレンジを煮ていたら、玄関のドアをノックする音がした。裁判所の書記官が、第一回の公判がひらかれるので出廷するようにとの知らせを持ってきたのだ。私たちは彼を家に招き入れ、ラジオを消した。そして二度とつけることはなかった。

ふたたび天候が崩れ、冬に逆戻りしたような日々が続いた。私は勉強も手につかず、机の上の教科書は閉じたままだった。できることといえば、編み物と、マッダレーナから届いた手紙を声に出して読むくらいだった。手紙には、夫と別れて家を出たフォルトゥナータの勇気は素晴らしい、これまで家庭内で受けてきた暴力について、警察署《カラビニエーレ》に告訴状を提出するべきだと書かれていた。離婚が法律で認められるようになるまでは、夫と別居した女性が新たな生活を築くことは容易ではないけれど、遅かれ早かれ状況は変わるはずだ。それは、これまで長年耐えてきたことへの代償を強く求めている私たち南部の女性の力によるところが大きいのだとも記されていた。そして最後は、町に住む同志の家にしばらく居候させてもらい、職探しの手伝いをしてもらったらどうかという、姉さん宛ての提案で結ばれていた。

姉さんは目を伏せ、膝の上においた毛糸玉を見つめた。

「私は独りではなにもできない。なのに、どうやってここを出ろというの？　私にできる仕事なんてあるわけない。あなたはちゃんと学校に通ったけれど、私はこの家からムシャッコの家に嫁いだから、社会経験なんてまったくないのよ」

まるでダンスでも踊るかのように優雅に手を動かし、編んでいた糸を数段ほどきながら、姉さんは謝った。「ごめんね、オリーヴァ。悪いけど、私はヴィターレ准尉のところには行けない。私はあなたみたいに芯の強い人間じゃないもの」

私は姉さんの手から編み物をとりあげ、いまほどいた数段を編み直した。

「私も、前はいまの私とは全然違ってた」そう言いながら、編み針をふたたび姉さんの手に持たせた。「ほら、ほどけた分を編み直しておいたわ。これなら穴が残らないでしょ」

それから一週間後、フォルトゥナータ姉さんは母さんの祝祭日用のコートを着て、母さんが新婚旅行のときに使っていたキャンバス地の擦り切れたバッグを肩から提げ、長距離バスに乗り込んだ。町に住むマッダレーナの友人のところへ行くのだ。帽子をかぶり、薄く口紅をひいた姉さんは、かつてのような美しさを取り戻していた。誰にも付き添われることなく独りで家を出ると、大通りに向かって足早に歩いていき、間もなく姿が見えなくなった。家を出る前に、姉さんは私のことを抱き締めて、こう言った。

「オリーヴァと一緒にケスラー姉妹を真似て、ダ・ダ・ウン・パを踊ったせいで、私まであなたみたいになっちゃったわ」

63

その晩はひどく寒かった。部屋の反対側のフォルトゥナータ姉さんのベッドは空っぽだし、何度寝返りを打っても私のベッドには拒絶された。眠りに就くときの決まりごとは、仰向けになり、深呼吸をして目を閉じること。どちらもきちんと守っているのに、明日のことが気がかりで、瞼を閉じても心が落ち着かない。ようやく眠気が訪れたと思うと、すぐにまたどこかへ逃げていき、頭のなかでいくつもの光景が入り乱れ、目が冴えてしまうのだ。白いズボンにひろがるブラッドオレンジの赤、通りから聞こえてくる口笛、歩いている私を舐めるように見る眼差し、力ずくで押さえつける手、下腹部の奥でなにかが裂ける感覚、シーツに染みついた血、カバーが擦り切れたリリアーナの教科書、頭からずぶ濡れになり、あかぎれだらけの手でうちの玄関の戸を叩くフォルトゥナータ姉さん、ジャスミン、バラ、マーガレット、それに二角獣のマルフォリオの形をした雲……。兎《うさぎ》のあとを追ってどこかに迷い込むアリス。兎がアリスを薄暗い部屋へ連れていき、シルクのショールをプレゼントする。軍警察官《カラビニエーレ》の銃声が近づくなか、アリスは夜道を逃げ出し、サベッラ弁護士は黒い鞄の蓋を閉め、ハートのクイーンは私に有罪の判決を下し、「彼女の首を斬り落とすのです！」と叫ぶ……。

またしても目を開けて、顔の汗を拭った。背中まで汗でじっとりと濡れ、顎が痛む。バスルームに行って、首筋と手首を流水で冷やした。家じゅうが寝静まっている。私は、カタツムリを捕まえるときに使う懐中電灯の明かりを頼りに、玄関の鍵を開け、庭の土の上を歩いた。そして、いまは枯れてしまったオリーブの木が生えていたところまで行った。そこに膝をつき、素手で土を掘りはじめた。肩にかかる湿気の重みを感じながら、爪が剝がれそうになるのも構わずに地面を掘り続けたところ、ほどなく革製品のざらざらとした感触にぶつかった。黴《かび》の生えた古い革鞄を掘り出すと、懐中電灯を消し、暗がりのなか鞄を腕に抱えて家に戻った。

錆《さび》だらけの留め金を外し、あちこちに黒っぽい染みのある包みをひろげると、中から守護聖人のお祭りの日に着ていたワンピースが現れた。雨水も泥も染みてはいない。ベッドの上にひろげてみたところ、刺繡も生地もきれいなままだった。あの日から流れた歳月に私は身も心もすり減ってしまったが、ワンピースはあのときのままだった。私は刺繡道具のしまわれている引き出しから針と糸を取り出し、ベッドの端に腰掛けて、サイドテーブルの薄明かりに顔を近づける。針の孔に綿の糸を通し、糸の反対側の先端に結び目を作る。母さんから教わったとおり、破れたスカートの布の両端を合わせ、裂けたところを目立たないように細かく縫い合わせていく。やがて、私の手のなかでワンピースが完全な状態に戻った。ただし裂け目がなくなったわけではない。繕い終えると、鋏《はさみ》で糸を切った。

私はパジャマを脱ぎ、それが結婚式の前夜で、無垢な身体で独り過ごす最後の晩だと空想してみる。翌日から私の身体は夫の所有下におかれ、夫の快楽にさらされるのだ。自分の腕や胸、下腹や腰を撫で、太腿、膝、足首、足、そして指の一本一本に触れてみる。あのダンスの晩から背丈こそいくらか伸びたものの、身体つきはあまり変わっていない。むしろ少し痩せたようだ。ワンピースのボタンをひとつずつ外し、着てみる。ベッドのヘッドボードの隠し戸棚からリリアーナにもらった珊瑚のネックレスを出し、髪をお団子に結ってから首に提げる。祭壇の前に歩み出るようにしずしずとした足取りで自分の部屋を歩く。そのあいだ、頭のなかでは婚礼の音楽が流れていた。

オリーヴァ・デナーロ、あなたは生涯、誰の花嫁にもならないことを望みますか？　喜びの時も悲しみの時も、健やかなる時も病める時も、貧しい時も富める時も、あなたの生涯のすべての日々を独りで過ごすことを誓いますか？　死があなたを地上から分かつ日まで。あなたはそれを望みますか？

私はそれを望んでいるのだろうか。

翌朝、目が覚めたとき、私はまだ、初めてのダンスの日に着ていた白いワンピース姿だった。

64

キッチンでは、家族がテーブルを囲んで座り、私を待っていた。

「準備できたわ。バスに乗りに行こう」

昨夜《ゆうべ》の恐怖心は体外へと流れていった。バスタブの栓を抜いたときに汚れた水が排水口から流れ出すように。ワンピースは洋服簞笥にしまった。枯れたオリーブの木の下には、いまや私の屈辱だけが埋まっている。

「急がなくても大丈夫だ」と、父さんが言った。「アントニーノが自動車で送ってくれるらしい。十時ちょうどに、砂利道の突き当たりまで迎えに来てくれる。リリアーナも一緒だ」

そこで私も三人のあいだに座り、硬くなったパンをちぎってコーヒー牛乳に浸し、その上からお砂糖をかけた。いつもと少しも変わらない朝食の光景だ。

「僕は母さんと一緒に家で待つことにする」コジミーノが口髭をさすりながら言った。「全員は車に乗れないからね。帰ったら、公判の様子を詳しく聞かせてよ」そう言って、私の肩にぽんと手をおいた。いつの間にか背が高くなったコジミーノは、痩せてひょろ長く、悪天候や強烈な陽射しから守ってくれる傘みたいだ。

私が朝食を食べ終わるのを待って、母さんはカトラリーや食器を流しに運んだ。「いい服を準備しておいたわよ」まるで小学校に入学する子供を送り出すかのように、母さんが言った。

「心配しないで、母さん。汚したりしないから」

母さんは蛇口をひねって食器を洗いはじめたが、すぐに水を止めた。「大丈夫、あなたはいつだってきれいよ」そしてエプロンで手を拭くと、まだ少し濡れているその手を私の頰に当てた。「いいわね、言葉を操る者は、海をも渡るっていうでしょ。このあいだ弁護士さんにお話ししたみたいに、物おじせずに裁判官の前ですべて話すんですよ。あと二か月もすれば、あなたは教員の資格がとれるんですからね。あなたを侮辱した陸《ろく》でもない男よりも、あなたのほうがはるかに知識が豊富なのだから、自信を持って、これまで学んだすべてのことを発揮してらっしゃい」

運転席のカロさんの隣に父さんが、私はリリアーナと並んで後部座席に乗り込んだ。町までの道のりは長く、カーブの連続だ。リリアーナは私の手を握り、まだ残っている科目や、夏の初めに受ける試験のことなどを話している。私は、彼女の質問にときおり「うん」とか「ううん」とか単音節の返事をしながら、話を聞いているふりをした。村から離れるにしたがって、昨夜の悪夢が現実になるような気がして、恐怖に血が凍りつく。

カロさんが、マルトラーナ村と同じくらいあるのではと思うほど大きな広場に車を停めた。目の前には、三つの棟からなる建物がそびえている。両脇の棟には全体に窓があるものの、中央の棟には古代ギリシャの神殿のように高い柱が並んでいる。そこにはきっとなにか神聖なものが宿っているにちがいないと私は思いをめぐらせた。前の広場を横切り、建物の中へと続く階段の手前まで行く。上を仰ぎ見ると、大きな文字で「正義」と書かれていた。どうかこの言葉が真実でありますように、と私は心のなかでつぶやき、階段をのぼりはじめた。

するとリリアーナが、まるで私の思考を読んだかのように、「まだ正義にはほど遠いわね」と、小声で私に耳打ちする。次いで、玄関ホールに響き渡るような大声で続けた。「暴行を加える者たちに味方する法律を、いつか私が変えてみせる。約束するわ」

「いつか、なんて言われても、私はいまここで……」

そのとき父さんが私の腕をつかんで歩きはじめたので、私はその先の言葉を続けられなかった。カロさんとリリアーナは、両脇から私たちを挟むようにして並んで歩く。

「オリーヴァ、恐れることはない。相手はカタツムリだと思え」と、父さんが言った。「おまえには忍耐力も知恵もある。気骨に欠ける人間は軟体動物と同じで、捕まらないように身を潜めることぐらいしかできない。しょせん臆病者なのさ」

カロさんが裁判所の職員になにかを尋ねた。するとその職員は記録簿を確認し、右手をあげて廊下を指差した。リリアーナのヒールが大理石に当たって立てるコツコツという音が、高い天井の下で響き渡る。私は白のモカシン靴で軽やかに歩きだそうとした。その瞬間、村の広場で、陽射しが容赦なく照りつけるなか、折れたヒールを手に歩けなくなったときのことが頭に浮かんだ。ここまで来た以上、たとえ引き返したいと思っても、引き返すことはできない。

エレベーターに乗り込み、カロさんが3という数字の書かれた白いボタンを押した。エレベーターが動きだすと、あの日、バスが動きだしたときと同じように、筋肉が強張った。

「第十二小法廷だそうだ」とカロさんが言い、私たちの先頭に立って歩きだす。入り口の脇に二人の女の人が立ってお喋りをしている。男物のジャケットにズボンを穿いたほうの人がこちらを振り向いて、形の整った唇のあいだから歯を見せて笑った。もう一人は髪をポニーテールにまとめ、目のまわりに薄くシャドウを入れている。フォルトゥナータ姉さんだ。

「ポニーテール、似合ってるね」私が声をかけると、姉さんはにっこり微笑み、額にかかった前髪を掻きあげた。

「弁護士さんはもう中にいるわ」と、マッダレーナが言った。「私たちも入りましょう」

父さんと私は、まるで教会を歩くかのように、腕を組んだまま法廷の中央に進み出た。両脇には長椅子が二列に並べられ、奥には磔刑像《たっけいぞう》が飾られている。黒い法服姿の男の人が法廷に入ってきて、裁判官席へと向かった。一同が起立する。

サベッラ弁護士は握手で私を出迎え、黒い鞄から書類がびっしり入ったファイルを取り出した。彼も昨晩眠れなかったのか、疲れた表情をしている。一方、私はがぜん力が湧いてきた。手がかさかさに乾いている。ゆっくりと呼吸し、視線を遠くに向けた。私のそばには、父さんも、カロさんも、リリアーナも、マッダレーナもいる。けれども、私が今日ここにいるのは、みんなのためではなく、私自身のためなのだ。法廷の反対側には被告人側の弁護団。ダークスーツに身を包んだ男が三人と、中央には白いスーツ姿の男。ポマードで髪を撫でつけているが、右の耳の後ろにジャスミンの枝を挿してはいない。村の女の子たちが騒いでいたとおり、たしかに彼は美男子だ。あれからまもなく一年が経とうとしているのに、彼はなにひとつ変わっていない。私は絶え間なく歩き続けたが、彼は踏みとどまったままだった。それ故に、私たちの人生がふたたび交じり合うことは決してないだろう。

私が視界に入った途端、彼はそれまで浮かべていた高慢な笑みを引っ込め、こちらをじっと見つめた。彼のその視線は私に重くのしかかったものの、もはや私を美しく感じさせる力も、人の目に映らなくさせる力も持っていなかった。この先、なにも私に触れることはできないし、私が失ったものは、永遠に戻ってこない。私はもう、木のサンダルで息せき切って走りまわることもないし、雲の形を見て空想することも、ラテン語の変化を頭のなかで唱えることも、映画スターを木炭鉛筆で模写することも、マーガレットの花びらで愛を占うこともないのだ。

第四部

一九八一年

65

おまえがいくら生まれた村から離れたくとも、村のほうが決しておまえを放しやしない。自分の土地を一から耕すのは、接ぎ木をするのとはわけが違うんだ。発《た》つのは簡単だが、いずれまた時間をかけて戻ることになる。

海岸すれすれの曲がりくねった道を通るたび、俺は恐怖を覚える。だが、おまえの弟はスピード狂だから、一等になって賞品をもらうんだなんて冗談を言いながら、飛ばしやがる。信じられないだろう？　それでも嫁は文句ひとつ言わない。なにかと口うるさく小言を言う母さんとは大違いだ。「父さん、僕の新車は好きかい？」出発する前にコジミーノに尋ねられ、俺はあいつを喜ばせたくてうなずいたんだ。そしたらあいつは、運転席のドアを開けて、「試しに運転してみるか？」と訊いてきた。「いいや、気が進まんね」俺がそう答えると、自分でハンドルを握り、それからひたすら追い越し車線を走っている。「ロバは全速力で走ると、背骨を折るんだぞ」と言ってやったが、あいつの耳には入らんらしい。嫁さんの顔を見ながら、煙草に火をつけた。ラピサルダを出てから、もう五十本目ぐらいだろう。

アマリアは、まるで郵便バスにでも乗っているかのようにルーフのグリップにしがみついている。俺とアマリアのあいだに座っている孫のリアに微笑みかけ、「最近ますますきれいになったね」と言いながら、目にかかる前髪を掻きあげてやる。リアが頭を振ったので、髪はまた額にかかる。アマリアは溜め息をつき、ハンカチで額の汗を拭う。アマリアもまた、村に帰るのは気が重いのだろう。俺たちは折れた二本の枝のように、別の土地に移り住んだ。前の畑に生えていた木を伐り、枝を接いだんだ。植物は新たに伸びていくが、人間にはいくら水や陽射しを与えようと、新しい根が古い根のように地中深くまで伸びることはない。そうだろう？移り住む人間は自分の生まれ育った土地にいつまでも愛情を覚えるものだ。たとえ余所者《よそもの》扱いされようともな。

おまえの裁判があってからというもの、村は二分した。よくぞやったと称える者たちと、なんであんなことをしたのかと非難する者たちだ。道を歩くたびに、村人たちのひそひそ声が背後から聞こえてきたが、おまえは無言だった。あの頃のおまえは、朝起きるなり勉強を始め、ベッドに入る直前まで復習をしてた。夕方にはリリアーナが訪ねてきて、二人して部屋に籠もり、ハエの飛ぶ音さえうるさく感じるほどだった。おまえは、猩紅熱《しょうこうねつ》に罹ったときのように家に籠もってたな。憶えてるかい？　おまえが九歳だったとき、ある日突然、全身に待ち針の頭みたいな赤い発疹が出たことがあっただろう。身体の弱かったコジミーノにうつさないよう、部屋まで食事を運んでやったが、おまえはわずかばかりのスープとシベッタ夫人にもらったリコッタチーズしか受け付けなかった。とにかく熱が高かったし、身体じゅうを痒《かゆ》がったものだから、母さんが奇跡の聖母に願掛けをし、娘を元気にしてくれたら、毎日欠かさず早朝のミサに通いますと約束したんだ。それから三週間後、おまえの発疹はきれいに消えた。痩せて骨ばかりになり、目は落ち窪《くぼ》んでたが、すっかり快復した。村の子供たちはみんな、猩紅熱が怖くて家に閉じ籠もってたが、おまえだけ胸を張って通りを歩いてたっけ。

法廷から出てきたおまえは、あのときと同じ表情をしてたな。口をきっと引き結んで歩き、近づいてくる者たちに指一本触れさせなかった。まるで猩紅熱がうつるとでもいわんばかりに。裁判では誰もが驚いて顔を見合わせていたな。羊のようにおとなしく見えるおまえが、ライオンのような強さを秘めていたなんて、誰も思ってなかったんだろう。教室で先生の質問に答えるときのように、揺るがぬ声で尋問に答えていた。いいえ《ノー》、私たちのあいだには合意はありませんでした。いいえ《ノー》、約束なんてしていませんでした。いいえ《ノー》、彼に好意を持たれていたことを嬉しく思ったことはありません。いいえ《ノー》、彼と結婚したくはありません。裁判官は、おまえがあの男との結婚を嫌がっていることに、納得がいかないようだったな。

「イエス」と言うのはロバにでもできるが、「ノー」を突きつけるのは生半可なことじゃない。だが、いったん「ノー」と言いだしたおまえは、それをとことん貫いた。そして、誰に対しても「ノー」と言うようになった。別の結婚相手を見つけようとした母さんにも、家まで会いに来た幼馴染みにも、屋敷でお手伝いさんとして雇ってあげるというシベッタ夫人にも、「ノー」と言った。いつしかおまえは、すっかり寡黙で、気難しくなってしまった。試験の初日は、朝早く挨拶もせずに家を出ていき、昼過ぎに帰ってきたな。大丈夫、すべてうまくいったと言って。二日目はラテン語の語彙集を持って出掛けていき、帰ってからはろくに食事もせずに部屋に籠もっていた。それからしばらくしたある朝、一緒に口頭試問を受けにいくためにリリアーナが迎えにきた。緊張しているかと尋ねるリリアーナに、おまえは苦笑いを浮かべて答えていたね。「裁判所で判決を受けてからは、どんな評価も怖くなくなったの」

結局、おまえは満点で試験に合格した。母さんがお祝いにとアンチョビのパスタを料理し、真新しい服を着てテーブルについた。するとおまえは顔を曇らせて言ったんだ。「私はお腹がすいてない」「そんなこと言わずに、今日はいい日なんだからお祝いしましょう」母さんがおまえの皿にパスタを盛ると、おまえは、「私にはもういい日なんて訪れないの」と言い捨てて、キッチンから出ていったね。

コジミーノがカーブでまた車を追い越す。アマリアはまるで蔦《つた》植物のようにグリップにしがみつき、空いているほうの手で速度計を指差す。「もっとゆっくり走れ」後部座席から俺が声を掛けると、コジミーノは返事の代わりに、前を走る車に向かってクラクションを鳴らす。

しばらく走ったところで、アマリアが小さな悲鳴をあげて、自分の額を叩く。「サルヴォ、大変！　あたしったら、なにも手土産を用意してこなかったわ。お菓子すらもね」

「デザートは準備しておくから心配しないでと、電話で言ってたぞ」俺はそう言って、アマリアをなだめる。だがな、俺は庭で花を摘んできたんだ。おまえは昔から花が好きだったからな。

66

花を飾らないと。

パンを買ってきて、部屋の空気を入れ換えて、テーブルの金具を外して天板を伸ばし、カルメリーナおばさんに椅子を借りてくる。そして最後に菓子店に寄るの。

私はこの何年ものあいだ、家に花を飾りたいと思ったことはなかった。植物を育てるのはいつだって父さんだったものね。いつも父さんは爪のあいだを黒くして、指に大小様々な傷をこしらえてたわ。その手には、大地からいかに命を引き出すかというマニュアルが詰まってた。種を蒔《ま》き、芽が出るのをじっと待つ。だから、私もそうしてみたの。土のなかに埋まってみたのはいいけれど、芽吹きの季節がふたたびめぐってくるかどうかわからなかった。私は干上がって不毛になった土塊《つちくれ》だったのね。塩分を含んだ水に浸かって台無しになった父さんの畑と同じように。根っこを引き抜かれた私の身体は、もうなんの花を咲かせることもなかった。教員資格試験に合格した日、家に帰ってきたら、父さんたちが祝祭日用の服を着て私を待ってた。それを見た途端、なんだか自分たち家族が憐れに思えた。みんなは私のために喜んでくれてるのに、私はちっとも嬉しくなかった。それが私の人生最高の日で、それ以上の日は来ないのだと思ったら、悲しくなっちゃって……。だってそうでしょ。結局、私の主張は認めてもらえず、純白のレースのベールをかぶることも、指輪を交換することも、私を愛してくれる男の人に優しく愛撫されることも、赤ちゃんを授かってふくらむお腹の穏やかな喜びを味わうことも、柔らかく小さな手が私の手に重ねられることもないのだから。

あのときマルトラーナ村を出ていくことにしたのは、私を覆っている影を振り払いたかったからなの。不当な仕打ちに対する怒りや屈辱は、別の道を歩んだからといって消えてなくなるものじゃない。然《しか》るべき時間と、私の声に重なるほかの人たちの声が必要だった。良い天気だろうと悪い天気だろうと永遠に続きはしない。私にいつもそう言ってたのは、父さんだった。

だから私は今朝早く目を覚ました。新しい口紅を塗り、白いコットンのワンピースを着て、ターコイズブルーのサンダルを履く。入念にテーブルのセッティングをし、アンチョビのパスタを料理し、二十年遅れで、教員資格試験に満点で合格したことを祝うの。祝うべきことはほかにもいろいろあるわよね。教員として正式に採用されたこと、お互いの沈黙、短い電話、みんなの誕生日、すべての祝祭日、家族の様々な記念日、離婚と結婚……全部まとめて祝うのよ。なにより、いろいろあったにもかかわらず、やっぱりこの村に戻ってきた頑《かたく》なさを。

準備すべきことはまだたくさんある。私は階段を下り、門の扉から顔を出して、しばらくそのまま動かずにいる。潮と暑さの混じった空気を吸い込み、喉がひりひりと渇くのを感じながら。

67

車の窓を開けようものなら、海からの潮風と一緒に熱風が吹き込んでくる。お湿りの雨をもたらす雲さえない。おまえは幼かった頃、カタツムリを捕まえに行きたくて、いつも夕立を待ってたな。なのに夕立が何日も来ないものだから、がっかりしてた。鍋をじっと見てると、湯はなかなか沸かないものだ。俺はよくおまえにそう言い聞かせてたよな。裁判のあともそうだった。満足のいく結果は得られなかったが、種はしっかり蒔くことができた。耕した土地からは必ずなにかしら生えてくるものだ。

判決文が読みあげられるあいだ、あの男はフランコとチッチョ（一九六〇～七〇年代のイタリアで活躍した二人組のコメディアン）の喜劇でもそうは笑うまいというほど、げらげら笑ってたな。もっとも軽い量刑だなんて、なぜそんなことがあり得るのだろう。忘れもしない、アンジョリーナ・ヴェッロという名の枯草色の髪をした女が、隣の部屋にずっといたけれど、抵抗する声も言い争う声も聞こえなかったと証言したんだ。この世の中では、恐怖も憎悪も、悲鳴や喚《わめ》き声の大きさで測られるそうだ。理解できるかい？　あの男は、裁判官の言うところの「強制性交」という罪状においては、無罪となった。「証拠不十分のため」だそうだ。いったいどんな証拠が必要だったのか？　誠実な少女の証言では足りないというのか？　ひどく個人的な出来事を大勢の前で語る勇気だけでは足りないと？　おまえがあの男と踊っているところを見た、おまえが誘惑したのだと、裁判官に告げた者もいたらしい。おまえはあの男と結婚したがってたのに、父親の俺が反対して別の男と婚約させた。だから、おまえを力ずくで連れ去るしか方法はなかった。すべては、あの好青い、年が愛情のためにしたことだとな。裁判官によると、街角で少女を連れ去るのは悪党の仕業ではなく、恋に落ちた者の権利だそうだ。金に釣られて――あいつは金ならいくらでも持ってるからな――虚偽の証言を引き受けた者たちは、おまえがあいつと一度ならず約束を交わしてたとか、あいつにオレンジを差し出され、おまえは「はい」と受け取っていたなどと言いやがった。仮にそれが事実だったとしても、果実を受け取ったからといって、果樹をまるごと欲しがっているわけではないだろう。

「サルヴォ、あとどれくらいで着くの？　胃がむかむかするんだけど……」アマリアが訴える。

「煙草をあと二十本ばかり吸い、クラクションを鳴らしながら百台あまりの車を追い越す頃には、うまくすれば着くだろうよ」俺はそう答えてやりたかったが、なにも言わずにアマリアの首すじに手を置いた。そのあたりが凝っているのがわかったからだ。あの日も、俺はアマリアに同じことをした。被告弁護人のクリショーネがきわどい質問をし、プロヴェンツァーノ医師に、内診したうえで医療鑑定を報告するように求めたときだ。おまえはそれを拒否した。当然だろう。あれではまるで、おまえのほうが罪を犯し、裁判にかけられているみたいじゃないか。俺は思わずアマリアと顔を見合わせたよ。サベッラ弁護士が裁判官に向かってきっぱりと言った。「私は検察側の弁護人であり、被告人側ではありません。私の依頼人は、自らの無実や名誉を証明するために法廷に立っているわけではなく、自らが受けた暴力を告発するためにここにいるのです」

さいわいなことに、ティンダーラの父親のサンティーノさんが証言台に立ってくれた。量刑はともあれ、有罪の判決が下されたのはひとえに彼のお蔭だ。村じゅうが俺たちの敵というわけではなく、闇夜にも星は瞬いているのだと思えた。裁判官が判決文を読み終えたとき、法廷は市場かと思うほど騒がしかった。拍手をする者、口笛を吹く者、喚く者。「大山鳴動して鼠一匹とはまさにこのことだ。あんた方はいったいなにを手に入れたんだ？　こんなことのために大騒ぎしやがって……」法廷から連れ出されるとき、あの男はそんな捨て台詞を吐いてたな。

地下の根っこのように絡みあっていた母さんの首すじの筋肉が、指の下で少しずつほぐれていく。「もう少しだから辛抱しろ」道のりはまだ遠いが、アマリアを安心させたくて俺はそう言った。正直なところ、俺はこの時間が嫌いじゃない。長い不在のあとで故郷に戻る者は、一つ一つの石や、一本一本の草、乾いた風によって干からびた土塊《つちくれ》一つ一つとの信頼関係を取り戻す必要があるのだから。コジミーノがラジオのつまみを回してニュース番組にチューニングしようとして、嫁さんに止められる。「待って、チャンネル替えないで。この歌好きなの」そう言って、嫁さんは歌いだす。

「ドナテッラは出ていき、家にはいない。怒りを爆発させ、姿を消した。もうあたしとは一緒じゃない」

少々音程が外れているのも気にせず、コジミーノは優しく微笑み、曲が終わるのを待ってチャンネルを替える。するとリアがリュックからポータブルカセットプレーヤーを出し、ヘッドホンをつなげる。

「リア、いつもヘッドホンばかり当てていると耳によくないわよ」メーナが娘を叱るが、リアはすでに音楽に聴き入っていて、返事もしない。

68

〈どうしてみんな、あたしをいつまでもドナテッラと呼ぶのかわからない〉という歌声がラジオから流れてる。私は窓ガラスに近づいて、指の関節でこつこつと叩く。ほどなくカルメリーナおばさんがラジオのボリュームを絞り、窓辺にやってくる。

「今日来るの」私は彼女にそう伝える。

「準備はできてるわよ、オリーヴァ。折り畳みの椅子を出しておいたから。サーロが取りに来る？」

「ええ、ありがとう。あとで取りに来させるわ」私は窓辺に吊るされたピンク色のカーテンを見つめる。

「オリーヴァ、なにかほかに要るものある？　もぎたてのフルーツでタルトを焼いたんだけど、よかったら……」

「お心遣いありがとう、カルメリーナおばさん。でも、デザートは自分で準備するって決めたの」

「本当に大丈夫？」彼女の声は、心配のあまりひび割れている。昨日、受話器の向こうに流れていた父さんの沈黙からも、同様の心配が感じられたわ。父さん、あなたは遠くにいても、やっぱりなにも言わずに心配するのね。

「これから買いに行くところよ」私は彼女に、行ってきますと挨拶し、いま私が住んでいる一帯とは反対側の、昔ながらの家々が建ちならぶほうへと歩いていくの。

いま私が住んでる家は海に面してるから、きっと父さんの好みじゃないわね。それでも、いい家だと言うにちがいない。父さんはいつだって、そうやって私のやり方を尊重してくれたけど、そのせいで、誤った選択だったかもしれないという疑念がいつまでも消えずに残った。見てのとおり、家のまわりには庭も畑もないの。父さんはこれまでさんざん土地を耕してきたのだから、むしろ少しくらい潮風に当たったほうが食欲も増すというものよね。

海沿いの道を右に逸れ、村の旧中心街へと続く坂を登っていく。登り坂がいつになく長く感じられ、しばらく歩くうちに足が痛みはじめる。ロサ、ロサエ、ロサエ……子供の頃、海岸から家に帰る道々、登り坂が苦にならないように心のなかで繰り返し唱えたものだったわ。あの頃はまだ、そのラテン語の美しい響きが、あらゆる不当な仕打ちも、あらゆる苦悩も打ち消してくれると本気で信じてた。もしもいま私があの頃の年齢だったら、靴を脱いで、足の裏に当たる石畳のこそばゆい感触を楽しんだことでしょう。歳月は過ぎ去り、それが必ずしも無駄でないこともある。あの頃のぼさぼさ頭で裸足の女の子と、いまの私のあいだにはあまりに大きな隔たりがあって、きっといまあのときの自分に会っても、なんと話しかけたらいいかわからないでしょうね。だから、ラテン語の変化ではなく、耳にこびりついているドナテッラの歌をハミングするの。

「昔のドナテッラをここに探し求めるのはやめて。たとえいたとしても、きっとブルーのなかに溶けてしまっているわ」

私は途中の見晴らし台から身を乗り出し、もう一度白い小波《さざなみ》を見てから、旧中心街へと入っていく。曲のリズムに合わせて、ターコイズブルーのサンダルの底を石畳に打ちつけながら。七年前の春、マッダレーナと一緒にソッレントで買ったサンダルよ。

マッダレーナと二人、ヴェスヴィオ周遊鉄道《チルクムヴェスヴィアーナ》に乗ってナポリからソッレントまで足を延ばしたとき、レモンとジャスミンの香りのする路地で迷子になったことがあったの。道端にあった靴工房に入っていくと、壁一面に様々な色や形のなめし革のサンダルが吊るされてた。

「このターコイズブルーのはどうかしら?」足首のベルトが三つ編みになっているモデルをマッダレーナが指差した。

「私には無理。派手すぎるわ。リリアーナになら似合うかもしれないけど……」私はそう答えて、工房を出た。

「いい考えね。一足買って、ローマのリリアーナに送りましょう。このあいだ電話で話したときには、離婚法をめぐる国民投票がどうなるかと心配して……」

「私には無縁の心配ごとね」私は彼女の話を途中でさえぎった。「リリアーナは欲しいものをなんでも手に入れてきたんだから、私たちからのサンダルなんて必要ないんじゃない？　ニルデ・イオッティと一緒に国会議員にまでなって、子供の頃からの夢を叶えたんだもの」

「それがどうしたっていうの？」一瞬、マッダレーナの顔から笑みが消えた。「あなただって自分の望みを叶えたじゃない。教員資格をとって、小学校の教師として働き、自活してるでしょ？　たしかにあなたは真の正義を手にすることはできなかったかもしれない。だけど、正義というのはあなたや私だけではどうにもならないものなの。正義を手にするまで、本当の意味での自由は得られない。リリアーナは、すべての女性たちのための闘いを続けているのよ」

「女性たち、女性たちって、なぜ女は複数形の主語を用いないと考慮もしてもらえないの？男は個人でも意見を述べることができるのに、私たち女はいつだって、列に並んで集団を作らなくちゃならない。まるで男とは別の種であるかのようにね。マッダレーナ、私はどんな旗印の下だろうと、闘いたくないの。協会にも党にも活動家のグループにもいっさい興味がないわ。私は、あなたやリリアーナとは違って、政治に携わりたいわけではない。私の身に起こったことには一人で向き合いたいの。まだたった十六歳だった私にパテルノがしたことは……」

彼の名前を口にしたのは、それが初めてだったわ。その四音節を喉から絞り出すことは、亡霊に実体を与え、アイデンティティを授けるようなものだったから。風がぴたりとやみ、うなじの一点に陽射しが集中したような気がした。私は背骨を引き抜かれたかのようにバランスを失い、工房の塀にもたれかからずにはいられなかった。そして塀に沿って背中をすべらせ、そのまましゃがみ込んだ。石畳に胡坐をかいて、石のひんやりとした冷たさを体内に取り込みながら。

「マッダレーナ、どうして私たち女はこんなに大変なの？」私は目をぎゅっと閉じて涙をこらえた。「なぜ女だけが、嘆願書を提出し、デモ行進をし、ブラジャーを燃やして闘わないといけないの？　スカートの丈を測られ、口紅の色をチェックされ、笑ったときの口の幅や、性的欲求の強さまでいちいち調べられないといけないわけ？　女に生まれたことに、どんな罪があるっていうのよ」

マッダレーナも私の隣にしゃがみ、そのまましばらく二人でじっとしていた。

「実はね、このあいだ娘の結婚式に参列したの」やがてマッダレーナが静かに語りだした。「先週のことよ。そしたら、私のことを、結婚相手や親族みんなに紹介してくれた。『この人、私のお母さんなの』ってね。みんななんて言ったと思う？」

私は首を横に振って、わからないと言った。

「目を丸くして、お母さんが二人いるんだって言ったのよ」

「そうだったのね」

「何年も昔、勇気を出して大学の門まで行って、娘が出てくるのを待ったことは話したわよね。それきり一度も連絡をとってなかったのだけど、何週間か前に、娘のほうから私を訪ねてきてくれた。大学で見たときから十年近く経ってたのに、すぐに娘だとわかったわ。そのときにね、アルバムを持ってきて見せてくれたのよ。赤ちゃんの頃から、だんだん成長し、ティーンになるまでの写真がそこには貼られてた。私はその写真を食い入るように見たわ。娘に会えずにいた歳月がぎっしりと詰まってた。娘は、アルバムを見てたら、子供の頃の笑顔が私に似てることに気づいて、急に会いたくなったんですって。子供が生まれたら、自分の生い立ちを話して聞かせるつもりだと言ってたわ」

「つまり、マッダレーナはもうすぐお祖母《ばあ》ちゃんになるってこと？」

「そうなの。三人目のお祖母ちゃんね」

私はすっくと立ちあがり、マッダレーナの手を引っ張って立たせた。工房からは靴職人が小さな釘を打ちつける音が聞こえていた。もう一度工房をのぞいたマッダレーナが、私のほうを振り向いて、「ねえ、おそろいのサンダルを作ってもらわない？」と言ったの。それから三十分後、私たちはレモンの木陰を新しいサンダルで歩いてた。

「私、マルトラーナ村に帰ることにする」そのときなぜか、私はふと思ったの。「私が読み書きを学んだ学校で、子供たちに教えたい」

「素敵ね。それも、政治に参加するひとつの方法かもしれない」マッダレーナは笑ってそう言ったわ。


それで私はいま、こうして坂を登っている。この先は広場へと続く大通りよ。今日はきっと、マッダレーナもターコイズブルーのサンダルを履いてくるにちがいない。私たちの勝利を祝うためにね。

昔、父さんがよく言ってたわね。待つことを知る者はすべてを手に入れるって。父さんの言うとおりだった。

69

「待つことを知る者はすべてを手に入れる」いくらそう言って聞かせても、おまえの母さんは、あとどれくらいか、いったいいつになったら着くのかと繰り返し尋ね、やれ窓を開けろだの、やれ閉めろだの、うるさくてたまらんよ。俺は汗で濡れたワイシャツの襟に二本の指を入れ、ネクタイの結び目を緩める。アマリアは口を尖らせ、ふてくされてる。俺が答えずにいると、決まって見せる表情だ。だが、いくら一家の長だろうと、家族全員にとってなにが正しいのかを常に見極めるなんて、しょせん無理というものだ。農夫の俺にできることは、種を蒔き、たとえ日照りが続こうと、大雨が降ろうと、強風が吹こうと、作物が生長できるよう手助けすることくらいだ。折れやすい枝には添え木をし、植物を弱らせる害虫は駆除する。植物は、ひとたび自分の道を見つけたら、放っておいても育つものだ。

おまえがナポリに移り住み、小学校の教員のポストを探すと決めたとき、俺には港に見送りに行くことしかできなかった。リリアーナが船のタラップの手前でおまえを呼びとめ、約束を忘れないでねと言って、二人で抱き合ってたな。その後、おまえはタラップを上り、乗降口の向こうに吸い込まれていった。むろん、俺はいつまでも自分の庭でおまえを育てていたかった。親ならば誰もがそう望むだろう。だが、おまえが独りで家を出る決意を固めたということは、力強く成長した証しなんだ。畑で働く者なら誰でもそれを知っている。

コジミーノは、またしてもクラクションを鳴らしながら前の車を追い越し、母さんは相変わらずルーフのグリップにしがみついて、ぶつぶつとロザリオの祈りを唱えている。そして祈禱と祈禱のあいだに、「サルヴォ」と話しかけてくる。アマリアが俺を名前で呼ぶときは、たいてい小言を言いたいときか、なにかを恐れているときなんだ。

「窓を閉めてちょうだい。身体の芯が寒いの」

窓のハンドルをまわすと、閉まる寸前に隙間から入り込んだ熱風が俺の頰を舐める。

「なにも怖がることはない。家に帰るだけなんだから」俺はアマリアの手を握ってやる。

「マルトラーナ村にはもう、あたしたちの家なんてないわ」

「アマリア、なにを言うんだ。子供たちが住んでいる場所が俺たちの家だろう」

家というのはな、たとえ余所者《よそもの》扱いをされたとしても、いつかまた戻ってきたいと思える場所なんだ、と俺は心のなかで考える。それだけでなく、話し方から歩き方まで教えてもらったのに、たまらなく逃げ出したくなる場所でもある。

あの男が一年も服役せずに自由の身となったとき、村人たちは道端で彼とすれ違うと、まるで休暇から戻ってきたとでもいうように、帽子を脱いで挨拶していた。おまえがすでに村を出たあとだったのがせめてもの救いだったよ。あいつは武勇伝でも語るかのように、被告弁護人のクリショーネが法廷で言ったことを繰り返していた。いわく、女は口説かれるのが好きなんだ、女が生まれ持った慎み深さを打ち破るには力ずくで迫る必要がある、男が女に惚れたからにはそれくらいのことをして当然だってね。忘れもしない、弁護人はこうも言った。とりたてて美しいとも裕福ともいえない娘にとって、将来のただひとつの希望は玉の輿《こし》に乗ることでしょう。若い娘にありがちな狡猾《こうかつ》さと、媚《こ》びる眼差しや微笑みで、村でもっとも条件のいい独身の若者の気を惹くことに成功した。そのような、女性ならではの巧妙な術《すべ》は家庭で身につけられるものなのではないでしょうか。現に、訴え人の姉は妊娠することで村長の甥と結婚したし、実の母親は若い頃に家出をし、婚前交渉を済ませたうえで結婚しています。要するに、駆《フイテイーナ》け落ちは彼女の家のお家芸といえるでしょう……。

被告弁護人は、そう言ったんだ。一字一句違《たが》えずにね。なにが弁護人だ。村の噂好きの女衆よりもよほど性質《たち》が悪い。

母さんに袖を引っ張られて窓の外に目を向けると、懐かしい色と形の家並みが見えた。通りには車が一台もないのに、コジミーノがスピードを緩める。ぼそりと「帰ってきたぞ」と言って。誰もなにも答えない。

クリショーネが陳述を終えると同時に、おまえは冷ややかな表情を浮かべたね。以来、おまえの顔からその表情が消えることはなかった。あのときおまえは、正義を手にすることはないと悟ったんだね。黒を白と定める法律において、おまえは過ちを犯したとされる側にいた。男は、たとえ力ずくで女を自分のものにしようと、償いとしての結婚を申し出さえすれば罪には問われないと法律に定められている。そんな袋小路におまえを追い込んだのは、この俺だった。

70

父さんが、私をこの袋小路に追い込んだのよ。真上から陽射しが照りつけていた日曜の昼前、お菓子の並んだショーケースの前で、父さんは私に、なにが欲しいかと尋ねたわね。自分の欲しいものがわからなかった私は、父さんだったらなにを選ぶだろうかと考えた。いま私は、あの日の道をもう一度たどってる。ただし今度は独りで。だんまりを決め込む父さんもいない。子供の頃から私は、村の教会で結婚式があるたびに、花嫁衣裳をまとって父親と腕を組んでヴァージンロードを歩き、お婿さんの手に渡されていく女の人たちをこっそり見てた。そのたびに、私はずっと父さんのそばにいたいと願ってたの。

「こんにちは、オリーヴァ」花屋の陳列台の脇にいる初老の男性が、私に挨拶を寄越す。

「ビアージョさん、よいお日和で」私は微笑んで挨拶を返す。

花屋の前を通るときは挨拶を欠かさない。そのたびにビアージョさんは伏し目がちになるのだけれど、ひょっとすると何年も前の午後、棘《とげ》だらけのバラをくれたことを悔いてるからなのかもしれない。私が足をとめ、並んでる花を吟味していると、ビアージョさんが傍らに来る。

「なにをお探しで？」

「記念日のお祝いに、食卓の真ん中に花束を飾りたいのだけど……」

ビアージョさんは周囲を見まわす。いろいろな花が並んでいる。

「どんな花がお好みかな、オリーヴァ。グラジオラス、ダリア、ベゴニア……それともバラ？」

「野に咲く花が好きなの。マーガレットはないかしら？」私が尋ねると、ビアージョさんはうなずいて、素敵な花束を作ってくれる。

私はその花束を持ってふたたび歩きだす。ひと足踏み出すごとに、皺加工をした黄色いクレープ紙が、私のズボンの生地に触れてかさかさと音を立てる。七年前にこの村へ戻ってきたとき、私は自分が余所者のように感じられて、誰とも言葉を交わさなかったわ。フォルトゥナータ姉さんは町で暮らしてたし、あの男が釈放されたあと、父さんと母さんはコジミーノと一緒にラピサルダに越してしまった。この村には、木のサンダルを履き、ぼさぼさの頭で、こっそり映画スターの顔を描いていた少女時代の思い出以外、なにも残ってなかった。私は、古い顔見知りと鉢合わせにならずに済むように、海沿いの新興住宅地にこの家を借りて、新学期が始まるまで家に引き籠もってたの。嫌な思い出とかくれんぼうをしているみたいで、村に帰ってくることに果たして意味があったのだろうかと思わずにはいられなかった。そのうちに少しずつ出掛けるようになると、私だと気づいてあからさまに驚き、白い目で見る人もいた。私が小学校の教師として赴任してきたのだと知ると、今度は気後れしたような挨拶を寄越すの。「おはようございます、ミス・デナーロ」いまだに独身でいる私に「ミス」という敬称を用いたら、気分を害されるのではないかと口ごもりながら。「おはようございます」私は気にも留めずに挨拶を返したものよ。父さんの名字を使い続けることに、恥じらいなんて少しも感じてなかったから。

そんなある日曜日、シベッタ夫人から昼食に招かれた。「オリーヴァ、村に戻ってたのね。なぜ知らせてくれなかったの？　あなたはもう家族の一員だというのに、よそよそしくしてたら村人たちに陰口を叩かれるじゃありませんか」

シベッタ家の客間は以前のままだった。ひとつだけ違ってたのは、ベンチではなく、肘掛け椅子に座るように促されたこと。振る舞われたのも昔と変わらず湿気たクッキーで、子供時代の味がしたわ。クッキーはミルッツァがトレーに盛って運んできたのだけれど、そのトレーは、私がまだ自分の将来をあれこれ夢見てた頃と同じものだった。あの頃からミルッツァは、身寄りのない自分を引き取ってくれたシベッタ夫人のために生涯尽くすのだと言ってたっけ。

「ノーラ、ノーラ」シベッタ夫人が大きな声を張りあげて呼ぶと、ドア全体をふさぐほどぽっちゃりとした姉娘が現れて、私に微笑んでみせたものの、少しも嬉しそうじゃなかったわ。結局、二人の姉妹のうち、家に残ったのは姉のノーラのほうだった。妹のメーナはといえば、教会の前で撮った結婚式の記念写真がサイドボードの上に目立つように飾られてた。近づいてよく見ると、新郎新婦を真ん中にして親族みんなが写ってた。結婚式には私も、マッダレーナに上品なブラウスを借りて出席するつもりでいたのだけど、直前に気が変わって出発をとりやめた。あの結婚も、もとはといえば私のせいだったわね。私のせいで働き口がなくなったコジミーノは、カロさんの伝手《つて》を頼って本土での仕事を見つけたものの、心臓を患っている父さんを残して故郷を離れたくないと断ったのでしょ？　それでシベッタ夫人がここぞとばかりに、二人の娘のどちらかを嫁にもらってくれないかと話を持ち掛けたのよね。シチリアの別の場所にある一族の土地を持参金代わりに持たせるという条件で。コジミーノは二日二晩、奇数か偶数かと賽子《さいころ》を振り続けた挙げ句、シベッタ夫人のお屋敷を訪れ、「メーナさんを嫁にもらいたい」と申し出た。結婚式の日、メーナは以前に私が刺繍《ししゅう》をほどこした花嫁衣裳を、コジミーノは舅《しゅうと》のスーツを裏返して仕立て直したものを着てたんですってね。イニャツィオ司祭が、死が二人を分かつまでと二人の結婚を祝福した。そのしばらく後に離婚法が成立し、弁護士と判事が認めれば、神によって結ばれた二人を分かつこともできるようになることは、そのときにはまだ知らなかったのね。それから数年後、リアが誕生した。

コジミーノは家族のために結婚したようなものだった。父さんがそうさせたのよ。フォルトゥナータ姉さんのときもそう。なのにどうして私に対してだけ、自由のために闘うことを求めたの？　私と腕を組んで村を歩き、名誉をめぐる不文律に挑むなんて。父さんは私になにを期待し、どんな試練を課そうとしてたの？

いつも一緒にカタツムリを捕まえに行ってたから？　私と父さんは無言で気持ちを伝え合うことができたから？　こっそり手を握って合図をしてたから？　それとも、一緒に鶏小屋のペンキを塗っていた日、黄色のペンキが刷毛から垂れたせい？

71

ペンキのせいで雌鶏が死ぬなんて、思ってもみなかったよ。いいことをしたつもりでいても、ときに内部に毒が潜んでることもある。おまえを菓子店に連れていったときもそうだった。

俺たちを乗せた車はいま、歩くのと変わらない速度で進んでる。村に入ってからというもの、コジミーノからはそれまでの横柄な態度が消え、昔の瘦せっぽちで病弱な少年に戻ったかのように、あたりの様子をうかがってる。広場はまったく変わっておらず、二十年の歳月が流れたとはとても思えない。教会、軍警察署、テラス席のある二軒のカフェ、菓子店のショーウインドウ……。

あの日、俺たちはあの店の前で立ち止まった。あのときの光景はいまでも脳裏に焼きついてるよ。おまえの迷いを取り除いてやりたくて、俺はあの男のところへ連れていったんだ。あいつが本当におまえを幸せにできるのか？　そう思ったものの、正直、どんな男だったらふさわしいかわからなかった。おまえに自由に選ばせたつもりでいたが、実際には意見を押しつけてただけなのかもしれないな。おまえの決断を応援するのではなく、俺の望むところにおまえを導き、俺が聞きたい言葉を聞くために、菓子店に行ったのかもしれない。ある意味、猟銃《ルパーラ》を構えて、娘の手の甲にキスをするよう求める父親たちよりも始末に負えないな。フォルトゥナータだけでなく、おまえまで横暴な男の許に嫁がせるのには耐えられなかったんだ。なのに結局、別の形でおまえも失うことになった。まあ、いつか子供たちが離れていくのは、親に課せられた宿命のようなものだがな。父親にできる最良のことは、脇に退き、子供たちを独り立ちさせることだ。

裁判のあと、おまえはナポリに行ってしまい、村にとどまった俺にはなにも残されてなかった。畑も、雌鶏も、娘たちも。フォルトゥナータは口さがない連中から逃れるために町に移り住み、マッダレーナの仲間の支援を受けて、工場で働くことになった。トマトの缶詰の製造工場だったんだが、その話を聞いたとき、俺と母さんは驚いて目を見張ったよ。あれほど繊細だった娘が、毎朝工場に通い、作業着に着替えてタイムカードを押すなんて、想像もしてなかったからね。そうして自分の信じる道を歩んだ結果、フォルトゥナータはようやく本当の幸せをつかんだ。同じ工場で労働組合員をしてる男と再婚したんだが、別れた夫とは異なり、決して暴力は振るわず、ひたすら真面目に働く男だそうだ。

コジミーノが嫁さんの所有地のあるラピサルダに移り住むと決めたとき、俺は母さんとついていくことにした。母さんと二人で村に残っても、仕事がなかったからね。コジミーノはしだいに実力を発揮し、放置されていたシベッタ家の土地を、実り豊かな果樹園にした。いまでは、本土にまでオレンジを売ってるんだぞ。信じられんだろう?

メーナとコジミーノは、二週に一回は日曜の昼食に俺と母さんを招いてくれる。結婚生活はうまくいってるようだ。相手を傷つけることなく、互いに尊重し合ってな。

子供というのはな、風に運ばれてきた種が庭で芽を出すようなものだ。どんな実をつけるのか育ててみるまでわからない。だから、最初から親が決めつけたらダメなんだ。俺の庭に弱々しい三本の幼木が生えてきたと思ったら、いつの間にか逞しい果樹が茂り、たくさんの実をつけてたよ。塩で灼《や》かれた土地からも命が芽吹くことはあるんだな。

72

塩で灼《や》かれた土地からも命が芽吹くことはある。父さん、私はそのことを父さんの働く手から学んだわ。休みなく土を耕し、種を蒔き、水をやり、剪定《せんてい》する、父さんの手からね。いま私は、マーガレットの花束を、花びらが折れないようにそうっと買い物籠にしまって、急ぎ足で最終目的地に向かっている。

私ね、自分が教えている教室に、本のぎっしり並んだ書棚を置いて、花瓶も飾ったの。毎日、一日の終わりに生徒たちが交代で音読をし、花の世話をしてくれるわ。ロザリア先生もきっと喜んでくれると思う。もしかして私がこの学校に戻りたいと思ったのは、もう一度ロザリア先生と一緒に過ごしたかったからかもしれない。

いつしか、かつての同級生の子供たちが学校に通ってくるようになった。クロチフィッサの年子の姉妹は、二人とも母親譲りの栗色の髪に、炭のような黒い瞳をしている。ロザリーナの長男も小学校に入学したわ。彼女にはもう一人幼稚園に通っている男の子がいて、いま三人目を妊娠中なのよ。ティンダーラの娘は金髪に緑の瞳なんだけど、何年も昔に、教会の前でティンダーラに見せてもらった写真の男の人とそっくりだったから、すぐにわかった。

「あなたの言ったとおりだったわね」娘を迎えに来たティンダーラが、校門の外で言った。「写真だけを見て結婚を決めたのは間違いだった。夫とはそりが合わず、口をひらくたびに口論になるの。夫が白だと言えばあたしは黒だと言うし、夫が夜明けだと言えばあたしは日暮れだと言う。それに……」周囲を見まわして、声を潜めた。「ここだけの話、顔はいいけど、あちらはさっぱりなのよね。いつ妹か弟ができるのって娘によく訊かれるんだけど……」そして、娘のほうをちらりと見ながら言った。「もうコウノトリがうちに来ることはないでしょうね。男の人ってまるで西瓜みたい。割ってみないことには味がわからない。そう思わない？」

マリーナが入学してきたときには、名簿の名字を確かめるまでもなく、誰の子だかわかったわ。案の定、最初の日に、お祖父ちゃんが死んじゃってパパがお店を継ぐことになったから、町から引っ越してきたんだと話してくれた。町のお友達と遊べなくて寂しいけど、学校から帰ってお店に行くと、パパがクリームを舐めさせてくれるの、と嬉しそうに言ってね。すらりと細くて、真っ黒な瞳の快活な子で、いつも母親が校門まで迎えにきてた。派手なところのない、小柄で無口な女性よ。目が合うと、お互いに軽く顎を引いて挨拶をする。もしかすると、私が彼女の立場だったかもしれないのよね。

でもね、ムシャッコのところにはまだ子供がいないの。フォルトゥナータ姉さんとの宗教上の婚姻が解消された翌年、いくらか髪が薄くなり、何キロか肥ったムシャッコは、年下の花嫁とともに、イニャツィオ司祭に二度目の結婚式を執りおこなってもらったのでしょ？　だけど、待ちわびた跡継ぎにはまだ恵まれてないみたい。フォルトゥナータ姉さんを殴って流産させた赤ん坊のことが、免れ続けてきた罪よりも、彼の心に重くのしかかっていることでしょうね。

73

大通りの向こうにムシャッコの屋敷が見えてきた。昔のままなのに、以前よりも小さく見える。近頃では、かつての五分の一ほどの時間で五倍の大きさの建物が建てられるようになったな。そうやって古い富が新しい富に取って代わられていくんだ。そうは思わんか？

フォルトゥナータが逃げてきた翌日、俺はあの家に行ってみた。なにをするつもりだったのかは自分でもよくわからない。とにかく状況を把握したかったし、できることなら二人を仲直りさせたかった。あのときはまだ、それぞれの言い分を伝えれば理解し合えるはずだと思ってたんだ。「歩み寄れないのは山だけだ」と言うじゃないか。だが、俺はまたしても間違った。

心臓が喉から飛び出しそうになりながら階段をのぼっていくと、ジェロ・ムシャッコは俺を三十分近く玄関先で待たせたあと、ようやく中に招き入れた。ソファーに深く腰掛けて葉巻を吹かしながら、一人でワインを飲んでたよ。俺にはなにも振る舞おうとせずにね。たとえ振る舞われても拒否しただろうが。

「なにがあったのか説明してくれないか」俺は怒りに震える声であの男に詰め寄ったんだ。怒りの矛先は、ムシャッコにというよりも、その壁の内側で起こっていたことを見ようとしてこなかった自分自身に向いていた。ムシャッコは答えた。俺からフォルトゥナータを託された日から、ずっと宝石のように大切に扱ってきた、とね。信じられるかい？　本当にそう言ったんだ。なのに恩知らずの妻は、妹の悪《あ》しき手本を真似て、家を出るという、正気とは思えない行動に出た。自宅の外でひと晩過ごしたふしだらな女を、自分は二度とこの家に入れるつもりはない、と。「これは名誉にかかわる問題だ」と彼は言い、葉巻の吸い殻を灰皿に押しつけた。

「フォルトゥナータはうちにいた」

「実家にかくまったりせずに、昨夜のうちに連れ戻すべきだったんだ。こうなった以上、実家で引き取っていただいて構わないが、妻を追い出したのはこの俺のほうだということを村じゅうに知らせなくてはならない。警察に告訴状を提出せずにいてやることを感謝するんだな。この結婚は最初から完全な詐欺だったんだ。教会裁判所に訴えて、婚姻を無効にしてもらうつもりだ」

葉巻の煙が鼻に突いた。それ以上あの家にいることは、ロバに説教を続けるようなもので、言葉と時間の無駄でしかなかった。たとえ名誉に疵《きず》がつこうと、フォルトゥナータはあの男の許に戻すよりも実家においておくほうがいい、そう思ったんだ。それで家を出て階段を下りたところで、息もできないほど胸が苦しくなって、門扉に寄りかかり、滴る汗を拭いながら休んでいた。そこへ、こともあろうにパテルノが口笛を吹きながらやってきたんだ。

「こんなところでなにをしてるんです？」パテルノがぎょっとして尋ねた。「親しい友の家を訪ねてきたら、待ち伏せされてるなんて……」そして、俺の顔をまともに見ようともせず、そのまま階段をあがっていこうとしたんだ。

俺は左腕がしびれ、口を開けても声がうまく出なかった。「なにもあんたを待ち伏せするためにここにいるわけじゃない」かすれる声でそう言うのが精一杯だったよ。

パテルノはようやく立ち止まり、俺を見返した。

「結婚式の日取りは決めていただけました？」傲慢な態度でそう訊いてきた。

「娘は、あんたとは結婚しないと言っている。何度言ったらわかるんだ。だが、もし……」

「でしたら、これ以上話すことはありません」あいつは俺の言葉をさえぎると、速足で階段をのぼっていった。

「待ってくれ！」俺はあいつを引きとめようとした。「あんたが正式に謝罪をし、力ずくで娘の純潔を奪ったことを反省していると態度で示すなら、告訴を取り下げ、裁判沙汰にはしない」ワイシャツの下で動悸が激しくなるなか、俺はかろうじてそう言った。

パテルノはまるで笑い話でも聞いたかのように、階段の踊り場から俺を見おろすと、腹をよじって笑ってみせた。

「いったいなにを言いだすんです？　冗談はよしてください。私になにを謝罪しろと？　私は間違っていない。法律は私の味方です。私は、あなたのお嬢さんと本気で結婚するつもりだったんです。あの阿婆擦《あばず》れ女にせっかくチャンスを与えてやった。なのに彼女は、自分の心に従うのではなく、父親の言いなりになってしまった。あなたには真実が見えていない。ご自分は現代的な父親だと自惚れているのかもしれませんが、カエルばっかり食っている村の老人たちよりも始末に負えない。あなたが娘を思いのままに操ってるんでしょう。あなたの意にそぐわない相手と結婚させるより、娘が一生独身でいるほうがいいのですよね？　あなたのそのくだらないプライドこそがオリーヴァの不幸の根源であって、私の情熱が彼女を不幸にしたのではありません。娘さんの人生を滅茶苦茶にしたのはあなた自身だ」

そう言い捨てると、パテルノは階段を一段抜かしにのぼっていった。階段の吹き抜けに響く足音と、早鐘を撞《つ》くような俺の心臓の鼓動が重なった。パテルノは、二階上の手摺《てす》りからふたたび下をのぞいて、わめいた。

「反省だって？　なにを反省しろと言うんです？　土下座して詫びなければいけないのはそっちのほうだ。私を警察に訴えるなんて。どんな結末になるか、覚悟するがいい。こっちには有力者の知り合いが大勢いるんだ。判決は出たも同然です。負けるのはそっちだ」

俺は階段の一段目に座り込み、耳鳴りが鎮まるのを待った。おまえたちを遺して死ぬわけにはいかなかったからな。人生には、なんとしてでも生き延びなければならないときがある。額ににじんだ冷たい汗を隠すために帽子をかぶりなおし、立ちあがると、ゆっくり歩いて家まで帰ったんだ。

アマリアが村の道を指し示しても、リアはうなずくだけで、お気に入りの歌手の叫ぶような歌声を聴いている。俺の心臓は、コジミーノが州でいちばん腕のいい専門医のところで冠動脈バイパス手術を受けさせてくれたお蔭で、すっかりよくなった。だが、痛まなくなったいまでも、もはや習い性でつい左腕を押さえてしまうことがある。時とともに和らぐ痛みもあれば、どんな手術をしても取り除けない痛みもあるんだな。

オリーヴァ、正直言うと、おまえの裁判がどんな結果になるかはわかっていた。それでも裁判を続けるというおまえの決心は変わらなかった。俺はどうすべきだったんだ？　まるで罠《わな》にはめられたような気分だったよ。もがけばもがくほど網が絡まりつく。まったく、人生は過ちの繰り返しだな。

74

ほんとうに人生は過ちの繰り返しね。子供の頃は、道を誤らないよう、いつも進むべき方向を照らしてくれる明かりが自分のなかにあるような感覚だった。お蔭で、二桁の割り算だって小数の割り算だって間違えずにできるようになった。なのに、その明かりはしだいに薄れていき、初めて足を滑らしてからというもの、いつだって転ぶことに対する恐怖心に囚われるようになってしまった。ほどなく私はマルトラーナ村に戻ってきたことを後悔し、シベッタ家を訪問したあと、しばらくは村の旧中心街に行かなかったわ。海沿いの新しい住宅街から出ないようにしてたの。そんなある日、勇気を出して、昔、雨の日も晴れの日も木のサンダルで通い続けた砂利道を歩いてみることにした。なのに、せっかくの勇気もなんの役にも立たなかった。私たちが住んでいた家は跡形もなく消え、父さんの畑は均され、鉄筋コンクリートの近代的なビルの基礎が築かれてたの。私は心が空洞のまま家に帰った。私が探してたものは、もうそこにはなかった。私は、村に戻るべきじゃなかった、父さんたちと一緒にラピサルダに移り住むべきだったんだ、と思わずにはいられなかった。父さんは、私においでとは一度も言わなかったわね。父さんはいつもなにも求めない。だけど、父さんがそれを望んでいることはわかってたわ。家は広いし、住民は誰も私たちの事情を知らないから、道行く人々に偏見の目で見られることもない。父さんは電話でそう言ってたわね。それで、一度は私もそっちに移り住もうと決心したの。

ところが、それから間もないある日、ドアの外で足音がした。幼かった頃、遊びながらいつも耳にしていた、右足と左足のリズムが異なる音だったから、すぐに誰だかわかったわ。「開いてるわよ」私は、敢えて玄関まで出ずに、キッチンから声を掛けた。

「オリーヴァ、君の帰りを待ってたんだ」食卓に向かい合って座ると、彼はそう言った。昔よりも髪を伸ばし、赤みを帯びた顎鬚《あごひげ》をたくわえていたので、左頬の痣《あざ》が隠れてた。

「私の帰りを？　なんのために？」

「あらゆることのために」

サーロは笑っていなかった。生きるうえで絶えず自身の身体という壁に突き当たっていた者ならではの意固地さが、その顔には表れていた。

「知ってのとおり、僕が君と分かち合えるものはわずかだ。父さんの家具工房と、髪の毛にかかる鉋屑《かんなくず》。小さな土地と、一緒に雲を見ながら遊んでた頃からずっと僕の胸を締めつけている果てしない愛。それに、母さん秘伝のアンチョビパスタのレシピ……」

それらはみんな私の幼少期の大切な思い出だった。ナルディーナとヴィート・ムスーメチ親方、そして家具工房の前の大きな木の陰で過ごした夏。ヒマラヤ杉、胡桃《くるみ》、桜……種類ごとに異なる切ったばかりの木材の香りや、お昼ごはんができたわよと呼ぶナルディーナの声、軽く閉じられた昼下がりの鎧戸……。

果たして、そうしたものをふたたび手にすることができるのだろうか。私は自分の胸に問いかけた。いまでも空を見あげたら、マルフォリオの形がくっきりと見えるのだろうか。

「ありがとう、サーロ。でも、もう手遅れなの」

サーロはなにも言い返さず、私の手にそっと触れただけで、帰っていった。

それから数日後、私は異動願いを書いて封筒に入れ、封をした。けれどもそれを鞄に入れたまま、数週間が経っても投函しなかった。その代わり、一か月後に家具工房へ行き、壁に棚を造ってもらいたいから寸法を測りに来てほしいとサーロにお願いしたの。彼はなにも尋ねず、何日間か黙々と手を動かしてたわ。サーロといると時間が心地よく過ぎていき、わずかな言葉が沈黙と交じり合った。板を加工するときの彼の手の、正確で無駄のない動きを見てるうちに、私の骨や神経や皮膚、そして皮膚の窪みをその手に委ねてもいいのかもしれないと思えたの。きっと同じように木目細かに扱ってくれるにちがいないってね。

戸棚ができあがり、どんな色に塗ってほしいかと訊かれた。私は肩をすくめて黙ってた。父さんに菓子店へ連れていかれ、どのお菓子が欲しいのかと尋ねられたときのようにね。自分の希望を言葉にすることに慣れてなかったの。

するとサーロが頬を掻いた。それを見て私はなぜか、彼の痣は本当に苺の味がするのか確かめてみたいという衝動に駆られた。

「あなたの家だったら、何色にしたい?」そう彼に訊き返した。

「僕は自然な色が好きだ。天然の色を引き立たせるワックスを塗るだけでいいんじゃないかな」そう言うと、並んでいたいくつかのペンキ缶のなかからふさわしいものを取り出した。

「だったら、自然な色にして」そう言って、私は自分も刷毛を握ったの。幼い頃、父さんと一緒に鶏小屋のペンキを塗ったときのようにわくわくしながら。

75

おまえは娘なのに、男みたいな仕事が好きだということが、母さんには理解できなかったんだろうな。だが、誰もが人それぞれで、判断の物差しを持っているのは神様だけなんだ。メーナだって、娘のリアにクラシック・バレエをやらせたがったが、本人はテニスに夢中だ。だからといってまわりがとやかく言うことでもあるまい。

いま車は、おまえが洗礼や聖体拝領を受けた教会の前を通り過ぎようとしている。母さんは目を伏せて、なにかを探すふりをしてバッグをまさぐっているが、徒《いたずら》に手を動かしてるだけだ。母さんとはもう何十年も連れ添ってるから、仕草を見れば、なにを考えてるかだいたいわかるんだ。

「パーティーは好きじゃないから」おまえはすべてを済ませたあとに電話をしてきて、そう言ったね。式の様子は、母親から聞いたというメーナが話してくれたよ。朝の六時、立会人のノーラとナルディーナ以外は誰もいない教会で執りおこなったんだろ？　イニャツィオ司祭から祝福を受けると、おまえたちはまっすぐ家に帰り、サーロはその足で家具工房に向かい、おまえは学校へ行く支度をしたそうじゃないか。ブーケの花は生徒たちに分け、みんなで、愛してる、愛してない、愛してる……と花占いをしたらしいね。母さんは納得できない様子だったよ。親にも内緒で式を挙げるなんて、どういうこと？　花嫁衣裳や花嫁道具はどうしたの？　そう憤慨してた。

アマリアは溜め息をつき、ふたたび窓の外に目をやる。おまえの結婚式に関しては、記念写真の一枚も持っていない。最前列で感極まって涙する母さんの姿もなかったし、姉弟が立ち合うことも、おまえの同級生が出席することも、リリアーナがベールの裾を持つことも、教会の前で花婿の親族が米を投げることも、オルガンが音楽を奏でることも、コーラスも、お香の香りもなかった。

なにより、おまえを祭壇の前まで連れていき、花婿の手に託すことができなかった。おまえたちはお互いに、自らの身を相手に託したんだな。父親の出る幕はなかった。おそらくおまえは、誰からも——父親である俺からも——遠く離れたところで、自分で決めた相手に身を委ねたかったんだろう。

76

イニャツィオ司祭のところには、すでに結婚している夫婦のように手をつないで報告に行ったの。ナルディーナは結婚式の前の晩、美容院へ行って髪を巻き、爪にはマニキュアを塗ってもらってた。早朝の、人のいない教会で式を挙げるのだから、誰に見られるわけでもないのにね。村人たちからさんざん容姿をけなされてきたナルディーナだったけれど、自分のためにお洒落をすることを覚えたんだなと、それを見て私は思ったわ。一方、ヴィートト親方の魅力は、年とともに色褪せていた。長い歳月を一緒に暮らすあいだに、二人の差が縮まったのかもしれないわね。ちょうど練り消しが鉛筆の線をぼかすように。二人は教会の木製の長椅子に手をつないで座ってた。村人たちからなにを言われようと、少しも気にせずに。

サーロは鬚をきれいに剃り落とし、私は疲労の色を隠すために頰に軽く紅をはたいてた。

結婚式の前の晩、なかなか寝つけなくてね、あんまり蒸し暑かったので、夜が明ける少し前、バルコニーに出て椅子に座り、海からの涼風を吸ってたの。すると波が岩にぶつかって砕ける音に混じって、なにか別の、力強いリズミカルな音がした。身を乗り出して通りに目をやると、カルメリーナおばさんが門の前を箒《ほうき》できれいに掃いていた。

「カルメリーナおばさん、こんな朝早くになにをしているのですか?」私が声を掛けると、彼女は顔をあげた。頭のまわりに巻いた白い三つ編みが、月明かりに光ってた。

「ごめんなさい、起こしちゃったかしら」

「そんなことありません。とっくに起きてました。なんだか寝つけなくて。おばさんはこんな時間になにを?」

「道路をきれいにしてるのよ」彼女はそう言った。「花嫁さんが通るからね。花嫁衣裳は無垢じゃないといけないから」それから、上まであがってきて私の髪を結ってくれたわ。

教会で祭壇の前に歩み出るとき、サーロが私の耳もとで、「僕に同情して結婚することにしたの?」と、右足を指差しながら尋ねた。

「あなたこそどうなの?」私も小声で尋ね返した。そうして二人で腕を組んで祭壇の前に進み出たの。私たちは似た者どうしだったのね。

新婚初夜、私はサーロに手をつながれ、ひとつのベッドに並んで横になった。ゆっくりと彼の身体を知り、少しずつ信頼を築いていく必要があった。彼が眠っているときも、シャワーを浴びているときも、服を着ているときも、朝起きて、頰にある苺の形の痣――私が幼い頃から味見をしたいと思っていた痣――に注意しながらひげを剃っているときも、私はじっと観察してた。そうして日を重ねるにつれ、子供の頃のサーロにもいまのサーロが内包されていたし、大人になったサーロには子供時代の姿が投影されているように思えてきたの。そんなある晩、私のほうから彼を求めた。固く閉ざされていると思っていた門が実は開いていることを不意に発見したかのように。

恐怖心も同じなのかもしれない。恐怖心というのは、それを乗り越える勇気を見出さない限り存在し続ける門なのね。

父さん、私は広場に着いて、久しぶりにこうしてあの店の入り口前に立っているいまも、怖くてたまらない。あの頃と変わらない、「パテルノ菓子店」という看板が掲げられている。カウンターの中をのぞいてみたけれど、誰の姿も見当たらない。店の奥から物音が聞こえてくる。私は後ろを振り返り、いまならまだ引き返せると思った。まるで迷い込んでしまった雌鶏のように。そのとき足音が聞こえ、アーモンドクッキーが並ぶショーケースの陰から人の姿が現れた。

彼はたいそう驚き、まるで目の前の客に焦点が合わないとでもいうように、当惑している。最後に会ったのは二十年近く前だけど、あのときには勝利を手にした者特有の高慢な表情を浮かべてた。自分には過ちを犯しても守ってくれる法律があり、強者の側にいて、力もあることを知ってたから。

私のことを素早く見定めてから、目を伏せて並んでいるクッキーを見る。父親を亡くした彼がマルトラーナ村に戻ってからというもの、私はこのときを待ち望んでいた。この日が訪れるまでに、長い歳月と、闘う意志を持った女性たちと、声高に叫ばれたいくつもの「ノー」が、私の「ノー」に積み重ねられなければならなかった。毎時間、毎日の積み重ねからなる長い歳月を待ち続ける必要があったの。

77

意固地なおまえから電話をもらい、昼食に誘われなければ、俺たちは家を一軒一軒、道を一本一本たどりながら村まで戻ることもなかっただろう。新しい店ができ、大通りの敷石も新しくなってたが、広場や、我が家へ続く砂利道との交差点は昔のままだった。海側に、海岸道路を経て新興住宅地へと続く分かれ道がある。俺は昔から海が怖かった。海には根が張れないからな。

コジミーノが車を駐《と》めると、みんな凝り固まった身体で車から降りてきた。アマリアは両手で服の皺を伸ばしながら、あたりを見まわす。ここがおまえの家なのか。マルトラーナ村の新興住宅地に十年ほど前に建てられたこの現代的な建物で、おまえは俺たちの知らない生活を送っている。潮の臭いばかりで、土の香りはしないこの場所で、おまえは新しい花を咲かせることにしたんだな。

「五階よ」と、インターホンの向こうで声がする。「エレベーターがあるから」

「俺は階段で行く」そう言って階段に向かって歩いていくと、何語かわからない歌を口ずさみながら、リアがついてくる。

サーロが照れくさそうに出迎える。家の中に案内し、これまで秘密だった二人の暮らしぶりを見せる彼は、子供の頃に戻ったようだ。おそろいの食器、並んで掛けられたバスローブ、二つ寄り添ったクッション……。

「住み心地のよさそうな家だね」とコジミーノが感想を言うと、メーナも相槌を打つ。だが、コジミーノが心の内でなにを考えてるのか、俺には容易に想像できる。うちに来れば、二部屋にコンパクトキッチンなんてものじゃなく、もっと広いスペースがあるし、サーロも、工房をたたんで僕らと一緒に商売ができるのに……。それでもおまえたちは、この村にとどまり、大水のときは身を屈め、時がくればふたたび頭をもたげる葦《あし》のように、しなやかに生きていくつもりなんだな。

78

父さんはいつも言ってたわね。葦のようにしなやかに身を屈め、大水をやりすごすんだって。ようやくいま、頭をもたげる時が来たのよ。

「ごめんください」私はまっすぐ彼を見据える。

彼はケーキのトングを握ったまま、狼狽《ろうばい》のあまり手が震えている。黒々としていた縮れ毛は、こめかみに白い筋が入り、生え際もいくらか後退している。私はじっくりと彼のことを観察する。唇の両端は下がり、目の下はやや腫れぼったく、額には横に三本の皺が刻まれている。目の前の客が私だとわかると、皺はさらに深くなった。ジャスミンの香りはしない。耳の裏に花を挿す習慣はもうないらしい。まくりあげた袖からは逞しい腕が伸びているものの、突き出たお腹のせいでエプロンが引っ張られている。視線をあげたその瞳は昔と同じ色だけど、昔よりも穏やかに見える。私は自分の心臓の鼓動に耳を傾ける。束の間、感情の高ぶりが感じられたものの、すぐにまたもとの脈拍に戻る。自分を勇気づけるために、片方の手でもう一方の手を握り、二回握りしめる。

パテルノは相変わらず美男子だ。さすがに、風を切って歩き、聖女たちをも振り向かせていた二十年前ほどではないが、形式的な勝利を収めただけでなにひとつ手に入れることはなかったという、人生の苦みを知った者の美しさが感じられる。

「特別な日を祝うためのケーキが欲しいのですが、どんなものがありますか?」

パテルノは握っていたトングを置いて大きく息を吐き、指で髪を後ろに撫でつける。それから、店の左手にあるケーキの並んだショーケースを右手で指し示す。私はショーケースのほうに歩み寄る。大理石の床にサンダルが当たり、こつこつと小さな音を立てる。今日、こうしてカウンターのこちら側とあちら側で私が彼と向き合っているのは、あの日の欠けたヒールのせいなのだ。私は、幼かった頃と同じように口に生唾をためて、色とりどりのデコレーションをじっと見つめる。

「カッサータをひとつください。家族みんなで食べるんです」私はいちばん大きなのを指差す。

パテルノは無言のまま、カウンターの後ろから出てきて、私の前に立つ。私は後退りしない。彼はショーケースと私を交互に見てから、手際よくカッサータを取り出して、両手に持つ。その瞬間、彼の皮膚のにおいが脳裏によみがえる。彼は向きを変え、またカウンターの向こう側に戻る。長いランニングを終えた後のように、これまで私を奮い立たせていた力が抜けそうになる。スローモーションカメラさながらに彼の動きを目で追うあいだ、膝ががくがくと震えだす。彼は厚紙の箱を出してきてカウンターの中央に置くと、その中にカッサータを入れて、丁寧に蓋をする。それから自分の名字が書かれた包装紙を一枚ひろげて箱を包み、ロールから金色のリボンを繰り出して鋏《はさみ》で切り、包みを結ぶと、鋏の刃先を利用してリボンの先端を器用にカールさせる。荒々しさとは無縁の自然な動き、残酷さを感じさせない手さばき。おそらく夜には、その同じ手で娘さんの掛け布団をなおしてやるのだろう。あのときの憤怒や侮蔑、傲慢は、いったいどこへ消えたのだろう。私に負わせた痛みは、彼になんの痕跡も残さなかったのだろうか。言おうと思っていた言葉がことごとく喉の奥につまり、息ができない。私が長年闘い続けてきた男は私の悪夢のなかにしか存在せず、目の前には、闘う価値すらない男がいるだけだ。

その後、レジの脇のスツールに腰掛けた姿を目にしたとき、ようやくありのままの彼が見てとれる。疲れた顔つきで、年齢以上に老け、気力が感じられない。彼もまた、これまで様々なものを失ってきたのかもしれない。無知や、時代錯誤のメンタリティー、必死に誇示しなければならないマチズモ、時代に合わなくなったにもかかわらず効力の残る法律……そういったものの犠牲者だったんだ。マッダレーナの言うとおり、女が脆《もろ》いわけじゃなく、脆いのは、不当な思いをさせられてきた人たちなのかもしれない。

私はショーケースの内側のプライスカードで値段を確認し、その金額をレジの脇に置く。そして彼の手が離れるのを待って、包みを受け取る。私が店の外に出ようとした瞬間、彼の声が背後から追いかけてくる。

「あの日、君はカッサータなんて欲しくないと言ったよな。あれは嘘だったのか？」

彼の言葉はハリネズミの棘のように私の皮膚に刺さり、束の間、眼差しだけで私の胸を羞恥心でいっぱいにしていた頃の彼がよみがえる。けれども、いまの彼には私を傷つけることはできない。私はもう、彼の犠牲者ではないのだから。彼は昔のようにひとを小馬鹿にした口調で尋ねたが、本当に知りたいのだ。自分は有罪なのか否か、私の口から聞きたいのだろう。裁判所の判決だけでは飽き足らず、二十年も経ったいまになり、父親から継いだ菓子店で、私の裁きを求めている。

彼は、カウンターのほうに数歩戻った私をじっと見つめる。いまや彼のほうが弱い立場にある。「私がなにを望もうと、誰にも断る義務なんてないはずよ」私は一歩も引かない。贖《あがな》いの決まりごとはなによりも複雑だ。果たされたときに初めてそれとわかるのだから。

「だったら、なぜここに来た？」パテルノはしだいに声を荒らげながら、畳みかけるように質問する。それでいてその声は、私から罰を受けるのを恐れるかのように、不安にささくれ立っている。「俺が君に与えようとしたものをすべて拒んだのは、正しい選択だったと言うためか？それで、君はなにを手に入れたというんだ？」

いくら彼ががなりたてようと、私は怖くない。彼は私の迫害者ではなく、自分の犯した罪の深ささえ理解できない、一人の男にすぎないのだから。私は、答えに自信のある質問をテルリッツィ先生にされたときのような落ち着きはらった声で、ひと言ずつ区切りながら言葉を発する。

「二十年前、あなたが私に無理やり持たせようとしたものを、自分の稼いだお金で買いに来たの。私がなにを手に入れたかですって？　選択する自由を手に入れたわ」

彼は眉を吊りあげただけでなにも言い返さない。予想もしなかった現実を前に、心底驚いているようだ。拒絶を受け容れなければならないという現実。

そのとき店の入り口のほうからかわいらしい足音とともに、「こんにちは、先生」という声がして、私たちは息を呑んだ。

「こんにちは、マリーナ」私は笑顔で挨拶を返し、「よい日曜日を」と言って彼女の髪を優しく撫でてから、表の通りに出る。ケーキの箱を片手に広場を横切ると、ほかにも母親と一緒の学童が何人かいて、私に挨拶を寄越す。パテルノ菓子店から出てくる私を見て、わざわざ足をとめ、興味津々でこちらを見ている老人もいる。一陣の風が熱で淀んでいた空気を動かし、私は歩みを速めて大通りを通り抜ける。それから海の方向に曲がり、坂道を息せき切って下りていく。走るときの決まりごとはいつだって同じで、変わることはない。私は腕と脚と心臓を動かし、口を軽く開け、頬を真っ赤にほてらせて呼吸をし、髪を風になびかせ、うなじを汗で湿らせたまま走り続ける。やがて遠くに新しい建物群が現れ、私の家のすぐ近くに駐めてあるコジミーノの車が見えてくる。窓から顔を出したカルメリーナおばさんが、「みんなもう、先に上にあがってるわよ」と、にっこり笑いながら教えてくれる。私が急ぎ足で門をくぐり抜けようとすると、カルメリーナおばさんに呼びとめられる。「オリーヴァ、待って。さっき、郵便屋さんがこれを届けにきたわ」そして私に一通の手紙を渡す。差し出し人の名前はない。私はその手紙を鞄にしまうと、一段抜かしで階段を駆けあがり、呼び鈴を押す。するとドアがひらき、父さん、あなたがそこにいた。

79

ドアを開けたら、あの菓子店の名前の入った包みを抱えたおまえが立っていた。おまえはなぜ、今日の家族の団欒《だんらん》の席にあの男の影を同席させようと思ったんだ？　俺たちを苦しめたものも含めて、すべてがいまにつながってるからか？　迎えに出たサーロが、おまえの手から包みを受け取り、眼差しでなにか尋ねている。それに対しておまえは目を伏せ、首を片側に傾げる。するとサーロは微笑み、おまえの髪に軽く口づけをしてから、キッチンに包みを持っていく。

おまえはマーガレットの花束を買い物籠から取り出す。俺はそれを客間の花瓶に挿し、庭から摘んで持ってきたマーガレットの隣に飾る。

しばらく母さんの胸に抱きしめられていたおまえは、放してもらうのを待って、メーナとコジミーノに挨拶してから、尋ねる。「リアは？　一緒じゃないの？」

メーナがバルコニーを指差す。見ると、そこではおまえの姪っ子が、手摺りから身を乗り出して海を眺めている。

「子供が小さいうちは問題も小さいけれど、子供が大きくなるにつれて問題も大きくなるとはよく言ったものね」と、メーナが嘆く。「オリーヴァ、あの娘《こ》ったら、ある日を境に、突然別人のようになってしまったの。一年前まではおとなしく言うことを聞く娘だったのよ。それがいまでは話しかけても答えやしない。誕生日のプレゼントに、音楽を聴くための悪魔の道具が欲しいと言いだしてね。目玉が飛び出るほど高かったんだけど、例のごとく娘に甘い父親が買い与えたの。それからというもの、来る日も来る日も部屋に籠もって、あれを耳に当ててるってわけ。あたしたちの時代には、みんなで一緒に音楽を聴きながら、踊ったり喋ったりしたものなのにね。本当にいい時代だったわ。オリーヴァ、あたしたちが十五歳だった頃のことを憶えてる？」

おまえは溜め息をつくと、バルコニーに出て、姪っ子の傍らに行く。十五歳だった頃のことをおまえが忘れられるわけがない。リアは振り向いたが、以前のようにおまえに抱きついて頬にキスをすることはない。おまえはリアの肩にそっと手をのせ、そのまましばらくじっとしてる。そのうちに母さんが、お客さんが到着したわよ、とおまえを呼びに来る。

フォルトゥナータが祝祭日用のワンピースを着て、にっこり微笑んでる。ようやく俺たちのつけた「幸運な《フォルトゥナータ》」という名前が似合うようになったらしい。フォルトゥナータと旦那とがそれぞれ一人ずつ男の子の手をつなぎ、いちばん末の子が乳母車の中にいる。二人は、勤めている工場の食品がいっぱいに入った買い物籠を二つ、手土産に持ってきた。ジャム、缶入りのオリーブオイル、トマトピューレ……。これは私の働いている部署で瓶に詰めたものなのよ、と誇らしげに説明するフォルトゥナータ。

みんな夢中で喋ってるが、俺はお喋りが好きじゃない。おまえに言いたいと思っていた言葉をこれまでいくつも口にせずにきたが、伝わっていると信じたい。俺もリアと並んで、バルコニーの手摺りから海を眺める。波が絶え間なく寄せては返し、決して静止することはない。俺たち二人には言葉など必要ないんだ。リアには音楽があり、俺には沈黙がある。意外かもしれんが、家族のうちでいちばん俺に似ているのは、孫のリアかもしれないな。

食事の支度ができたと呼ぶサーロの声がしたので、俺とリアは、もう一度青い波と白い泡によって描かれる複雑な模様に目をやってから、ダイニングに入り、おまえが決めた席に座る。リアは両親のあいだ、おまえは夫と並んで片方の端、俺はその反対側の端に。自分の家の食卓を囲む家族の顔を一人ずつ順に見ながら、穏やかに微笑むおまえがいる。

80

私は食卓を囲んでいる家族の顔を一人ずつ順に見る。今日は私の教員資格取得のお祝いであり、婚約のお祝いでもあり、初任給のお祝いでもあり、結婚式の宴でもあるの。これまでの埋め合わせというわけじゃなくて、何度も続いた欠席のあとの出席といったらいいかしら。長い沈黙をくぐり抜けたあとにようやく言葉を取り戻し、後ろを振り返らずに長いあいだ駆け抜けたあとで息をつくようなものね。食卓には、実際にはこの場にいない人たちも含め、大勢の人がひしめいてる。マッダレーナ、リリアーナとカロさん、そしてサベッラ弁護士。路上でブラジャーを燃やして抗議した女性たちや、国会議員となった女性たち、家で料理をする女性たち、平手打ちされ、辱めを受けてきた女性たち、利害のためだけに結婚する女性たち、窓の外から「恥知らず」と心ない声をかけられる女性たち、勉強に励んできた女性たち、まだなんの知識もない女性たち、それに、私が汚れのない花嫁衣裳で教会まで行けるようにと、夜明け前に道を掃き清めてくれたカルメリーナおばさんも。

家のなかを走りまわるフォルトゥナータの子供たちを、父親のアルマンドがお仕置きするぞと脅しながら追いかける。私は好きなようにさせておく。これからさらに子供が増えて、部屋がいっぱいになるかもしれない。毎日一緒に遊んでた子供時代に戻ったみたい。アルマンドが無口な父さんに話しかけ、言葉を引き出そうとしている。工場のこと、勤務時間のこと、お給料のこと……。父さんは相槌を打ちながら、辛抱強く話が終わるのを待っている。母さんとフォルトゥナータ姉さんとメーナは、三人で噂話に花を咲かせてる。リアはまたしてもバルコニーに避難して、隅の椅子に腰掛けている。私がいつも好んで座ってる椅子に。カセットテープの孔に人差し指の先を突っ込んで、巻き戻す。「電池の節約になるから」尋ねたわけでもないのに、そう教えてくれた。

私は彼女の隣に座り、話しかける。「あなたが小さかった頃はね……」

ところが、リアはその先を言わせてくれない。「ママみたいな話し方をするのはやめて。ママはいまだにあたしを子供扱いして、なんにでも決まりごとを押しつけてくるのよ。伯母さんはいつも、他人の意見には従わずに自分の考えを通してきたんでしょ？　ほかの女の子たちとは違ってたって聞いたよ。あたしもたまに、あらゆることから逃げ出したくなるの。家からも、村からも、シチリアからも……伯母さんがしたようにね」

海から涼しい風が吹きあがり、不意に体の芯が冷たくなる。

「そうじゃないわ、リア。私は村の女の子たちと同じになりたかった。みんなの輪に馴染めるのなら、なんだってしたと思う」

リアはテープを巻いていた手をとめて、額にかかる髪を掻きあげると、驚いた表情で私を見返す。リアは父親似でも母親似でもなく、私たち家族の誰にも似てない。彼女にしかない美しさを持っている。「あたしはずっと伯母さんをお手本にしてきたのに」がっかりしたような声でそう打ち明ける。「伯母さんは抵抗してきたんじゃないの?」

私はリアの手からカセットテープを取り、彼女の代わりにテープを最後まで巻き戻す。

「人生もこんなふうにやり直せればいいのにと思ったことは、これまでに数えきれないほどあったわ。テープを巻き戻し、別のやり方で最初からやり直すの」

「つまり、伯母さんは自分の人生を悔やんでいるの?」

「同じ『ノー』でも、なんの代償もなく口にできるものと、ものすごく高い代償のつく『ノー』がある。私は、自分が口にした『ノー』のせいで、多くの犠牲を払わされたわ。私だけでなく、家族までもがね。そのせいで、長いあいだ私は孤独だったし、みんなから批判され、自分は間違っていると思ってた。いまでこそ、私がしてきたことは正しかったんだ、ちゃんと筋が通っていたんだって思えるけど、それはあくまで私の個人的なストーリーでしかなくて、誰もが自分のストーリーを持ってるはずよ。誰にでも好きな歌があるようにね」私はそう言うと、リアに向かって微笑み、カセットテープを返す。「あなたはいつもどんな音楽を聴いてるの?」

リアは人差し指の爪を噛み、なにか別の考えに集中しているかのように、しばらく黙り込んでいる。やがてかすかな笑みを浮かべる。唇のあいだから歯の矯正器具の金具をのぞかせて。

「ボーイフレンドがね、これを録音してくれたの」カセットテープを指差すと、リアはウォークマンにセットして再生ボタンを押し、ヘッドホンを私に差し出す。

「ボーイフレンドって、どんな人？　リアはその人が好きなの？」ロマンチックなメロディーの英語の曲の出だしを聴きながら、尋ねる。

リアは、さあ、と言うように肩をすくめ、眉を吊りあげる。「好きかどうかなんてまだわかんないよ。わかるまでには時間がかかるものでしょ？」

「あら、ほっぺたが赤くなった。彼氏なのね？」私は姪っ子をからかう。

「伯母さん、なに言ってるのよ。あたしまだ十五歳なんだからね」

玄関のドアが閉まり、みんなの話し声と笑い声が階段の下のほうに吸い込まれて消えたときには、すっかり夜も更けていた。

「今日はもう寝よう。お皿は、明日ゆっくり片付ければいいよ」サーロが言った。

家じゅう散らかってたけれど、そこに常にある秩序がひと晩のあいだ乱れたことが私には心地よかった。「わかった。私もすぐに行くわ」そう約束して、寝室へと向かう彼の足音を聞いている。

テーブルの上の汚れたお皿を重ねて積みあげると、キッチンまで運ぶ。次いでグラスやカトラリーも。それからテーブルクロスを自分のほうに引き寄せ、手早く丸める。テーブルの上にパン屑を残さないでちょうだい。死者がやってくるから。いつも母さんがそう言っていたわね。すると、決まって父さんは、生者よりも死者のほうがましだ、って言い返してた。

すべてのものがあるべき場所に納まると、私はバルコニーに出て、さっきまでリアがいた場所に座る。そして、今朝、売店で買った新聞をひろげて、読みはじめる。「刑法第五四四条および五八七条、廃止される。イタリア、償い婚と、名誉の殺人に別れを告げる」わずか数行の囲み記事から、野蛮、ロッコ法典（一九三〇年に制定されたイタリアの現行刑法の通称）、近代化、殺人、南部、婚姻といった単語が目に飛び込んでくる。刑法改正案の発起人の名前のなかに、「リリアーナ・カロ代議士、共産党」とあるのを、私は見逃さなかった。

バルコニーの手摺りから身を乗り出すと、カルメリーナおばさんの家の明かりが消えている。そのときになってようやく、鞄の中に入れた手紙を思い出す。海からの風がそれぞれの部屋に入るよう、バルコニーの扉を開け放したまま家に入る。サーロはすでに寝息を立てている。私は寝室の明かりを消し、ダイニングルームに戻る。

封筒には、見憶えのある字で、私の名前と住所だけが記されている。私は机の上からペーパーナイフを持ってきて、封を開ける。中には、モノクロの画像が印刷された、縁の白いカードのようなものが入っている。薄暗かったので焦点が合うまで少し時間がかかったものの、やがて一人の少女の姿が見えてくる。オリーブの実のような黒い目に、色黒でぼさぼさ頭のその子は、擦りむけた膝小僧で拗《す》ねた表情をしている。写真の裏側には、メッセージが書かれていた。

「この子と交わした約束を、私は守ったわよ。リリアーナ」

まるで鏡の中の自分を見るような感覚で、私はその写真を見つめる。そこには、後ろを振り返らずに駆けまわっていた子供の頃の私がいた。誰も知らない雲の形を発見し、マーガレットの花びら占いに答えを求めるのが好きだった頃の私が。

愛してる、愛してない。

愛してる、愛してない。

愛してる。

訳者あとがき

この物語の舞台は、一九六〇年代初頭のイタリア南部、シチリア島。昔ながらの家父長制社会であるマルトラーナという架空の村だ。村の人たちはこぞって、隣人たち、とりわけ若い女性たちの行動を監視し、伝統的な規範から少しでもはみ出そうものなら、たちまち陰口を叩く。

間もなく十五歳の誕生日を迎えようとしている少女オリーヴァは、母親から「女は水差しだから、割った人のところにもらわれていくものなの」という呪いのような言葉を聞かされながら育った。世間体をなにより重んじる母親は、女の子が守るべきいくつもの「決まりごと」をことあるごとに言って聞かせ、旧態依然とした女性性に娘を閉じ込めておこうとする。おとなしくて素直なオリーヴァは、そんな母親に反抗することもない。それどころか、母親の声が常に頭のなかで聞こえるほどに言いつけを内面化する。対照的に、迎合をよしとしない父親は、娘の個性を尊重していることが素振りからうかがえるものの、寡黙で、めったに自分の考えを口にしない。一方、オリーヴァの双子の弟は、男の子というだけで自由な行動が許されていた。そのためオリーヴァは、弟と自分を比べては、男に生まれればよかったと思っていた。

そんな一人の少女が、やむにやまれず口にした「ノー」という言葉によって、彼女自身の人生だけでなく、家族の人生までもが大きく変わっていく様が、オリーヴァの一人称で語られる。だが本書は、いわゆる「フェミニズム小説」にありがちな、「勇気ある一歩を踏み出した女性が、数々の試練の末に自由と自立を勝ちとる」というわかりやすい結末には至らない。一人の女性が口にした「ノー」が社会に変革をもたらすには、あまりにも長い歳月と、無数の「ノー」が積み重ねられる必要があったのだ。

本書で描かれているのは、女は男に従属するものだという考え方が深く根づいていた家父長制社会においてみられた「償い婚〔matrimonio riparatore〕」と呼ばれる因習だ。暴力や脅迫によって女性を犯した場合であっても、未成年に対する行為であっても、行為者が被害女性に結婚を申し込めば、罪に問われないとされていた。

本書の第三部でも引用されているとおり、通称「ロッコ法」と呼ばれるイタリアの現行刑法典〔一九三〇年制定〕の第五四四条には、次のように明記されていた。

「第一節〔強姦罪、強制猥褻《わいせつ》罪など〕および第五三〇条〔十六歳未満の者に対する姦淫《かんいん》罪〕に定められた犯罪については、罪の正犯が被害者と婚姻したときは、罪は消滅する。その罪に関与した者についても、同じである。有罪判決が宣告されているときは、その執行および刑事上の効力は、中止される」

これが本当にEU原加盟国のひとつ、イタリアでの話なのかと驚かれた読者も多いのではないだろうか。だがイタリアに限らず、同様の婚姻による免罪の規定は、フランスやスペインの刑法にもみられた。

信じがたいのは、こうした条項が「女性保護」の観点から定められたものだということだ。婚姻前の女性が純潔を失うということは、なによりも体面を重んじる家父長制社会においては、その家の最大の恥だった。「名誉を汚《けが》された女」という社会的スティグマを背負わされた女性は、嫁ぎ先がなくなり、生涯独身でいなければならない。女性の唯一の幸せは、結婚をし、夫の庇護のもとで子供を産み、育て、家族に尽くすことであると考えられていた社会において、それは女性の将来を完全に閉ざすことを意味していた。したがって、相手の男の罪を不問に付し、被害者との結婚を促すことが、被害女性の唯一の救済措置とされたのだ。そこには、「魂の殺人」といわれる性暴力によって人間としての尊厳を踏みにじられたうえ、自分を力ずくで襲った相手と一生添い遂げなければならない女性の心身の苦痛に対する想像力が完全に欠けていた（伝統的にカトリック教会の家族観が重んじられていたイタリアでは、一九七〇年に離婚法が成立するまで、離婚は法的に認められていなかった）。

この「償い婚」に持ち込むために利用されていたのが、「フイティーナ（fuitina）」だ。本来は恋人同士の合意に基づく「駆け落ち」を意味していた。要するに、親の反対に遭って結婚できない恋人同士が、窮余の策として、両者の合意のもとに家出をし、数日を共に過ごし、婚前交渉を済ませたうえで、親に結婚を認めさせるものだ。だが、「償い婚」が成文化されていたために、本人の合意なしに、目当ての女性を力ずくで連れ去り、監禁・強姦したのちに結婚を迫る、実質的な「略奪婚」といえるフイティーナが横行していた。相手の家が村の有力者だったり、マフィアがらみだったりする場合、「償い婚」に応じないと家族まで脅される場合もあり、これを拒絶することは、女性にとって計り知れない勇気が求められた。

一九七〇年の離婚法制定、一九七八年の中絶法制定など、各種の法整備が進められ、一九八一年にはイタリア刑法典からこの第五四四条が削除される。このときに、いわゆる「名誉の殺人」（妻や姉妹や娘が不貞行為をはたらいた場合、家の名誉を守るために、親族が私刑としてその妻や姉妹や娘、あるいは相手を殺害する行為）を犯した者に対する刑を軽減するという条文（第五八七条）も同時に廃止された。本書の第四部でオリーヴァが読む新聞記事は、これらの旧時代的な条項がようやく刑法から削除されたことを報じたものだ。

「償い婚」に「ノー」を突きつけ、初めて裁判で勝訴したことでその名を広く知られている女性がシチリアに実在する。フランカ・ヴィオラ（一九四七年〜）だ。一九六五年、彼女が十八歳のときに、マフィアの一味である男から結婚を申し込まれたものの、断った。すると、嫌がらせをされた挙げ句、誘拐され、八日間監禁され、強姦されたのだ。犯人としては、その後フランカの両親を説得して「償い婚」に持ち込むことにより、強姦罪を免れるつもりだったのだが、彼女は頑なにそれを拒絶し、男を告訴する。一九六七年、フランカは裁判で最終的に勝訴し、犯人は十年の懲役刑となった。それにより彼女は、「償い婚を拒否するという勇気ある行動によって、イタリアにおける女性解放の歴史に欠かせない一歩を刻んだ」と称えられ、フェミニズム運動のアイコンとなっている。このフランカ・ヴィオラをモデルとして、ダミアーノ・ダミアーニ監督が撮った映画、「シシリアの恋人〔La moglie più bella〕」（一九七〇年）は日本でも公開された。

本書の著者、ヴィオラ・アルドーネは、「償い婚」を拒絶する女性を主人公に据えた小説を書こうと決めたとき、フランカ・ヴィオラのことは念頭にあったものの、裁判で勝利を収めた彼女は敢えてモデルとせず、それより数年前の一九六〇年、イタリア社会にまだ変革の兆しがそれほど見られていなかった時代を舞台に選んだ。というのも、調べていくうちに、フランカ・ヴィオラ以前にも「償い婚」に対して「ノー」と声をあげた女性たちはいたが、警察に相談しても相手にされず、裁判を起こすことすらできなかったか、あるいはオリーヴァのように法廷で屈辱を味わわされるだけだったことを知ったからだ。踏みにじられるとわかっていてもなお、「ノー」と言う力がどこから湧くのかを、この小説を通して読者とともに考えたかったと、著者は語っている。

「いいえ。私はあの人とは結婚したくない」。そんなごく基本的な自己決定権を行使することもままならなかった女性たちの心の機微を丁寧にすくいあげながら、敢えて架空の村の何者でもない少女を主人公とすることによって、アルドーネは物語に普遍性を持たせたのだ。

すでにお気づきの方もいるかもしれないが、本書の主人公の少女オリーヴァ・デナーロ（OLIVA DENARO）は、著者ヴィオラ・アルドーネ（VIOLA ARDONE）のアナグラムとなっている。主人公の名前に自身の名前のアナグラムを選んだ理由について著者は、「オリーヴァの闘いは私自身の闘いでもあり、すべての女性の闘いでもあるからだ」と述べている。


ヴィオラ・アルドーネは、一九七四年、イタリアのナポリに生まれた。内気で人と話すことが苦手な子供で、その代わり小さな頃から物語を書き、登場人物と対話をしていたという。ナポリ大学の文学部を卒業後、出版社勤務を経て高校教諭となった。二〇一二年、長篇『乱れた心の処方箋《レシピ》〔La ricetta del cuore in subbuglio〕』で小説家としてデビュー。以来、高校でイタリア語とラテン語を教えながら、コンスタントに小説を発表し続けている。

二〇一九年には、長篇第三作目にあたる『「幸せの列車」に乗せられた少年』〔拙訳、河出書房新社〕を発表した。戦後の復興期のイタリアで、南部の困窮した家庭の子供たちを列車に乗せ、比較的生活にゆとりのあった北部の一般家庭へと送り込み、衣食住と教育の機会を確保するという実際にあった活動を背景に、一人の少年の心の葛藤と成長を描いた小説だ。これがフランクフルトのブックフェアで話題をさらい、三十か国以上で翻訳、アルドーネは一躍、世界的に注目される作家となった。同書は、書店員の投票によって選ばれる《この本大好き〔Amo questo libro〕賞》など、イタリア内外の文学賞を受賞したほか、二〇二四年には、クリスティーナ・コメンチーニ監督によって映像化もされ、ネットフリックスで配信されている。

次いで二〇二一年に発表された長篇第四作が、本書『オリーヴァ・デナーロ』だ。オリーヴァ・デナーロは、女性週刊誌『イオ・ドンナ』が主催する、その年のもっとも優れた文学作品の女性主人公に与えられる《現代のヒロイン〔Eroine di oggi〕賞》を受賞した。また、二〇二四年にはアンブラ・アンジョリーニの主演で舞台化され、イタリア各地の劇場を巡回中だ。

二〇二三年には、最新作となる『偉大なメラヴィリア〔Grande Meraviglia〕』が刊行されている。一九七〇～八〇年代の精神病院を舞台に、心を病んだ母親とともに入院病棟で過ごしていたエルバという少女と、精神病院の改革を目指し、彼女を病院から出そうと奔走する医師ファウスト・メラヴィリアとの触れ合いを描いた長篇小説だ。

アルドーネは、『「幸せの列車」に乗せられた少年』『オリーヴァ・デナーロ』『偉大なメラヴィリア』の三冊を、「二十世紀の子供たち」と題する三部作と位置づけている。いずれも、子供である主人公の一人称で語られており、三冊を通して読むことによって、一九五〇年代、六〇年代、七〇～八〇年代と時代の変遷をたどりながら、戦後のイタリア社会の歩みとその歪《ひず》みが垣間見える。また、『「幸せの列車」に乗せられた少年』でナポリの子供たちを北部に送る活動に携わっていたマッダレーナ・クリスクオロが、『オリーヴァ・デナーロ』では裁判を支援しているなど、別々の作品のなかに共通の人物が描き込まれている点も興味深い。

日本とイタリアは、いわゆる先進諸国のなかで、社会における女性の地位が著しく低いというあまり喜ばしくない共通点がある。世界経済フォーラムが毎年発表しているグローバルジェンダーギャップ指数を見ると、二〇二四年は日本が一一八位で、イタリアは八七位。先進主要七か国（G7）に限って比較するならば、日本が最下位、イタリアは下から二番目だ。そのためか、両国の女性たちは似たような生きづらさを抱えているように感じることがある。

現に、イタリアでも日本でも、長いあいだ性加害は道徳・秩序に反する犯罪と捉えられ、女性の権利と安全への犯罪であるとの考え方が浸透していない。性暴力の被害に遭った女性たちが社会的スティグマを背負わされ、家族や自分の属する組織の体面のために声すらもあげられないということは、日本でも頻繁に起こっている。とりわけ閉鎖的な地域社会や、上下関係の強い組織内で性犯罪が起きたとき、被害を訴えることがいかに難しいか、事件が明るみに出るたびに思い知らされるが、ニュースで報じられるそうした出来事の陰に、オリーヴァのような女性たちが無数にいることを、本書は教えてくれる。とくに政治に興味があったわけでも、フェミニズムの意識が高かったわけでもない、私たちのごく身近にもいそうな少女オリーヴァがあげた声は、一人一人の声が小さくとも、その堆積がすこしずつ世の中を変えていくのだという希望を日本の読者にも与えてくれるにちがいない。

関口英子

二〇二四年　晩秋

本書で用いられている引用文の出典

74、75ページの歌詞
Nessuno（誰もいない）
作詞　Antonietta De Simone
作曲　Edilio Capotosti & Vittorio Mascheroni

148、149〜150、151、152ページの歌詞
Non arrossire（頬を染めないで）
作詞　Maria Monti & Giulio Rapetti Mogol
作曲　Giorgio Gaberscik & Davide Pennati

170〜171ページのモノローグ
Lettera a una madre（母への手紙）のパラフレーズ
『*Le ragazze di maggio*（五月の少女たち）』
Alba de Céspedes著（Mondadori出版、ミラノ、1970年）所収

171ページの引用文
『赤毛のアン』
ルーシー・モード・モンゴメリ著（新潮文庫、村岡花子訳）

211〜212ページの歌詞
Renato（レナート）
作詞　Alberto Testa
作曲　Alberto Cortez

253、255ページの歌詞
Donatella（ドナテッラ）
作詞　Donatella Rettore
作曲　Claudio Rego

本書に登場する人物や出来事はすべてフィクションである。実在の人物（生死を問わず）との類似は単なる偶然であり、著者が意図したものではない。

原出版社は、本書に掲載されているミケーレ・アントヌッチの詩『白いスモックの別れの言葉』(L'addio del grembiulino bianco)の使用許諾にかかわるすべての手続きを完了し、同じ目的を持つすべての人が自由に使用できるものとする。

著　ヴィオラ・アルドーネ（Viola Ardone）

1974年、イタリアのナポリ生まれ。ナポリ大学文学部を卒業。高校でイタリア語とラテン語を教える傍ら、2012年に『La ricetta del cuore in subbuglio（乱れた心の処方箋《レシピ》）』で小説家としてデビュー。長篇小説3作目『「幸せの列車」に乗せられた少年』（河出書房新社）がイタリア国内で30万部のベストセラーに。長篇4作目にあたる本作『オリーヴァ・デナーロ』は、《現代のヒロイン賞》を受賞し、約20カ国で翻訳出版されている。

訳　関口英子（Eiko Sekiguchi）

埼玉県生まれ。イタリア語翻訳家。2014年に『月を見つけたチャウラ　ピランデッロ短篇集』で第一回須賀敦子翻訳賞を受賞。主な訳書にV・アルドーネ『「幸せの列車」に乗せられた少年』、G・ロダーリ『猫とともに去りぬ』、D・ブッツァーティ『神を見た犬』、G・マッツァリオール『弟は僕のヒーロー』、P・コニェッティ『帰れない山』、D・スタルノーネ『靴ひも』、D・ディ・ピエトラントニオ『戻ってきた娘』、共訳にT・ランノ『命をつないだ路面電車』など。

編集　皆川裕子

オリーヴァ・デナーロ

2025年3月4日　初版第一刷発行

著　者　ヴィオラ・アルドーネ

訳　者　関口英子

発行者　庄野 樹

発行所　株式会社小学館
〒101-8001　東京都千代田区一ツ橋2-3-1
編集 03-3230-5720　販売 03-5281-3555

ＤＴＰ　株式会社昭和ブライト

印刷所　萩原印刷株式会社

製本所　株式会社若林製本工場

ISBN978-4-09-356748-0